河北电视台《中华好诗词》项目组 编

中华好诗词

第一季

中华书局

图书在版编目(CIP)数据

中华好诗词:第一季/河北电视台《中华好诗词》项目组编.
—北京:中华书局,2014.7
ISBN 978 – 7 – 101 – 10300 – 7

Ⅰ.中⋯ Ⅱ.河⋯ Ⅲ.古典诗歌 – 诗歌欣赏 – 中国
Ⅳ.I207.2

中国版本图书馆 CIP 数据核字(2014)第 141891 号

书　　名	中华好诗词　第一季	
编　　者	河北电视台《中华好诗词》项目组	
责任编辑	陈　虎	
出版发行	中华书局	
	（北京市丰台区太平桥西里 38 号　100073）	
	http://www.zhbc.com.cn	
	E-mail:zhbc@zhbc.com.cn	
印　　刷	北京瑞古冠中印刷厂	
版　　次	2014 年 7 月北京第 1 版	
	2014 年 7 月北京第 1 次印刷	
规　　格	开本/700×1000 毫米　1/16	
	印张 16½　插页 15　字数 150 千字	
印　　数	1 – 15000 册	
国际书号	ISBN 978 – 7 – 101 – 10300 – 7	
定　　价	46.00 元	

其志洁故其称物芳

——贺河北电视台《中华好诗词》

河北电视台《中华好诗词》节目开播以来，国中盛誉云隆，收视率直线上升。赞赏者有工人、战士、农民、教师、家长、学者、市民，共视为近若干年来文化界一件隆重而美好的大事。

上有倡之者，下必甚焉。因为这次活动，它推向社会的正能量有着五千年东方古国文明为后盾。厚积而薄发，其所指归为心灵的美好和语言的纯净。司马迁在论屈原时说："其志洁故其称物芳。"这是一句对中国几千年来诗歌境域的最贴切而崇高的评价。因此，我们对诗歌的背诵和热爱，关系着民族品格的完善。

二千五百年前，孔子对诗歌的社会功能有过

范曾先生在《中华好诗词》录制现场即兴吟诗

如下的说法："不学《诗》，无以言。""小子何莫学夫《诗》，《诗》，可以兴，可以观，可以群，可以怨。迩之事父，远之事君，多识于鸟兽草木之名"。

近代大文论家刘熙载在其《艺概》中云，读《离骚》可"菀鸿裁、猎艳词、衔山川、拾香草"。对社会上文化水准参差不齐的群体，可各取所需，皆有裨益。

由于中国文字是"会意"的，而语言自远古即具备诗性之特点，音读中的四声和句尾的押韵，连绵词和叠音字的辅佐，使语言极富节奏和谐之美，这是全世界任何族群"会音"文字所不可望背者。故尔，以中国诗性之语言论哲，则有老、庄之奇谲瑰伟；论文，则有刘勰《文心雕龙》之清新绮丽。即使生活中偶掇古人诗句，倘其恰到好处，则可引发无穷的思绪和境界。由幼时起，培养对诗词的热爱，必可于人生收获清醇之果。当流行的污言秽语从今天的传播媒体、人际交往中彻底扫除的时候，我们回看所来的蹊径，那是落英缤纷、芳草鲜美的宏门正学和自然大道。"回归自然，回归古典"，是超越和创新必须前提。

中华民族自古尊崇高洁的品格，让我们以诗词启其端，走向更璀璨的明天。那是"凤凰翼其承旗兮，高翱翔之翼翼"的广阔而绚烂的天地。

写给《中华好诗词》的话

《中华好诗词》栏目大学士赵忠祥

河北卫视热播的《中华好诗词》第一季即将以图书形式与读者见面，这是广大诗词爱好者的又一赏心乐事。

从十余岁开始，诵读诗词对我而言，就有着谜一样由衷的喜爱，就好像小孩天生爱吃糖果一样，口中甜甜，心中甜甜。

诗词是中华民族自古以来表情达意的重要形式。久而久之，优美的诗情，就成为我们民族文脉的灵魂。

能参与《中华好诗词》的制作，是我久远梦想的实现，幸何如之。

《中华好诗词》图书，将是我弥足珍贵的纪念。

赵忠祥

2014年6月

《中华好诗词》第一季录制现场

《中华好诗词》大学士范曾（中）、赵忠祥（右）、杨雨（左）在录制现场

范曾先生在《中华好诗词》录制现场即兴吟诗

《中华好诗词》栏目大学士赵忠祥

《中华好诗词》栏目大学士杨雨

《中华好诗词》栏目主持人王凯

《中华好诗词》总决赛大合影

《中华好诗词》总决赛前六名合影

目　录

第一辑 中华好诗词

《渊明醉归图》（明张鹏）

先秦：

风骚既成　源头活水

先秦诗歌是后世诗歌的源头。

这个时期诗歌有一个明显的发展过程，由宗教颂赞祷祝诗（甲骨卜辞中的韵文、《易》卦爻辞、钟鼎铭文中的韵语）演变到政治叙事诗，再演变为言志抒情诗。先秦时，出现了我国第一部诗歌总集——《诗》或称《诗三百》，共有三百零五篇，其余六篇，有目无辞，称笙诗。全书收录了西周初年至春秋中叶五百多年间，流传在今陕西、山西、河南、河北、山东及湖北北部一带的作品，按照《风》、《雅》、《颂》分为三类。这些诗歌或追念先祖，或美刺时政，或吟咏性情，尤其是《风》，采用了"饥者歌其食，劳者歌其事"的现实主义创作手法，奠定了中国诗歌发展的基础。

与中原地区不同，战国时期楚国经济和文化的发展孕育了另一种诗歌——楚辞。在楚地民风、民俗及民间曲调的基础上，屈原"依《诗》取兴，引类譬喻"，创作出充满浪漫主义的诗篇。代表作品有《离骚》、《九歌》、《天问》、《招魂》、《九章》等。

楚辞与《诗经》一起，开创了我国以风、骚为基础的传统诗歌创作规范。

《芦花寒雁图》(元吴镇)

1.《诗经》有一名篇,叫作《蒹葭》。请问蒹葭指的是哪种植物?

【选项】A.芦苇　B.芫荽　C.水仙

【答案】A.芦苇

【原诗】蒹葭苍苍,白露为霜。所谓伊人,在水一方。溯洄从之,道阻且长。溯游从之,宛在水中央。蒹葭萋萋,白露未晞。所谓伊人,在水之湄。溯洄从之,道阻且跻。溯游从之,宛在水中坻。蒹葭采采,白露未已。所谓伊人,在水之涘。溯洄从之,道阻且右。溯游从之,宛在水中沚。——《诗经·秦风·蒹葭》

【注释】蒹葭:指芦荻、芦苇。蒹:没有长穗的芦苇。葭:初生的芦苇。

2.《诗经·卫风·木瓜》中有"投我以木瓜,报之以琼琚"。请问"琼琚"指的是什么?

【选项】A.美女　B.美食　C.美玉

【答案】C.美玉

【原诗】投我以木瓜,报之以琼琚。匪报也,永以为好也。　投我以木桃,报之以琼瑶。匪报也,永以为好也。　投我以木李,报之以琼玖。匪报也,永以为好也。——《诗经·卫风·木瓜》

【注释】琼琚、琼瑶、琼玖:都是玉器。

3. 现在我们经常会说,没事儿别老瞎琢磨。请问"琢磨"这个词最早出现在哪里?

【选项】A.《逍遥游》　　B.《离骚》　　C.《诗经》

【答案】C.《诗经》

【原诗】瞻彼淇奥，绿竹猗猗。有匪君子，如切如磋，如琢如磨。瑟兮僩兮，赫兮咺兮。有匪君子，终不可谖兮。　瞻彼淇奥，绿竹青青。有匪君子，充耳琇莹，会弁如星。瑟兮僩兮，赫兮咺兮。有匪君子，终不可谖兮。　瞻彼淇奥，绿竹如箦。有匪君子，如金如锡，如圭如璧。宽兮绰兮，猗重较兮。善戏谑兮，不为虐兮。——《诗经·卫风·淇奥》

【注释】琢：雕刻；磨：磨光。都是制造玉器、骨器的工艺。文中比喻人的修养、学问精深。

4.“举世皆浊我独清，众人皆醉我独醒”是哪位诗人的感叹？

【选项】A.李白　B.屈原　C.辛弃疾

【答案】B.屈原

【原文】屈原既放，游于江潭，行吟泽畔，颜色憔悴，形容枯槁。渔父见而问之曰：“子非三闾大夫与？何故至于斯？”屈原曰：“举世皆浊我独清，众人皆醉我独醒，是以见放。”

渔父曰：“圣人不凝滞于物，而能与世推移。世人皆浊，何不淈其泥而扬其波？众人皆醉，何不餔其糟而歠其醨？何故深思高举，自令放为？”屈原曰：“吾闻之，新沐者必弹冠，新浴者必振衣；安能以身之察察，受物之汶汶者乎？宁赴湘流，葬于江鱼

《屈原像》（元张渥）

之腹中。安能以皓皓之白，而蒙世俗之尘埃乎？”渔父莞尔而笑，鼓枻而去，乃歌曰：“沧浪之水清兮，可以濯吾缨；沧浪之水浊兮，可以濯吾足。”遂去，不复与言。——《渔父》

【注释】《渔父》选自《楚辞》，是战国秦汉间人记叙屈原事迹的文字，并非屈原所作。是屈原死后，楚国人为悼念他而记载下来的有关传说，和《卜居》一样都是后人为歌颂他的伟大品格所作。

5. 中国古代最长的抒情诗是以下哪个作品?

【选项】A.《长歌行》　B.《孔雀东南飞》　C.《离骚》

【答案】C.《离骚》

【原诗】帝高阳之苗裔兮,朕皇考曰伯庸。摄提贞于孟陬兮,惟庚寅吾以降。皇览揆余初度兮,肇锡余以嘉名:名余曰正则兮,字余曰灵均。纷吾既有此内美兮,又重之以修能。扈江离与辟芷兮,纫秋兰以为佩。汨余若将不及兮,恐年岁之不吾与。朝搴阰之木兰兮,夕揽洲之宿莽。——(战国)屈原《离骚》节选

【注释】《离骚》是《楚辞》的代表作,共三百七十三句,是中国第一首由诗人自己独立创作完成的带有自传性质的长篇抒情诗。

屈原故里牌坊

6. 楚国灭亡之后,屈原感到救国无望,自沉汨罗江。请问屈原的绝命诗是哪一首?

【选项】A.《离骚》　B.《怀沙》
C.《渔父》

【答案】B.《怀沙》

【原诗】滔滔孟夏兮,草木莽莽。伤怀永哀兮,汩徂南土。眴兮杳杳,孔静幽默。郁结纡轸兮,离愍而长鞠。抚情效志兮,冤屈而自抑。刓方以为圜兮,常度未替。易初本迪兮,君子所鄙。章画志墨兮,前图未改。内厚质正兮,大人所盛。巧倕不斲兮,孰察其揆正?——(战国)屈原《怀沙》节选

【注释】《史记·屈原贾生列传》:"乃作《怀沙》之赋。于是怀石,遂自投汨罗江以死。"屈原死前作了《怀沙》。

7. 《诗经》中的名句"死生契阔,与子成说。执子之手,与子偕老"是一男子立下的誓言。请问这位男子作此诗时从事什么职业?

【选项】A.从军　B.从商　C.从政

【答案】A.从军

【原诗】击鼓其镗,踊跃用兵。土国城漕,我独南行。 从孙子仲,平陈与宋。不我以归,忧心有忡。 爰居爰处?爰丧其马?于以求之?于林之下。 死生契阔,与子成说。执子之手,与子偕老。 于嗟阔兮,不我活兮。于嗟洵兮,不我信兮。——《诗经·邶风·击鼓》

【注释】出自《诗经·邶风·击鼓》,是一首久处战场的士兵的思家之诗,"击鼓其镗,踊跃用兵。土国城漕,我独南行"都可体现。

8. 屈原的代表作中有一首被誉为"千古万古至奇之作",一口气"对天、对地、对自然、对社会、对历史、对人生"提出了一百七十二个问题。请问这部作品的名字叫什么?

【选项】A.《问》 B.《问天》 C.《天问》

【答案】C.《天问》

【注释】《天问》是屈原作品中篇幅仅次于《离骚》的另一部长诗。全诗九十五节,今存三百七十六句,一百七十余问。屈原在《天问》中,一口气提出了一百七十多个问题,上自宇宙形成、天体运行,下至四方地理、自然现象,中及人类社会历史、历代兴衰,莫不穷究其理,反映了屈原对客观事物内在规律的探索。如果说《离骚》是中国文学史上第一部抒情长诗的话,《天问》则是中国文学史上第一部长篇史诗,而且是一部创造了空前绝后的问难形式的远古神话和上古史大纲。

9. 人生有八苦,其一为"求不得"。请问下列诗句中,哪一句描写的是对"心仪女子求之不得"的情绪状态?

【选项】A.心之忧矣,曷维其已 B.悠哉悠哉,辗转反侧 C.瞻望弗及,伫立以泣

【答案】B.悠哉悠哉,辗转反侧

【原诗】关关雎鸠,在河之洲。窈窕淑女,君子好逑。 参差荇菜,左右流之。窈窕淑女,寤寐求之。 求之不得,寤寐思服。悠哉悠哉,辗转反侧。——《诗经·周南·关雎》节选

【注释】"心之忧矣,曷维其已",出自《诗经·邶风·绿衣》。"瞻望弗及,伫立以泣",出自《诗经·邶风·燕燕》。

10. "兢兢业业"形容做事谨慎、勤恳。请问这一成语出现在下列哪个作品当中?

【选项】A.《乐府诗集》　　B.《楚辞》　　C.《诗经》

【答案】C.《诗经》

【原诗】兢兢业业，如霆如雷。——《诗经·大雅·云汉》节选

【注释】《毛序》云："《云汉》，仍叔美宣王也。宣王承厉王之烈，内有拨乱之志，遇灾而惧，侧身修行，欲销去之。天下喜于王化复行，百姓见忧，故作是诗也。"从诗意看，这是周宣王求神祈雨、祈求老天爷免去旱灾之苦的诗。

11. 宋人朱熹在监本《诗经》中认为，哪位女诗人是中国历史上"第一位女诗人"？

《弄璋图》（清任颐）

【选项】A. 庄姜　B. 谢道韫　C. 班婕妤

【答案】A. 庄姜

【注释】庄姜是春秋时齐国的公主，《诗经》名篇《燕燕》目前公认是庄姜的作品。《诗经》中"巧笑倩兮，美目盼兮"，即形容庄姜之美。

12.《诗经·小雅·斯干》云"乃生男子，载寝之床。载衣之裳，载弄之璋"。古代就用"弄璋之喜"代指"生了男孩"。请问"生了女孩"怎么说？

【选项】A. 弄珠之喜　B. 弄佩之喜　C. 弄瓦之喜

【答案】C. 弄瓦之喜

【原诗】乃生男子，载寝之床。载衣之裳，载弄之璋。其泣喤喤，朱芾斯皇，室家君王。　乃生女子，载寝之地。载衣之裼，载弄之瓦。　无非无仪，唯酒食是议，无父母贻罹。——

《诗经·小雅·斯干》节选

【注释】瓦:指纺锤。这句话的意思是,如果生了女孩子,就让她在地上睡,用婴儿的襁褓给她穿,并且给她玩纺锤,让她熟悉女红。如果生了男孩子,就让他在床上睡,给他穿衣裳,并且让他玩弄玉器。反映了先秦男女地位的不平等,也反映了男女的分工不同。

13. 我们经常用"逃之夭夭"形容一个人跑得无影无踪。这个词出自《诗经·周南·桃夭》篇:"桃之夭夭,灼灼其华。之子于归,宜其室家。"请问,这首诗描绘的是什么场景?

【选项】A. 女子出嫁 B. 长辈过寿 C. 喜得贵子

【答案】A. 女子出嫁

【原诗】桃之夭夭,灼灼其华。之子于归,宜其室家。 桃之夭夭,有蕡其实。之子于归,宜其家室。 桃之夭夭,其叶蓁蓁。之子于归,宜其家人。——《诗经·周南·桃夭》

【注释】桃之夭夭:本指桃花怒放的美妙模样,后来被谐音喻指为逃得无影无踪。本诗出自于《诗经·周南·桃夭》,表达了对婚姻生活幸福美满的期望,是女子出嫁时所唱之歌。

14. 荆轲刺秦临出发时,悲壮高歌"风萧萧兮易水寒,壮士一去兮不复还"。请问据《战国策》记载,当时是谁为荆轲击筑伴奏?

【选项】A. 太子丹 B. 秦舞阳 C. 高渐离

【答案】C. 高渐离

【原诗】风萧萧兮易水寒,壮士一去兮不复还。探虎穴兮入蛟宫,仰天呼气兮成白虹。——(战国)荆轲《易水歌》

【注释】《战国策·燕策三》中记载,荆轲至易水上,既祖,取道。高渐离击筑,荆轲和而歌,为变徵之声,士皆垂泪涕泣。又前而为歌曰:"风萧萧兮易水寒,壮士一去兮不复还!"复为慷慨羽声,士皆瞋目,发尽上指冠。这段话的大意是,荆轲刺秦临出发时,来到易水旁。高渐离为他伴奏送别,荆轲和着伴奏,用悲哀的声音唱歌,大家都流泪。荆轲又唱道,"风萧萧兮易水寒,壮士一去兮不复还",变成慷慨的歌声,大家群情激愤，头发都将帽子撑起。

15.《诗经》里的《硕鼠》中："硕鼠硕鼠，无食我黍！三岁贯女，莫我肯顾。"请问文中的"黍"指的是哪种农作物？

【选项】A. 高粱　B. 黄米　C. 谷子

【答案】B. 黄米

【原诗】硕鼠硕鼠，无食我黍！三岁贯女，莫我肯顾。　逝将去女，适彼乐土。乐土乐土，爰得我所。　硕鼠硕鼠，无食我麦！三岁贯女，莫我肯德。　逝将去女，适彼乐国。乐国乐国，爰得我直。　硕鼠硕鼠，无食我苗！三岁贯女，莫我肯劳。　逝将去女，适彼乐郊。乐郊乐郊，谁之永号？——《诗经·魏风·硕鼠》

16.因为"柳"与"留"谐音，所以古人有"折柳送别"的习俗，表示挽留之意。请问"柳"与"送别"有关系，最早出现在哪部文学作品中？

【选项】A.《诗经·小雅·采薇》　　B. 北朝乐府《鼓角横吹曲》　　C. 唐诗《折杨柳》

【答案】A.《诗经·小雅·采薇》

【原诗】采薇采薇，薇亦作止。曰归曰归，岁亦莫止。靡室靡家，猃狁之故。不遑启

《采薇图》（宋李唐）

居，狁犹之故。　采薇采薇，薇亦柔止。曰归曰归，心亦忧止。忧心烈烈，载饥载渴。我戍未定，靡使归聘。　采薇采薇，薇亦刚止。曰归曰归，岁亦阳止。王事靡盬，不遑启处。忧心孔疚，我行不来！　彼尔维何？维常之华。彼路斯何？君子之车。戎车既驾，四牡业业。岂敢定居？一月三捷。　驾彼四牡，四牡骙骙。君子所依，小人所腓。四牡翼翼，象弭鱼服。岂不日戒？狁犹孔棘！　昔我往矣，杨柳依依。今我来思，雨雪霏霏。行道迟迟，载渴载饥。我心伤悲，莫知我哀！——《诗经·小雅·采薇》

【注释】"折柳送行"的习俗最早见于我国第一部诗歌总集《诗经》里的《小雅·采薇》："昔我往矣，杨柳依依。今我来思，雨雪霏霏。"后来在唐代的长安城，灞桥往往是人们送别之所，送别的人们习惯在灞桥折一枝柳条，作"挽留"之意。这也是典故"灞桥折柳"的由来。

17. "香草美人"在古代诗歌中象征的是"忠贞贤良之士"。请问开"香草美人"传统之先河的是哪位诗人？

【选项】A. 屈原　B. 宋玉　C. 曹植

【答案】A. 屈原

【注释】《离骚》共出现香草十八种，《九歌》共出现十六种，两者中有十一种是重合的。汉代王逸《离骚序》："《离骚》之文，依《诗》取兴，引类譬喻，故善鸟、香草以配忠贞，灵修、美人以譬于君。"

"香草美人"传统后世多有延续，曹植、李贺、蒲松龄承袭甚多。

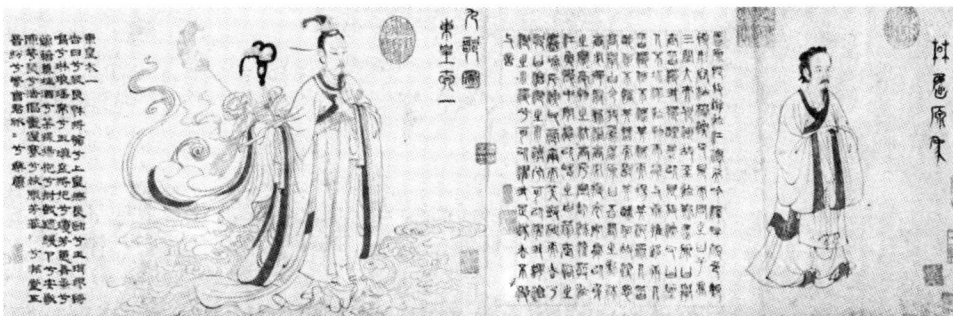

《屈原像》（元张渥）

秦汉：

五言成熟　七言萌发

　　诗歌在经历了秦代和汉初的沉寂之后，到汉中期又发出光彩。两汉时期有采诗制度，比如乐府，它的职能是收集各地的歌谣乐曲，同时也组织文人创作诗歌。现存两汉乐府诗的作者，涵盖从帝王到平民的各个阶层。《汉书·艺文志》收录西汉歌诗三百一十四篇，基本都是乐府诗。汉乐府的创作特点，是"感于哀乐，缘事而发"。代表作品有《孔雀东南飞》、《东门行》、《妇病行》、《孤儿行》等等。

　　东汉开始有较多的文人五言诗，完整的七言诗篇也逐渐产生。现存汉代最早的完整的文人五言诗，是班固的《咏史》。班固的《竹扇赋》今存残篇，是一首完整的七言诗。张衡的《四愁诗》是经过改造的骚体，是骚体整齐化后形成的七言诗，是后代七言歌行的先声。

　　没有留下作者姓名的《古诗十九首》，代表了汉代文人五言诗的最高成就，是五言诗达到成熟的标志。名篇有《涉江采芙蓉》、《行行重行行》、《青青河畔草》等。

1.《孔雀东南飞》中描述,焦仲卿在知道刘兰芝投湖自尽后,也"自挂东南枝"。请问在二人的合葬墓前日夜哀鸣的一对鸟儿是什么鸟?

【选项】A. 杜鹃　B. 乌鸦　C. 鸳鸯

【答案】C. 鸳鸯

【原诗】两家求合葬,合葬华山傍。东西植松柏,左右种梧桐。枝枝相覆盖,叶叶相交通。中有双飞鸟,自名为鸳鸯。仰头相向鸣,夜夜达五更。行人驻足听,寡妇起彷徨。多谢后世人,戒之慎勿忘。——汉乐府《孔雀东南飞》节选

【注释】《孔雀东南飞》是我国文学史上第一部长篇叙事诗,与南北朝的《木兰辞》并称为"乐府双璧"及"叙事诗双璧"。

2.《孔雀东南飞》是我国文学史上第一部长篇叙事诗,叙述的是庐江府小吏和妻子刘氏被母亲棒打鸳鸯的凄美爱情故事。请问诗中男主角的名字叫什么?

【选项】A. 焦恩俊　B. 焦仲卿　C. 焦延寿

【答案】B. 焦仲卿

【注释】《孔雀东南飞》开篇有序,序曰:汉末建安中,庐江府小吏焦仲卿妻刘氏,为仲卿母所遣,自誓不嫁。其家逼之,乃投水而死。仲卿闻之,亦自缢于庭树。时人伤之,为诗云尔。

3.乐府民歌《孔雀东南飞》,诗中形容女主角刘氏非常聪明贤慧,如"十三能织素,十四学裁衣"。请问刘氏十五岁的时候学会了哪一项乐器?

【选项】A. 箜篌　B. 琵琶　C. 古琴

【答案】A. 箜篌

4."犬子"一词是向别人介绍自己儿子时的谦称,可是最初"犬子"却是一位古代著名才子的小名。请问是哪位呢?

文君听琴图

【选项】A. 宋玉　B. 司马相如　C. 潘安

【答案】B. 司马相如

【注释】《史记·司马相如列传》："少时好读书,学击剑,故其亲名之曰犬子。"

5.《古诗十九首》集结了从汉代民歌基础上发展起来的十九首五言诗。中国南北朝时期文学批评家钟嵘,评价它"文温以丽,意悲而远,惊心动魄,可谓几乎一字千金"。请问下列哪首诗不是出自《古诗十九首》?

　　【选项】A.《青青河畔草》　　B.《迢迢牵牛星》　　C.《南山田中行》

　　【答案】C.《南山田中行》

　　【注释】《南山田中行》是李贺的作品。《古诗十九首》最早见于《文选》,为南朝梁萧统从传世无名氏《古诗》中选录十九首编入,编者把这些作者已经无法考证的五言诗汇集起来,冠以此名,列在"杂诗"类之首,后世遂作为组诗看待。《古诗十九首》习惯上以句首标题,依次为:《行行重行行》、《青青河畔草》、《青青陵上柏》、《今日良宴会》、《西北有高楼》、《涉江采芙蓉》、《明月皎夜光》、《冉冉孤生竹》、《庭中有奇树》、《迢迢牵牛星》、《回车驾言迈》、《东城高且长》、《驱车上东门》、《去者日以疏》、《生年不满百》、《凛凛岁云暮》、《孟冬寒气至》、《客从远方来》、《明月何皎皎》。

6. 汉乐府《陌上桑》中"头上倭堕髻,耳中明月珠。缃绮为下裙,紫绮为上襦",写的是哪位美女的外貌?

　　【选项】A. 罗敷　B. 子夜　C. 莫愁

　　【答案】A. 罗敷

　　【注释】罗敷:《汉乐府·陌上桑》中有记载。子夜:传说曾创作《子夜歌》。《唐书·乐志》中记载"《子夜歌》者,晋曲也。晋有女子名子夜,造此声,声过哀苦"。莫愁:见于南北朝萧衍所作《莫愁歌》。

7. 中国第一部长篇叙事诗是以下哪部作品?

　　【选项】A.《蜀道难》　　B.《孔雀东南飞》　　C.《洛神赋》

　　【答案】B.《孔雀东南飞》

《弄璋图》（清任颐）

屈原天问图（范曾）

【注释】《孔雀东南飞》，原题为《古诗为焦仲卿妻作》，是中国文学史上第一部长篇叙事诗，与《木兰辞》合称"乐府双璧"。创作时间大致是东汉献帝建安年间，作者不详。全诗三百四十多句，一千七百多字，是汉乐府民歌中最长的一首叙事诗。

8. "黄金为君门，白玉为君堂"出自汉乐府。这句话在《红楼梦》中被借鉴，演变为"白玉为堂金作马"。请问，"白玉为堂金作马"形容的是《红楼梦》四大家族中的哪一家？

【选项】A.贾家　B.王家　C.史家

【答案】A.贾家

【原文】贾不假，白玉为堂金作马。阿房宫，三百里，住不下金陵一个史。东海缺少白玉床，龙王来请金陵王。丰年好大雪，珍珠如土金如铁。——(清)曹雪芹《红楼梦》节选

【注释】《红楼梦》中，曹雪芹借用《护官符》这首传唱的小歌，从侧面表达了四大家族的庞大势力。其中四句话，分别代表四大家族的"贾、史、王、薛"四个姓氏的势力。所以，这里的"白玉为堂金作马"代表贾家。这四个姓氏，谐音"旧时王谢"四个字，暗指将要没落的贵族。

蔡邕像

9. 蔡邕是东汉文学家，除写诗、作赋、书法之外还善于音律。请问下列哪个名琴是为蔡邕所有？

【选项】A.号钟　B.绿绮　C.焦尾

【答案】C.焦尾

【注释】号钟：周代的名琴。此琴音之洪亮，犹如钟声激荡，号角长鸣，令人震耳欲聋。传说古代杰出的琴家伯牙，曾弹奏过"号钟"琴。绿绮：汉代著名文人司马相如弹奏的一张琴，后来也成为名琴的代称，李白便有"蜀僧抱绿绮"的名句。焦尾：东汉著

名文学家、音乐家蔡邕亲手制作的一张琴。蔡邕曾于烈火中抢救出一段尚未烧完、声音异常的梧桐木，他依据木头的长短、形状，制成一张七弦琴，果然声音不凡。因琴尾尚留有焦痕，就取名为"焦尾"。焦尾以它悦耳的音色和特有的制法闻名四海。齐桓公的"号钟"、楚庄王的"绕梁"、司马相如的"绿绮"和蔡邕的"焦尾"，被誉为"四大名琴"。

10. 名将配宝驹，三国时代战将吕布的坐骑是赤兔马，隋唐时期英雄秦琼骑的是黄骠马。请问根据名诗《垓下歌》描述，西楚霸王项羽的坐骑是什么马？

【选项】A. 汗血宝马　B. 乌骓马　C. 白龙驹

【答案】B. 乌骓马

【原诗】力拔山兮气盖世，时不利兮骓不逝。骓不逝兮可奈何，虞兮虞兮奈若何！——(秦) 项羽《垓下歌》

【注释】《垓下歌》中"时不利兮骓不逝，骓不逝兮可奈何"，骓指的就是乌骓马。另外，汗血宝马指的是马的种类，白龙驹是刘备送给庞统的马。

11. "我的所爱在山腰，想去寻她山太高，低头无法泪沾袍。爱人赠我百蝶巾；回她什么：猫头鹰。从此翻脸不理我，不知何故兮使我心惊。"这是鲁迅的现代诗《我的失恋》，这首诗借鉴了汉代的一首古诗。请问是哪首？

【选项】A.《上邪》　B.《四愁诗》　C.《有所思》

【答案】B.《四愁诗》

【注释】张衡的《四愁诗》，如第一段："我所思兮在太山，欲往从之梁父艰。侧身东望涕沾翰。美人赠我金错刀，何以报之英琼瑶。路远莫致倚逍遥，何为怀忧心烦劳？"

12. 汉乐府《上山采蘼芜》："新人虽言好，未若故人姝。颜色类相似，手爪不相如。""新人从门入，故人从阁去。新人工织缣，故人工织素"。请问这是谁和谁之间的对话？

【选项】A. 前妻和故夫　B. 前妻和婆婆　C. 新人和故人

【答案】A. 前妻和故夫

【注释】汉乐府中有不少诗歌反映了战争和徭役带给人民的痛苦和灾难,而这是一首反映前妻和故夫的诗歌。

13. "贻我青铜镜,结我红罗裾。不惜红罗裂,何论轻贱躯"! 汉乐府《羽林郎》写的是一位美女义正词严而又委婉得体地拒绝了一位权贵家豪奴的调戏。请问这位刚烈的美女是谁?

【选项】A. 罗敷　B. 胡姬　C. 子夜

【答案】B. 胡姬

【原诗】昔有霍家奴,姓冯名子都。依倚将军势,调笑酒家胡。胡姬年十五,春日独当垆。——汉乐府《羽林郎》节选

魏晋南北朝：

建安慷慨　田园静美

魏晋南北朝时期，五言、七言诗慢慢兴盛，文人在学习汉乐府的过程中，将五言古诗推向高峰。

在中国文学史上，魏晋南北朝文学是从汉末建安开始的。建安时期的诗歌以曹氏父子（曹操、曹丕、曹植）为中心，聚集王粲、刘桢等"七子"，他们的笔下，政治理想的高扬、人生短暂的哀叹、强烈的个性、浓郁的悲剧色彩，文风慷慨激昂，构成了被后世推崇的"建安风骨"。

西晋诗歌辉煌在太康时期，太康诗风以繁缛为特点，在语言应用上做了有益的探索，代表诗人为陆机、潘岳。左思的《咏史》独树一帜，与建安风骨一脉相承。

西晋灭亡后，南方经历了东晋、宋、齐、梁、陈五个朝代，北方经历了十六国和北朝。

晋宋易代之际，出现了伟大的诗人陶渊明。他在日常生活中发掘诗意，开创出田园诗这一新的诗歌园地，并将"自然"提升为美的至境，为这个时期文学成就最高的诗人。

占东晋诗坛主导地位的玄言诗，在宋初转向了山水诗，谢灵运在这其中功不可没。他是第一个大量创作山水诗的诗人。山水诗的出现，扩大了诗歌题材，是中国诗史的进步。

齐、梁两代诗体发生变革。沈约将汉语"四声"的知识应用到诗歌的声律上，与谢朓等创立的"永明体"，试图建立声调和谐的诗歌格律，并在对偶、词藻等方面做了新的探索，为唐朝近体诗的形成做了必要准备。

北方诗坛这时比较衰微，直到庾信由梁入西魏。北朝民歌显示出自己的生命力，代表作有《木兰辞》、《敕勒歌》等。

1.《敕勒歌》最初并不是一首汉语诗歌,是一首敕勒人唱的民歌。请问是由当时哪种语言译成汉语的?

【选项】A.鲜卑语　B.蒙古语　C.维吾尔语

【答案】A.鲜卑语

【原诗】敕勒川,阴山下。天似穹庐,笼盖四野。天苍苍,野茫茫,风吹草低见牛羊。——(南北朝)北朝民歌《敕勒歌》

【注释】《敕勒歌》是我国南北朝时期黄河以北的北朝鲜卑族流传的一首民歌,在中国古典文学和古代史研究上具有非常重要的意义。敕勒:种族名,北齐时居住在朔州(今山西北部)一带,中国古代民族,属于原始游牧部落,又称赤勒、高车、狄历、铁勒、丁零(丁灵)。

2.中国古代有位诗人,因为宅子旁边有五棵柳树,所以自号"五柳先生"。这位诗人是谁?

【选项】A.陶渊明　B.孟浩然　C.孟郊

【答案】A.陶渊明

【注释】陶渊明《五柳先生传》:"宅边有五柳树,因以为号焉。"

3.请问成语"才高八斗"最开始是夸赞哪位诗人的?

【选项】A.骆宾王　B.曹植　C.孔融

【答案】B.曹植

【注释】《南史·谢灵运传》引谢灵运语:"天下才共一石,曹子建独得八斗,我得一斗,自古及今共用一斗。"

4.请问被当代文豪鲁迅盛赞为"改造文章

《桃园问津图》（清任预）

的祖师"的是以下哪位诗人？

【选项】A. 陆游　　B. 李白　　C. 曹操

【答案】C. 曹操

【注释】曹操的诗全部都是乐府歌辞，这些乐府歌辞虽沿用汉乐府古题，却并不因袭古辞古意，而是继承乐府民歌的现实主义精神，表现新的内容，展示崭新的面貌。或反映东汉末动乱的现实，或抒发自己的雄心壮志和顽强进取精神。

谢灵运《庐山观莲图》

5. "山水含清晖，清晖能娱人"，山水风景是古诗的一大题材。请问下面哪位诗人是山水诗的开创者？

【选项】A. 陶渊明　　B. 谢灵运　　C. 孟浩然

【答案】B. 谢灵运

【原诗】昏旦变气候，山水含清晖。清晖能娱人，游子憺忘归。出谷日尚早，入舟阳已微。林壑敛暝色，云霞收夕霏。芰荷迭映蔚，蒲稗相因依。披拂趋南径，愉悦偃东扉。虑澹物自轻，意惬理无违。寄言摄生客，试用此道推。——（南朝）谢灵运《石壁精舍还湖中作》

【注释】谢灵运出身名门，兼富才华，但仕途坎坷。为了摆脱政治烦恼，常常放浪山水，探奇览胜。他的诗文大都是一半写景，一半谈玄，带有玄言诗的尾巴。尽管如此，谢灵运以他的创作丰富、开拓了诗的境界，使山水的描写从玄言诗中独立了出来，从而扭转了东晋以来的玄言诗风，确立了山水诗的地位。从此山水诗成为中国诗歌发展史上的一个流派，他成为山水诗派的创始人。

6. 当一件事情错综复杂，不易看清楚时，我们会说"扑朔迷离"。请问这个成语出自下面哪首作品?

【选项】A.《木兰辞》　　B.《孔雀东南飞》　　C.《羽林郎》

【答案】A.《木兰辞》

【原诗】雄兔脚扑朔,雌兔眼迷离。双兔傍地走,安能辨我是雄雌?——(南北朝)北朝民歌《木兰辞》节选

7. 名句"至今商女,时时犹唱,《后庭》遗曲"中"《后庭》遗曲"是指被称为亡国之音的《玉树后庭花》。请问这首亡国之音的作者是谁?

【选项】A.陈后主陈叔宝　B.李后主李煜　C.北齐后主高纬

【答案】A.陈后主陈叔宝

【原诗】丽宇芳林对高阁,新装艳质本倾城。映户凝娇乍不进,出帷含态笑相迎。妖姬脸似花含露,玉树流光照后庭。花开花落不长久,落红满地归寂中。——(南朝)陈后主陈叔宝《玉树后庭花》

【注释】《玉树后庭花》以花为曲名,创自南北朝陈朝最后一个皇帝陈后主陈叔宝。陈叔宝是南朝亡国的最后一个昏庸皇帝。传说陈灭亡的时候,陈后主正在宫中与爱妃孔贵嫔、张丽华等众人玩乐。王朝灭亡的过程,也正是此诗在宫中盛行的过程。

8. 建安文学可谓兴盛一时,有"建安风骨"之说。请问以下哪一位不在"建安七子"之列?

【选项】A.孔融　B.曹植　C.王粲

【答案】B.曹植

【注释】建安七子,是建安年间七位文学家的合称,包括:孔融、陈琳、王粲、徐

曹植像(顾恺之《洛神赋图》)

幹、阮瑀、应场、刘桢。

9. 相传三国时期，曹植七步成诗，其所作《七步诗》表达了对谁的强烈不满？

【选项】A. 曹仁　　B. 曹丕　　C. 曹冲

【答案】B. 曹丕

【原诗】煮豆持作羹，漉豉以为汁。其在釜下燃，豆在釜中泣。本自同根生，相煎何太急？——（魏）曹植《七步诗》

【注释】典故出自南朝宋刘义庆《世说新语·文学》："文帝尝令东阿王七步中作诗，不成者行大法。应声便为诗曰：'煮豆持作羹，漉菽以为汁。其在釜下燃，豆在釜中泣。本自同根生，相煎何太急？'帝深有惭色。"

10. 我们经常把富贵人家未出嫁的女子称为"大家闺秀"。请问"大家闺秀"出自于下列哪部作品？

【选项】A.《世说新语》　　B.《乐府诗集》　　C.《诗经》

【答案】A.《世说新语》

【原文】顾家妇清心玉映，自是闺房之秀。——（南朝）宋刘义庆《世说新语》

【注释】与"大家闺秀"相对，有"小家碧玉"之谓。典出自《乐府诗集·清商曲辞·碧玉歌二》："碧玉小家女，不敢攀贵德。感郎意气重，遂得结金兰。"形容一个人长得不一定很美但可爱，有点像邻家妹妹的意思。

11. 在曹操的《短歌行》中，直抒胸臆，"青青子衿，悠悠我心"，这句诗出自《诗经》中的哪一类？

【选项】A.《风》　　B.《雅》　　C.《颂》

【答案】A.《风》

【原诗】青青子衿，悠悠我心。纵我不往，子宁不嗣音？　青青子佩，悠悠我思。纵我不往，子宁不来？　挑兮达兮，在城阙兮。一日不见，如三月兮。——《诗经·郑风·子衿》

【注释】出自《诗经·郑风·子衿》。《诗序》以为刺"学校废"，谓"乱世则学校不修焉"。朱熹则说"此亦淫奔之诗"。子衿：《毛传》："青衿，青领也。学子之所服。"

后因称学子、生员为"子衿"。

12. 曹操除了是三国时期的一方霸主外，还是一位著名的文学家，鲁迅评价其为"改造文章的祖师"。请问相传曹操还有个非常喜庆的名字是什么？

【选项】A.吉利　B.吉祥　C.来福

【答案】A.吉利

【注释】曹操（155—220），即魏武帝。三国时政治家、军事家，诗人。字孟德，小名阿瞒，谯（今安徽亳州）人。东汉末年，在镇压黄巾起义军中，逐步扩充军事力量。初平三年（192）占据兖州，分化、诱降青州黄巾军的一部分，编为"青州兵"。建安元年（196）迎献帝，迁都许昌（今河南许昌东），挟天子以令诸侯，先后削平吕布等割据势力。官渡之战大破军阀袁绍后，逐渐统一了中国北部。建安十三年，进位为丞相，率军南下，被孙权和刘备的联军击败于赤壁。后封魏王。子曹丕称帝，追尊为武帝。

13. 我们经常把小户人家年轻美貌的女子称之为"小家碧玉"。请问"小家碧玉"出自于下列哪个作品？

【选项】A.《世说新语》　B.《乐府诗集》　C.《诗经》

【答案】B.《乐府诗集》

【原诗】碧玉小家女，不敢攀贵德。感郎意气重，遂得结金兰。——《乐府诗集·清商曲辞·碧玉歌二》

【注释】"碧玉小家女，不敢攀贵德"，形容一个人长得不一定很美但可爱，有点像邻家妹妹的意思。

14. "亲戚或余悲，他人亦已歌。死去何所道，托体同山阿"。请问这是哪位诗人对死亡的看法？

《东篱赏菊图》（明唐寅）

【选项】A.陶渊明　B.苏轼　C.刘禹锡

【答案】A.陶渊明

【原诗】荒草何茫茫，白杨亦萧萧。严霜九月中，送我出远郊。四面无人居，高坟正嶕峣。马为仰天鸣，风为自萧条。幽室一已闭，千年不复朝。千年不复朝，贤达无奈何。向来相送人，各自还其家。亲戚或余悲，他人亦已歌。死去何所道，托体同山阿。——（晋）陶渊明《拟挽歌辞》

【注释】《拟挽歌辞》三首是陶渊明晚年六十三岁时的作品，写完两个月后诗人就去世了。诗人假设自己死后亲友的情况，既表达自己对生死的看法，也安慰亲友不必过于悲伤。

15.“不为五斗米折腰”，是比较少见的七字成语典故。请问“不为五斗米折腰”，是对古代哪位诗人高尚气节的评价？

【选项】A.李白　B.陶渊明　C.苏轼

【答案】B.陶渊明

【原文】吾不能为五斗米折腰，拳拳事乡里小人邪！——《晋书·陶潜传》

【注释】这个成语来源于一个故事：405年，陶渊明就职彭泽县令，属浔阳郡管辖。一日，浔阳郡督邮下视巡查，来到彭泽县，差县吏叫陶渊明来见。陶渊明正准备去见督邮，县吏说参见长官需要束带才行。陶渊明叹息道：“吾不能为五斗米折腰，拳拳事乡里小人邪！”于是辞官而去。

16. 畅销书一问世，就会出现"洛阳纸贵"的局面。请问"洛阳纸贵"这个成语和下面哪位诗人有关系？

【选项】A. 张衡　B. 左思　C. 班固

【答案】B. 左思

【原文】豪贵之家，竞相传写，洛阳为之纸贵。——《晋书·左思传》

【注释】左思是西晋著名文学家，也是著名的诗人。自幼相貌不扬却才华横溢，他的作品辞藻华丽，为世人所喜欢。曾花费十年时间写就《三都赋》，写完后人们争相购买，导致洛阳城的纸价一时变贵。这就是成语"洛阳纸贵"的由来。

17. "代人写文章"被称之为"捉刀"。请问"捉刀人"的典故最早指的是哪位诗人？

【选项】A. 曹操　B. 曹植　C. 曹丕

【答案】A. 曹操

【注释】"捉刀人"原指曹操。语出《世说新语·容止》：匈奴来使，曹操将接见，以为自己的相貌不威武，便叫崔琰代替他，自己却捉刀站立在旁。接见完毕，派人问匈奴使者："魏王如何？"匈奴使臣回答说："魏王雅量非常，然床头捉刀人，此乃英雄也。"曹操听后赶忙派人追杀这个使者。后称代人写文章或顶替别人做事为"捉刀"。

18. 形容女子有才华，我们常说"咏絮之才"。曹雪芹形容林黛玉时就用了"堪怜咏絮才"。请问"咏絮之才"的来历和哪位女诗人有关系？

【选项】A. 蔡文姬　B. 谢道韫　C. 薛涛

【答案】B. 谢道韫

【原诗】可叹停机德，堪怜咏絮才。玉带林中挂，金簪雪里埋。——(清)曹雪芹《红楼梦》节选

谢道韫像（清人绘）

【注释】谢道韫：东晋才女，谢安的侄女。谢安曾问："白雪纷纷何所似？"谢安侄子谢朗答："撒盐空中差可拟。"谢道韫说："未若柳絮因风起。"此后，"咏絮才高"变成了形容女子才华的成语。

19.《观沧海》是建安十二年曹操北征乌桓，途中登临碣石山时所作。请问曹操北征乌桓消灭了谁的残余势力？

【选项】A. 孙权　B. 刘备　C. 袁绍

【答案】C. 袁绍

【原诗】东临碣石，以观沧海。水何澹澹，山岛竦峙。树木丛生，百草丰茂。秋风萧瑟，洪波涌起。日月之行，若出其中。星汉灿烂，若出其里。幸甚至哉，歌以咏志。——（东汉）曹操《观沧海》

【注释】207年，曹操亲率大军北上，追歼袁绍残部，临碣石山。登山观海，面对洪波涌起的大海，触景生情，写下了这首壮丽的诗篇。

隋唐五代：

盛世诗韵　如日中天

隋代由于国家的统一，南北文学也开始合流。隋炀帝时偏向重文采的南朝诗风。

唐代诗、文、词、小说全面发展，诗的发展最早，占有最重要的位置。《全唐诗》收集作者二千二百余人，唐代出现的杰出诗人是历史上最多的。

唐初的九十年，是唐诗繁荣期到来的准备阶段。诗歌内容从宫廷台阁走向社会生活各个角落；作者从官吏文人扩大到寒士平民；格式上从古体诗到近体诗。陈子昂此时异军突起，提倡汉魏风骨，风雅兴寄。开元天宝年间，唐诗全面繁荣，有王维、孟浩然的山水田园诗，高适、岑参、王昌龄的边塞诗。这一时期最重要的大事是出现了诗仙李白，他的诗气势若银河落九天，美如清水出芙蓉，展现了盛唐时代气质。

天宝后期，社会矛盾激化，安史之乱爆发，盛唐的辉煌不再，诗歌中的理想色彩、浪漫色彩也随之慢慢褪去。这一时期的代表诗人是诗圣杜甫，将世间疮痍、百姓苦难融入诗歌。大历年间，诗人的诗中多为寂寞情思，气骨顿衰。贞元、元和年间，政治中兴的同时，诗坛也出现革新现象，唐诗迎来了又一个高峰。韩愈、孟郊、李贺受到杜甫奇崛、炼字的影响，诗歌出现散文化、奇怪化倾向。白居易、元稹则从乐府民歌吸取营养，把诗歌写得通俗易懂。长庆以后，中兴梦破，诗人心态内敛，感情细腻，题材狭窄，写法苦吟。在诗的衰落中，杜牧、李商隐异军突起，创造了唐诗最后的辉煌。

词于初唐就在民间和部分文人中开始创作，中唐词体基本建立，晚唐至五代，词创作的文人化程度加强，艺术趋于成熟。晚唐五代最有名的词流派为花间派，代表文人有晚唐才子温庭筠和西蜀文人韦庄。比西蜀词稍晚的南唐词，艺术趣味相对文雅一点。代表词人有南唐元老冯延巳、南唐中主李璟、南唐后主李煜。词到了李煜手中，"变伶工之词而为士大夫之词"（王国维语）。

1. 唐朝诗人杜甫的《寄李十二白二十韵》"昔年有狂客,号尔谪仙人"中的"谪仙人"是指哪位诗人?

【选项】A. 李白　B. 杜甫　C. 苏轼

【答案】A. 李白

【原诗】昔年有狂客,号尔谪仙人。笔落惊风雨,诗成泣鬼神。声名从此大,汩没一朝伸。文彩承殊渥,流传必绝伦。龙舟移棹晚,兽锦夺袍新。白日来深殿,青云满后尘。乞归优诏许,遇我宿心亲。未负幽栖志,兼全宠辱身。剧谈怜野逸,嗜酒见天真。醉舞梁园夜,行歌泗水春。才高心不展,道屈善无邻。处士祢衡俊,诸生原宪贫。稻粱求未足,薏苡谤何频。五岭炎蒸地,三危放逐臣。几年遭鵩鸟,独泣向麒麟。苏武先还汉,黄公岂事秦。楚筵辞醴日,梁狱上书辰。已用当时法,谁将此义陈。老吟秋月下,病起暮江滨。莫怪恩波隔,乘槎与问津。——(唐)杜甫《寄李十二白二十韵》

【注释】唐代孟棨《本事诗》记:"李太白初至京师,舍于逆旅,贺监知章闻其名,首访之。既奇其姿,复请所为文,出《蜀道难》以示之,读未竟,称赏者数四,号为谪仙。"从此李白被称为"谪仙人",人称诗仙。

2. 杜甫《八阵图》中"功盖三分国,名成八阵图"是在赞扬哪位历史人物的丰功伟绩?

《武侯高卧图》（明朱瞻基）

【选项】A.汉武帝　B.诸葛亮　C.刘备

【答案】B.诸葛亮

【原诗】功盖三分国，名成八阵图。江流石不转，遗恨失吞吴。——（唐）杜甫《八阵图》

【注释】传说诸葛亮用石头摆成八阵图，杜甫入蜀之后，对诸葛亮的济世之才情有独钟。这是他到夔州（今重庆奉节）不久，就诸葛亮遗迹所作的一首怀古诗。

3. 武则天当皇帝后，有位诗人写下了闻名天下的《讨武檄文》，其中有名句："一抔之土未干，六尺之孤何托？""请看今日之域中，竟是谁家之天下"！请问《讨武檄文》的作者是哪位诗人？

【选项】A. 骆宾王　B. 虞世南　C. 卢照邻

【答案】A. 骆宾王

【原文】一抔之土未干，六尺之孤何托？倘能转祸为福，送往事居，共立勤王之勋，无废旧君之命，凡诸爵赏，同指山河。若其眷恋穷城，徘徊歧路，坐昧先几之兆，必贻后至之诛。请看今日之域中，竟是谁家之天下！——（唐）骆宾王《讨武檄文》节选

【注释】这篇檄文立论严正，先声夺人，将武则天置于被告席上，列数其罪。借此宣告天下，共同起兵，起到了很大的宣传鼓动作用。据《新唐书》所载，武则天初观此文时，还嬉笑自若，当读到"一抔之土未干，六尺之孤何托"句时，惊问是谁写的，叹道："有如此才，而使之沦落不偶，宰相之过也！"可见这篇檄文煽动力之强了。

4. "朱门酒肉臭，路有冻死骨"是杜甫在《自京赴奉先县咏怀五百字》中写下的千古名句。请问诗中提到作者的什么人竟是被活活饿死的？

【选项】A.杜甫的乡亲　B.杜甫的妻子　C.杜甫的儿子

【答案】C.杜甫的儿子

【原诗】劝客驼蹄羹，霜橙压香橘。朱门酒肉臭，路有冻死骨。荣枯咫尺异，惆怅难再述。北辕就泾渭，官渡又改辙。群冰从西下，极目高崒兀。疑是崆峒来，恐触天柱折。河梁幸未拆，枝撑声窸窣。行旅相攀援，川广不可越。老妻寄异县，十口隔风雪。谁能久不顾，庶往共饥渴。入门闻号咷，幼子饥已卒。吾宁舍一哀，里巷亦呜咽。所愧为人父，

无食致夭折。岂知秋禾登，贫窭有仓卒。生常免租税，名不隶征伐。抚迹犹酸辛，平人固骚屑。默思失业徒，因念远戍卒。忧端齐终南，澒洞不可掇。——（唐）杜甫《自京赴奉先县咏怀五百字》节选

【注释】《自京赴奉先县咏怀五百字》，是唐代伟大诗人杜甫的代表作之一。这首诗是杜甫被授右卫率府胄曹参军不久，由长安往奉先县（今陕西蒲城）探望妻儿时所作。"朱门酒肉臭，路有冻死骨"这一千古名句，形象地揭示出贫富悬殊的社会现实。"入门闻号啕，幼子饥已卒"，写的是小儿子被饿死。

5. 请问下列哪位诗人凭借哪首诗，赢得了"以孤篇压倒全唐"的美誉？

【选项】A. 陈子昂《登幽州台歌》　　B. 张若虚《春江花月夜》　　C. 杨炯《从军行》

【答案】B. 张若虚《春江花月夜》

【原文】春江潮水连海平，海上明月共潮生。滟滟随波千万里，何处春江无月明。江流宛转绕芳甸，月照花林皆似霰。空里流霜不觉飞，汀上白沙看不见。江天一色无纤尘，皎皎空中孤月轮。江畔何人初见月，江月何年初照人。人生代代无穷已，江月年年只相似。不知江月待何人，但见长江送流水。白云一片去悠悠，青枫浦上不胜愁。谁家今夜扁舟子，何处相思明月楼。可怜楼上月徘徊，应照离人妆镜台。玉户帘中卷不去，捣衣砧上拂还来。此时相望不相闻，愿逐月华流照君。鸿雁长飞光不度，鱼龙潜跃水成文。昨夜闲潭梦落花，可怜春半不还家。江水流春去欲尽，江潭落月复西斜。斜月沉沉藏海雾，碣石潇湘无限路。不知乘月几人归，落月摇情满江树。——（唐）张若虚《春江花月夜》

【注释】张若虚的《春江花月夜》一诗，被闻一多先生誉为"以孤篇压倒全唐之作"，是"诗中的诗，顶峰上的顶峰"。

6. 请问"过江千尺浪，入竹万竿斜"描写了哪种自然现象？

【选项】A. 风　B. 雨　C. 雪

【答案】A. 风

【原诗】解落三秋叶，能开二月花。过江千尺浪，入竹万竿斜。——（唐）李峤《风》

7. 诗人中也不乏文武双全者，看看这位，"十五好剑术，遍干诸侯。三十成文章，历抵

柏荫读骚图（范曾）

昭君出塞图（清倪田）

卿相"。请问这是哪位诗人?

【选项】A. 辛弃疾　B. 李白　C. 王昌龄

【答案】B. 李白

【原文】(李)白,陇西布衣,流落楚、汉。十五好剑术,遍干诸侯。三十成文章,历抵卿相。虽长不满七尺,而心雄万夫。皆王公大人许与气义。此畴曩心迹,安敢不尽于君侯哉! ——(唐)李白《与韩荆州书》节选

8. 唐代诗人韩愈《调张籍》诗云"蚍蜉撼大树,可笑不自量"。后人用"蚍蜉撼树"来形容人不自量力。请问蚍蜉是什么动物?

【选项】A. 知了　B. 蜗牛　C. 蚂蚁

【答案】C. 蚂蚁

【原诗】李杜文章在,光焰万丈长。不知群儿愚,那用故谤伤! 蚍蜉撼大树,可笑不自量。伊我生其后,举颈遥相望。夜梦多见之,昼思反微茫。徒观斧凿痕,不瞩治水航。想当施手时,巨刃磨天扬。垠崖划崩豁,乾坤摆雷硠。唯此两夫子,家居率荒凉。帝欲长吟哦,故遣起且僵。剪翎送笼中,使看百鸟翔。平生千万篇,金薤垂琳琅。仙官敕六丁,雷电下取将。流落人间者,太山一毫芒。我愿生两翅,捕逐出八荒。精诚忽交通,百怪入我肠。刺手拔鲸牙,举瓢酌天浆。腾身跨汗漫,不着织女襄。顾语地上友,经营无太忙。乞君飞霞佩,与我高颉颃。——(唐)韩愈《调张籍》

【注释】蚍蜉:一种体形较大带有毒性的蚂蚁。

9. 重男轻女一直是封建社会的传统。唐诗中有这么一句:"遂令天下父母心,不重生

《华清出浴图》(清康涛)

男重生女。"这句诗描述的是古代哪位女性,魅力大到改变了当时的主流观念?

【选项】A. 上官婉儿　B. 杨玉环　C. 武则天

【答案】B. 杨玉环

【原诗】姊妹弟兄皆列土,可怜光彩生门户。遂令天下父母心,不重生男重生女。——(唐)白居易《长恨歌》节选

【注释】这两句诗的意思是,杨玉环一个女人也能光宗耀祖,这使得天下父母不再只觉得儿子对家族重要。这是一个夸张的说法。

10. 唐代是中国诗歌最为辉煌的时期。下面三位唐代诗人,哪位留存的诗作最多?

【选项】A. 白居易　B. 李白　C. 杜甫

【答案】A. 白居易

【注释】白居易有近三千首。杜甫有一千四百余首。李白全集收录一千零一十一首。

11. 高适的《别董大》中写道"莫愁前路无知己,天下谁人不识君",董大的职业是什么?

【选项】A. 琴师　B. 词人　C. 厨师

【答案】A. 琴师

【原诗】千里黄云白日曛,北风吹雁雪纷纷。莫愁前路无知己,天下谁人不识君。——(唐)高适《别董大》

【注释】董大:董庭兰,是当时有名的音乐家。

12. 请问身为唐宋八大家之首,且有"文起八代之衰"之誉的是哪一位诗人?

【选项】A. 苏轼　B. 韩愈　C. 柳宗元

【答案】B. 韩愈

【注释】语出苏轼《潮州韩文公庙碑》:文起八代之衰,而道济天下之溺。

13. 诗人之间的友谊也和他们的诗作一样为后世景仰。杜甫的诗句"三夜频梦君,情亲见君意",表达了杜甫对谁的情谊?

【选项】A. 岑参　B. 高适　C. 李白

【答案】C. 李白

【原诗】浮云终日行,游子久不至。三夜频梦君,情亲见君意。告归常局促,苦道来不

易。江湖多风波，舟楫恐失坠。出门搔白首，若负平生志。冠盖满京华，斯人独憔悴。孰云网恢恢，将老身反累。千秋万岁名，寂寞身后事。——（唐）杜甫《梦李白》

【注释】唐玄宗天宝三载（744），李杜初会于洛阳，即成为至交。天宝四载（745）分手，至此已经十五个年头。至德二载（757），李白因为参加永王李璘的幕府而受牵连，被捕入狱。次年，即乾元元年（758）被定罪长流夜郎（今贵州桐梓）。第三年二月在流放途中，被赦放还，回到江陵，旋转江夏，但当时杜甫只知李白流放，不知赦还。这首诗，就是杜甫听到李白流放夜郎后，积思成梦而作，表达了对李白不幸遭遇的深切同情和关切，体现了一种生死不渝的兄弟般友谊。

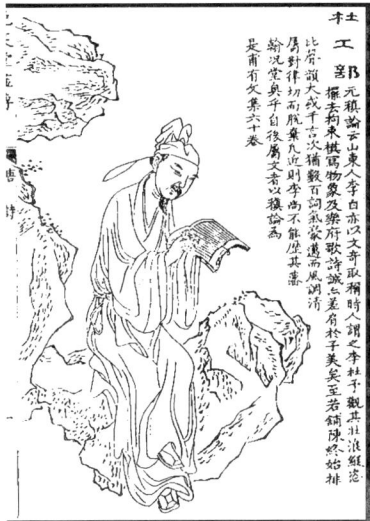

杜工部像

14. 唐朝诗人中有"大李杜"和"小李杜"之说，大李杜是指李白、杜甫，那么小李杜是指：

【选项】A. 李靖、杜审言　B. 李贺、杜牧　C. 李商隐、杜牧

【答案】C. 李商隐、杜牧

【注释】李商隐、杜牧是晚唐两位重要的诗人，合称"小李杜"以区别于李白、杜甫。

15. 白居易是唐代现实主义诗人，他的诗通俗易懂，他经常拿着诗稿读给田间地头的老人家听。请问以下诗作哪一首不是白居易的作品？

【选项】A.《琵琶行》　B.《长恨歌》　C.《兵车行》

【答案】C.《兵车行》

【注释】《兵车行》是杜甫的作品。

16. 成语"折戟沉沙"出自诗句"折戟沉沙铁未销，自将磨洗认前朝"。请问这句诗出自

何处?

【选项】A. 王昌龄《从军行》　　B. 杜牧《赤壁》　　C. 王昌龄《出塞》

【答案】B. 杜牧《赤壁》

【原诗】折戟沉沙铁未销,自将磨洗认前朝。东风不与周郎便,铜雀春深锁二乔。——(唐)杜牧《赤壁》

17. "锄禾日当午,汗滴禾下土。谁知盘中餐,粒粒皆辛苦"。这首诗从小就被用来教育我们不要浪费粮食。请问这是谁的作品?

【选项】A. 李绅《悯农》　　B. 聂夷中《咏田家》　　C. 白居易《轻肥》

【答案】A. 李绅《悯农》

【注释】李绅《悯农》诗共两首,另一首为:"春种一粒粟,秋收万颗子。四海无闲田,农夫犹饿死。"

18. "汴水流,泗水流,流到瓜洲古渡头,吴山点点愁"。这是白居易的《长相思》。请问"长相思"是什么?

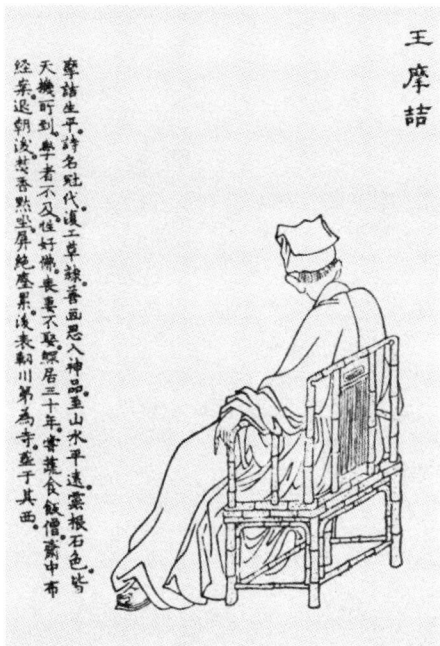

王维像

【选项】A. 乐府旧题　B. 词牌名　C. 诗的题目

【答案】B. 词牌名

【注释】长相思:唐教坊曲,后用作词调名。调名取自南朝乐府"上言长相思,下言久离别"句,多写男女相思之情。

19. 香山居士是唐朝哪位诗人的别名?

【选项】A. 杜甫　B. 白居易　C. 柳宗元

【答案】B. 白居易

20. 唐朝诗人被后代誉为"诗佛"的是哪一位?

【选项】A. 白居易　B. 李贺　C. 王维

【答案】C. 王维

【注释】王维字摩诘，号摩诘居士，因笃信佛教，诗歌中也多少流露出佛教意味，有"诗佛"之称。他的名和字连起来"维摩诘"，是早期佛教著名居士名称。

21. 李白笔下"吾爱孟夫子，风流天下闻"中的"孟夫子"是指谁？

【选项】A. 孟子　B. 孟浩然　C. 孟郊

【答案】B. 孟浩然

【原诗】吾爱孟夫子，风流天下闻。红颜弃轩冕，白首卧松云。醉月频中圣，迷花不事君。高山安可仰，徒此揖清芬。——（唐）李白《赠孟浩然》

【注释】李白与孟浩然的友谊是诗坛上的一段佳话。二人彼此结识，固然不乏饮酒唱和、携手遨游的乐趣，但是至为重要的，则是在追求情感的和谐一致，寻求灵性飘逸的同伴和知音。史载孟浩然曾隐鹿门山，年四十余客游京师，终以"当路无人"，还归故园。而李白竟亦有类似的经历，他少隐岷山，又隐徂徕山，后被玄宗召至京师，供奉翰林，终因小人谗毁，被赐金放还。的确，笑傲王侯，宏放飘然，邈然有超世之心，这便是两位著名诗人成为至交的根本原因。这首诗就是二人友谊的见证。

22. "居高声自远，非是藉秋风"是虞世南的诗句。其中"居高声自远"的"声"指的是哪种动物的声音？

【选项】A. 蝈蝈　B. 蟋蟀　C. 知了

【答案】C. 知了

【原诗】垂緌饮清露，流响出疏桐。居高声自远，非是藉秋风。——（唐）虞世南《蝉》

【注释】古人以蝉居高饮露象征高洁，作者以比兴和寄托的手法，表达自己的情操。本诗与骆宾王、李商隐的《咏蝉》，为当时咏蝉诗三绝。

23. 请问唐代诗人刘禹锡《赏牡丹》一诗中，一共提到了几种花？

【选项】A. 2种　B. 3种　C. 4种

【答案】B. 3种

【原诗】庭前芍药妖无格，池上芙蕖净少情。唯有牡丹真国色，花开时节动京城。——（唐）刘禹锡《赏牡丹》

24. 传说曾经享受过"力士脱靴，贵妃研墨"的诗人是谁？

【选项】A. 李白　B. 王维　C. 张九龄

【答案】A. 李白

【注释】传说番邦使节来朝，满朝文武无人认识他们的文字，只有李白通这门神奇的外语，并用它写了一篇警告番邦不要轻举妄动的公文，其间让高力士为他脱靴，杨贵妃为他研墨。

25. 成语"青梅竹马"形容男女自幼为伴，嬉戏玩耍，天真无邪，它源自"郎骑竹马来，绕床弄青梅"。请问这句诗出自哪首古诗？

　　【选项】A. 贺铸《连理枝》　　B. 杜甫《新婚别》　　C. 李白《长干行》

　　【答案】C. 李白《长干行》

　　【原诗】妾发初覆额，折花门前剧。郎骑竹马来，绕床弄青梅。同居长干里，两小无嫌猜。十四为君妇，羞颜未尝开。低头向暗壁，千唤不一回。十五始展眉，愿同尘与灰。常存抱柱信，岂上望夫台。十六君远行，瞿塘滟滪堆。五月不可触，猿声天上哀。门前迟行迹，一一生绿苔。苔深不能扫，落叶秋风早。八月蝴蝶黄，双飞西园草。感此伤妾心，坐愁红颜老。早晚下三巴，预将书报家。相迎不道远，直至长风沙。——（唐）李白《长干行》

26. "离离原上草，一岁一枯荣"是家喻户晓的名句，这首诗的名字叫《赋得古原草送

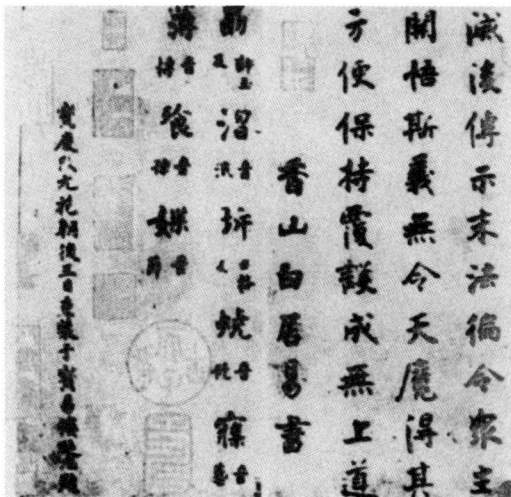

白居易手迹

别》。请问为什么要加"赋得"二字？

　　【选项】A. 应考习作　B. 诗的格律要求　C. 诗人自己习惯

　　【答案】A. 应考习作

　　【注释】这是一首应考习作，相传白居易十六岁时作。按科举考试规定，凡指定的试题，题目前须加"赋得"二字。

27. 请问白居易《忆江南》中的"日出江花红胜火，春来江水绿如蓝"，"绿如蓝"的"蓝"指的是什么？

【选项】A. 蓝色　B. 蓝草　C. 蓝天

【答案】B. 蓝草

【原词】江南好，风景旧曾谙。日出江花红胜火，春来江水绿如蓝。能不忆江南？江南忆，最忆是杭州。山寺月中寻桂子，郡亭枕上看潮头。何日更重游？江南忆，其次忆吴宫。吴酒一杯春竹叶，吴娃双舞醉芙蓉。早晚复相逢？——（唐）白居易《忆江南词三首》

【注释】蓝：蓝草，一种植物，叶子可以用来制作青色的染料。

28.《将进酒》是李白的代表作之一，叙述了诗人和两位好友喝酒的故事。请问李白的这两位好友分别是谁？

　　【选项】A. 岑勋、元丹丘　B. 岑参、元稹　C. 岑勋、袁郊

　　【答案】A. 岑勋、元丹丘

　　【原诗】君不见黄河之水天上来，奔流到海不复回。君不见高堂明镜悲白发，朝如青丝暮成雪。人生得意须尽欢，莫使金樽空对月。天生我材必有用，千金散尽还复来。烹羊宰牛且为乐，会须一饮三百杯。岑夫子，丹丘生，将进酒，杯莫停。与君歌一曲，请君为我倾耳听。钟鼓馔玉不足贵，但愿长醉不复醒。古来圣贤皆寂寞，惟有饮者留其名。陈王昔时宴平乐，斗酒十千恣欢谑。主人何为言少钱，径须沽取对君酌。五花马，千金裘，呼儿将出换美酒，与尔同销万古愁。——（唐）李白《将进酒》

　　【注释】岑夫子指的是岑勋，丹丘生指的是元丹丘，二人均为李白好友。

29. 请问，成语"走马观花"与"春风得意"皆出自下列哪首古诗？

　　【选项】A.《登科后》　B.《贺二石登科》　C.《四登科诗》

　　【答案】A.《登科后》

　　【原诗】昔日龌龊不足夸，今朝放荡思无涯。春风得意马蹄疾，一日看尽长安花。——（唐）孟郊《登科后》

30.《琵琶行》是作者白居易和友人在浔阳江送客时，偶遇琵琶女所写。请问这首诗写于什么季节？

　　【选项】A. 春季　B. 夏季　C. 秋季

　　【答案】C. 秋季

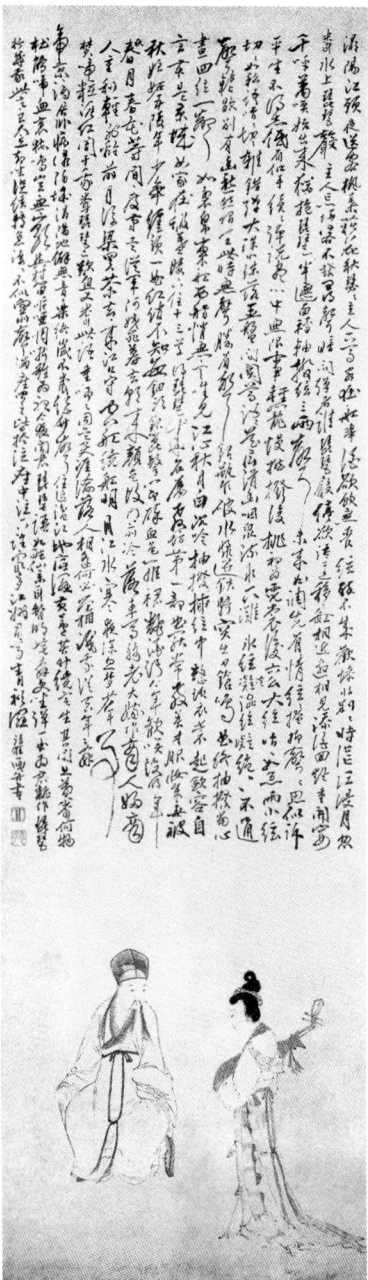

《琵琶行图》（明郭诩）

【原诗】浔阳江头夜送客，枫叶荻花秋瑟瑟。主人下马客在船，举酒欲饮无管弦。醉不成欢惨将别，别时茫茫江浸月。忽闻水上琵琶声，主人忘归客不发。——（唐）白居易《琵琶行》节选

31. 李白的《将进酒》中有一名句"陈王昔时宴平乐"，其中"陈王"指的是谁？

【选项】A.陈胜　B.曹植　C.李世民

【答案】B.曹植

【注释】陈王：陈思王曹植。曹植曾在平乐观大摆酒宴，畅饮名贵好酒，尽情欢乐。

32. 与著名诗人元稹并称为"元白"的是唐朝哪位诗人？

【选项】A.白起　B.白居易　C.白朴

【答案】B.白居易

【注释】元稹、白居易同为新乐府运动的倡导者。二人文学观点相同，作品风格相近。他们强调诗歌的讽喻作用，写有大量反映现实的作品，都擅长于新乐府、七言歌行、长篇排律等诗体，注意诗歌语言的平易浅切和通俗性。在中唐诗坛上，元、白的影响很大。《新唐书·白居易传》载：白居易"初与元稹酬咏，故号元白"。白居易在《〈刘白唱和集〉解》中也说："江南士女，语才子者，多云元白。"

33. "至近至远东西，至深至浅清溪。至高至明日月，至亲至疏夫妻"，构成了著名的《八至》诗。请问这首诗出自哪位女诗人之手？

【选项】A. 柳如是　B. 薛涛　C. 李冶

【答案】C. 李冶

【注释】李冶：女道士，中唐诗坛上享誉盛名的女诗人。李冶的诗以五言擅长，多酬赠遣怀之作。刘长卿对她的诗极其赞赏，称她为"女中诗豪"。高仲武评论说："士有百行，女唯四德。季兰则不然。形器既雄，诗意亦荡。自鲍照以下，罕有其伦。"又说她："上比班姬（婕妤）则不足，下比韩英（兰英）则有余。不以迟暮，亦一俊姬。"她与薛涛、鱼玄机、刘采春一起，被誉为"唐代四大女诗人"。

34. 闺怨是文学的古老话题，是许多古代妇女的生活写照。有位文学家的词大多写的是女子闺情，因词藻华丽、秾艳精致，而被称为"花间鼻祖"。请问这位词人是谁？

【选项】A. 李清照　B. 温庭筠　C. 韦庄

【答案】B. 温庭筠

【注释】花间派：中国晚唐五代词派，代表人物有温庭筠（花间的鼻祖）、韦庄、牛希济、欧阳炯等人。

温庭筠像

35. 杜荀鹤的《春宫怨》中有一名句"年年越溪女，相忆采芙蓉"。请问诗中的"芙蓉"指什么花？

【选项】A. 莲花　B. 木芙蓉　C. 芍药

【答案】A. 莲花

【原诗】早被婵娟误，欲妆临镜慵。承恩不在貌，教妾若为容。风暖鸟声碎，日高花影重。年年越溪女，相忆采芙蓉。——（唐）杜荀鹤《春宫怨》

【注释】芙蓉：植物学上指木芙蓉，诗词作品中通常都是指莲花。

36. 杜荀鹤《春宫怨》中写道："年年越溪女，相忆采芙蓉。"请问诗中的"越溪女"是指我国古代哪位美女？

【选项】A. 班婕妤　B. 西施　C. 赵飞燕

【答案】B. 西施

【注释】参见李白《咏苎萝山》："西施越溪女，出自苎萝山。秀色掩今古，荷花羞玉颜。浣纱弄碧水，自与清波闲。皓齿信难开，沉吟碧云间。勾践征绝艳，扬蛾入吴关。提携馆娃宫，杳渺讵可攀。一破夫差国，千秋竟不还。"

杜甫行书

37. 我们几乎人人知道一句咏美人的名句："绝代有佳人，幽居在空谷。"请问作者是谁？

【选项】A. 杜甫　B. 屈原　C. 司马相如

【答案】A. 杜甫

【原诗】绝代有佳人，幽居在空谷。自云良家女，零落依草木。关中昔丧乱，兄弟遭杀戮。官高何足论，不得收骨肉。世情恶衰歇，万事随转烛。夫婿轻薄儿，新人美如玉。合昏尚知时，鸳鸯不独宿。但见新人笑，那闻旧人哭。在山泉水清，出山泉水浊。侍婢卖珠回，牵萝补茅屋。摘花不插发，采柏动盈掬。天寒翠袖薄，日暮倚修竹。——（唐）杜甫《佳人》

【注释】在古代，以弃妇为题材的诗文不乏佳作。如《诗经·卫风》中的《氓》，汉乐府里的《上山采蘼芜》等，而司马相如的《长门赋》写被废弃的陈皇后，其中"夫何一佳人兮，步逍遥以自娱"两句，正是杜甫《佳人》诗题的来源。杜甫很少写专咏美人的诗歌，《佳人》却以其格调之高而成为咏美人的名篇。

38. 唐代诗人杜牧的咏史诗"东风不与周郎便，铜雀春深锁二乔"。诗中记录的是哪场战争？

【选项】A.官渡之战　B.赤壁之战　C.夷陵之战

【答案】B.赤壁之战

【原文】折戟沉沙铁未销,自将磨洗认前朝。东风不与周郎便,铜雀春深锁二乔。——(唐)杜牧《赤壁》

【注释】这首诗是诗人经过赤壁古战场,有感于三国时代的英雄成败而写下的。

39.唐诗是中国诗歌的巅峰与代表,据专家考证,在唐朝二百九十年间竟然出现了二百零七位女诗人。请问以下哪位女诗人不在唐代四大女诗人之列?

【选项】A.李冶　B.鱼玄机　C.上官婉儿

【答案】C.上官婉儿

【注释】唐代女诗人中李冶、薛涛、鱼玄机、刘采春最为著名,她们并称为"唐代四大女诗人"。

40.唐诗绝句《汉宫曲》中这样写道:"掌中舞罢箫声绝,三十六宫秋夜长。"请问诗中描写的这位"能做掌中舞"的古代美女是谁?

【选项】A.貂蝉　B.赵飞燕　C.罗敷

【答案】B.赵飞燕

【原诗】水色帘前流玉霜,赵家飞燕侍昭阳。掌中舞罢箫声绝,三十六宫秋夜长。——(唐)徐凝《汉宫曲》

【注释】传说赵飞燕身轻如燕,能让别人手举一个盘子,她在盘子中跳舞。

赵飞燕姊弟像

41.杜甫的《赠花卿》中写道:"此曲只应天上有,人间能得几回闻?"请问"花卿"的职业是什么?

【选项】A.歌女　B.诗人　C.武将

【答案】C.武将

【原诗】锦城丝管日纷纷，半入江风半入云。此曲只应天上有，人间能得几回闻？——（唐）杜甫《赠花卿》

【注释】花卿：花敬定，唐朝武将，曾平定段子璋之乱。杜甫《戏作花卿歌》"成都猛将有花卿，学语小儿知姓名"，即此花卿。

42.安史之乱后，诗人杜甫漂泊到江南一带偶遇老友，写下了"正是江南好风景，落花时节又逢君"的千古佳句。请问诗句中"又逢君"的"君"指的是谁？

【选项】A.李白　B.李龟年　C.李延年

【答案】B.李龟年

【原诗】岐王宅里寻常见，崔九堂前几度闻。正是江南好风景，落花时节又逢君。——（唐）杜甫《江南逢李龟年》

【注释】李龟年：唐玄宗初年著名歌手，常在贵族豪门歌唱。杜甫少年时才华卓著，常出入于岐王李隆范和中书监崔涤的门庭，得以欣赏李龟年的歌唱艺术。

43.我们常用"海阔凭鱼跃，天高任鸟飞"来比喻在广阔的天地里，人们可以自由地施展才能。这两句话是从唐代禅僧元览所写的"大海从鱼跃，长空任鸟飞"演变过来。请问当时元览把这首诗题在什么地方？

【选项】A.竹子上　B.墙壁上　C.树干上

【答案】A.竹子上

【注释】宋阮阅《诗话总龟前集》卷三十引《古今诗话》谓：唐代大历年间，禅僧元览在竹上题诗：大海从鱼跃，长空任鸟飞。这句诗表达出禅僧自由自在的广阔胸襟和活泼的禅机。后改变为"海阔凭鱼跃，天高任鸟飞"，比喻可以充分自由地行动，或无拘无束地施展才能。

44.杜甫有一名句，"出师未捷身先死，长使英雄泪满襟"。请问杜甫感慨的是哪位历史人物？

【选项】A.周瑜　B.孙策　C.诸葛亮

【答案】C.诸葛亮

【原诗】丞相祠堂何处寻？锦官城外柏森森。映阶碧草自春色，隔叶黄鹂空好音。三

顾频烦天下计，两朝开济老臣心。出师未捷身先死，长使英雄泪满襟。——（唐）杜甫《蜀相》

【注释】蜀相：三国蜀汉丞相诸葛亮（孔明）。

45. 唐朝著名诗人孟浩然与另一位诗人同为盛唐"田园诗派"代表作家，二人合称为"王孟"。请问这位诗人是谁？

【选项】A. 王勃　B. 王维　C. 王之涣

【答案】B. 王维

【注释】王维和孟浩然因山水田园诗同属超逸渊泊一路，并称王孟。不过二人风格有明显差异：王维空灵澄静，孟浩然清远淡寂。

46. 唐代四大女诗人之一的鱼玄机婚姻遭遇不幸后，写下了哪两句诉说爱情艰难与痛苦的传世名句？

【选项】A. 忆君泪落东流水，岁岁花开知为谁　B. 易求无价宝，难得有心郎　C. 恨不生同时，日日与君好

【答案】B. 易求无价宝，难得有心郎

【原诗】羞日遮罗袖，愁春懒起妆。易求无价宝，难得有心郎。枕上潜垂泪，花间暗断肠。自能窥宋玉，何必恨王昌。——（唐）鱼玄机《赠邻女》（一作《寄李亿员外》）

【注释】《赠邻女》：鱼玄机写于863年（唐懿宗咸通四年）的冬季。鱼玄机追求恩师温庭筠未果，以写给温的两首诗结缘于李亿，

《元（玄）机诗意图》（清改琦）

嫁于李亿为妾。后因李亿夫人不容，遂于京郊咸宜观为道士。她为道士后，对李亿仍一往情深，写下了许多怀李的诗，希望能早日重聚，可惜终成泡影。绝望之余，鱼玄机写下了此诗。

坑儒谷

47. "竹帛烟销帝业虚，关河空锁祖龙居。坑灰未冷山东乱，刘项原来不读书"。唐代诗人章碣用这首诗评价了哪个历史事件？

【选项】A. 焚书坑儒　　B. 吞并六国

C. 修筑长城

【答案】A. 焚书坑儒

【注释】诗句出自《焚书坑》。焚书坑：据传是当年焚书的一个洞穴，旧址在今陕西省临潼县东南的骊山上。章碣或者到过那里，目之所触，感慨系之，便写了这首诗。这首诗就秦末动乱的局面，对秦始皇焚书的暴虐行

径进行了辛辣的嘲讽和无情的谴责。

48. 下面哪首诗没有涉及黄河？

【选项】A. 王之涣《登鹳雀楼》　　B. 刘禹锡《浪淘沙》　　C. 杜甫《登高》

【答案】C. 杜甫《登高》

【注释】A. 王之涣《登鹳雀楼》：白日依山尽，黄河入海流。

　　　　B. 刘禹锡《浪淘沙》：九曲黄河万里沙，浪淘风簸自天涯。

49. 我们生活中常用的成语，很多都来自古诗词。请问"卷土重来"出自下面哪首诗？

【选项】A. 杜甫《春望》　　B. 杜牧《题乌江亭》　　C. 李清照《乌江》

【答案】B. 杜牧《题乌江亭》

【原诗】胜败兵家事不期，包羞忍辱是男儿。江东子弟多才俊，卷土重来未可知。——（唐）杜牧《题乌江亭》

50. 唐朝有一位女诗人天赋极高，从小就显露诗才，六岁便写下一首《咏蔷薇》："经时

未架却，心绪乱纵横。"请问这位女诗人是谁？

【选项】A. 薛涛　B. 李冶　C. 鱼玄机

【答案】B. 李冶

【注释】出自《唐才子传·李季兰》：李冶"美姿容，神情萧散，专心翰墨，善弹琴。六岁时作《蔷薇诗》：'经时未架却，心绪乱纵横。'其父见曰：'此女聪黠非常，恐为失行妇人。'……后以交游文士，微泄风声，皆出乎轻薄之口。夫士有百行，女唯四德，季兰则不然，形气既雄，诗意亦荡……"与薛涛、鱼玄机、刘采春一起，被誉为"唐代四大女诗人"。

51. 毛主席有诗："天若有情天亦老，人间正道是沧桑。""天若有情天亦老"一句最早出自哪首古诗？

【选项】A. 李商隐《行次西郊一百韵》　B. 李贺《金铜仙人辞汉歌》　C. 李白《行路难》

【答案】B. 李贺《金铜仙人辞汉歌》

【原诗】茂陵刘郎秋风客，夜闻马嘶晓无迹。画栏桂树悬秋香，三十六宫土花碧。魏宫牵车指千里，东关酸风射眸子。空将汉月出宫门，忆君清泪如铅水。衰兰送客咸阳道，天若有情天亦老。携盘独出月荒凉，渭城已远波声小。——（唐）李贺《金铜仙人辞汉歌》

【注释】司马光曾称此句为"奇绝无对"。但宋初石延年曾用李贺此句为上联，对出下联"月如无恨月常圆"席上赠友，语惊四座。

52.《西厢记》是我国家喻户晓的名剧，而这出剧的故事改写自"唐传奇"中的《莺莺

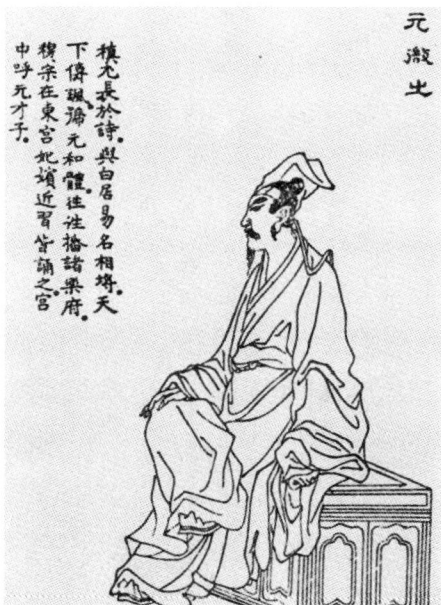

元稹像

传》。请问《莺莺传》的作者是唐代哪位大诗人？

【选项】A.白居易　　B.元稹　　C.关汉卿

【答案】B.元稹

【原文】唐贞元中，有张生者，性温茂，美风容，内秉坚孤，非礼不可入。或朋从游宴，扰杂其间，他人皆汹汹拳拳，若将不及；张生容顺而已，终不能乱。以是年二十三，未尝近女色。——（唐）元稹《莺莺传》节选

【注释】《西厢记》最早的出典，是唐代元稹的传奇《莺莺传》，亦名《会真记》。它的大致内容是写年轻的张生，寄居于山西蒲州的普救寺，有崔氏孀妇携女儿莺莺回长安，途经蒲州，亦寓于该寺。遇兵乱，崔氏富有，惶恐无托，幸张生与蒲将杜确有交谊，得其保护，崔氏遂免于难。为酬谢张生，设宴时让女儿莺莺出见，张生为之动情。得丫鬟红娘之助，二人幽会。后张生去长安，数月返蒲，又居数月，再去长安应试，不中，遂弃莺莺，后男婚女嫁。某次，张生再经崔氏住所，要求以表兄礼节相见，被莺莺拒绝，并赋诗二章寄意。

53.李白《感兴八首》其二中写道："香尘动罗袜，绿水不沾衣。陈王徒作赋，神女岂同归？"请问诗中提到的"陈王徒作赋"中陈王作的是什么赋？

【选项】A.《登徒子好色赋》　　B.《洛神赋》　　C.《神女赋》

【答案】B.《洛神赋》

【原诗】洛浦有宓妃，飘飘雪争飞。轻云拂素月，了可见清辉。解佩欲西去，含情讵相违。香尘动罗袜，绿水不沾衣。陈王徒作赋，神女岂同归？好色伤大雅，多为世所

东晋顾恺之《洛神赋图》（局部）

文姬归汉图（宋陈居中）

东临碣石图（范曾）

讯。——(唐)李白《感兴八首》

【注释】B《洛神赋》的作者陈王,即陈思王曹植。《感兴八首》其二中开篇写道:"洛浦有宓妃,飘飘雪争飞。"A、C篇皆为宋玉所作。关于曹植作《洛神赋》的故事,传说甄宓本为袁熙之妻,曹操攻破邺城后赐予曹丕。甄宓貌美有文采,有《塘中行》诗传于世。曹植一直暗恋之,甄宓死后,曹植入朝,曹丕将甄后玉镂金带枕赐予曹植,曹植悲泣,睹物思人,在返回封地时,夜宿舟中,恍惚之间,遥见甄妃凌波御风而来,倾诉衷肠。曹植一惊而醒。回到鄄城,曹植文思激荡,写了一篇《感甄赋》。四年后,明帝曹叡为避母名讳,遂改为《洛神赋》(传说出自李善《昭明文选注》卷十九)。

54. 诗词往往能记录历史、反映社会现状。请问其诗作被誉为"诗史"的唐朝伟大现实主义诗人是哪位?

【选项】A. 杜甫   B. 刘禹锡   C. 白居易

【答案】A. 杜甫

【注释】杜甫:唐代现实主义诗人,以"三吏""三别"取重于世。诗歌多反映流离战乱中百姓贫苦的生活,被称为"诗史"。

55. 请问中国新月派代表诗人闻一多曾称赞哪首诗是"诗中的诗,顶峰上的顶峰"?

【选项】A.《春江花月夜》   B.《水调歌头·明月几时有》   C.《江城子·密州出猎》

【答案】A.《春江花月夜》

【原诗】春江潮水连海平,海上明月共潮生。滟滟随波千万里,何处春江无月明。江流宛转绕芳甸,月照花林皆似霰。空里流霜不觉飞,汀上白沙看不见。——(唐)张若虚《春江花月夜》节选

【注释】王闿运《论唐诗诸家源流——答陈完夫问》云:"张若虚《春江花月夜》用《西洲》格调,孤篇横绝,竟为大家。李贺、商隐,挹其鲜润;宋词、元诗,尽其支流。"现代诗人、学者闻一多也给予了《春江花月夜》高度评价:"这是诗中的诗,顶峰上的顶峰。"

56. "此时无声胜有声"常用来形容"默默无声却比有声更感人",或"有时候不说话

比说话更有用"。请问这句名句出自哪首诗?

【选项】A. 白居易《琵琶行》　B. 白居易《长恨歌》　C. 高适《燕歌行》

【答案】A. 白居易《琵琶行》

【原诗】别有幽愁暗恨生,此时无声胜有声。——(唐)白居易《琵琶行》节选

【注释】这句诗本是形容琵琶女技艺绝伦,曲中声音近弱到无时,作者却仍能够感受到曲子所蕴含的情调。后引申为"默默无声却比有声更感人"。

元好问塑像

57. 苏轼在《祭柳子玉文》中用"元轻白俗,郊寒岛瘦"形容了四位诗人的风格特点。请问其中不包括谁?

【选项】A.元好问　B.白居易　C.孟郊

【答案】A.元好问

【注释】"元轻白俗"是对元稹和白居易诗风的评语,谓前者轻佻,后者俚俗。而"郊寒岛瘦"是对孟郊、贾岛简啬孤峭的诗歌风格的评价。元稹和白居易后被誉为"元白"。

58. 苏轼曾以"诗中有画,画中有诗"来评论某位诗人的作品。请问这位被苏轼大加赞赏的诗人是谁?

【选项】A. 王维　B.孟浩然　C.温庭筠

【答案】A. 王维

【注释】王维:唐朝著名诗人、画家,字摩诘,号摩诘居士,世称"王右丞"。因笃信佛教,有"诗佛"之称。存诗四百余首,代表诗作有《相思》、《山居秋暝》等。受禅宗影响很大,深通佛学,精通诗、书、画、音乐等,与孟浩然合称"王孟"。苏轼评云:"味摩诘之诗,诗中有画;观摩诘之画,画中有诗。"

59. 唐代诗人韩愈也是杰出的散文大家,他既善于化用前人的语言,又善于炼字,创造出许多新的词语,其中很多作为成语流传至今。请问下面哪个成语不是出自他的

手笔?

【选项】A. 不平则鸣　　B. 分久必合　　C. 蝇营狗苟

【答案】B. 分久必合

【原文】大凡物不得其平则鸣。——(唐)韩愈《送孟东野序》节选

蝇营狗苟,驱去复返。——(唐)韩愈《送穷文》节选

话说天下大势,分久必合,合久必分。——《三国演义》节选

【注释】出自韩愈的成语还有:特立独行、落井下石、动辄得咎、杂乱无章、佶屈聱牙、俯首帖耳、摇尾乞怜、虚张声势、一龙一猪、飞黄腾达、旋乾转坤、再接再厉、坐井观天、驾轻就熟、无理取闹等等。

60. 忙碌一场成全了他人,我们会说"为他人作嫁衣裳"。这句话出自唐诗《贫女》"苦恨年年压金线,为他人作嫁衣裳"。请问这首诗的作者是谁?

【选项】A. 皮日休　　B. 秦韬玉　　C. 司空图

【答案】B. 秦韬玉

【原文】蓬门未识绮罗香,拟托良媒益自伤。谁爱风流高格调,共怜时世俭梳妆。敢将十指夸针巧,不把双眉斗画长。苦恨年年压金线,为他人作嫁衣裳。——(唐)秦韬玉《贫女》

【注释】为人作嫁:原意是说穷苦人家的女儿没有钱置备嫁衣,却每年辛辛苦苦地用金线刺绣,给别人作嫁衣。比喻空为别人辛苦。

61. 下列诗句中,有错误的一项是哪句?

【选项】A. 不知明镜里,何处得秋霜　　B. 不知细叶谁裁出,二月春风似剪刀　　C. 鸟宿池边树,僧推月下门

【答案】C. 鸟宿池边树,僧推月下门

【原诗】闲居少邻并,草径入荒园。鸟宿池边树,僧敲月下门。过桥分野色,移石动云根。暂去还来此,幽期不负言。——(唐)贾岛《题李凝幽居》

【注释】贾岛初次到京城里参加科举考试,一天他在驴背上想到了两句诗:"鸟宿池边树,僧敲月下门。"开始想用"推"字,又想用"敲"字,决定不下来,便在驴背上吟

诵，伸出手做出推和敲的姿势来，自言自语。当时韩愈临时代理京兆尹，他正出巡，贾岛不知不觉冲撞到韩愈的仪仗队，还在不停地做推、敲的手势。于是就被韩愈左右的侍从推操到韩愈的面前，贾岛详细地回答了他在酝酿诗句的事，用"推"字还是用"敲"字没有确定，想得出神了，忘记了要回避。韩愈停下马车思考了很久，对贾岛说："用'敲'字好。"于是二人并排骑着马和驴回家，一同谈论作诗的方法，好几天不舍得离开。韩愈因此与贾岛成了好朋友。

62. 古代许多咏物诗本身就是一道很好的谜语。请问"无风才到地，有风还满空。缘渠偏似雪，莫近鬓毛生"这首诗咏的是什么？

【选项】A. 蒲公英　B. 柳絮　C. 风信子

【答案】B. 柳絮

【原诗】无风才到地，有风还满空。缘渠偏似雪，莫近鬓毛生。——（唐）雍裕之《柳絮》

【注释】柳絮与雪有很多相似之处，常被诗人用来互比。《晋书·王凝之妻谢氏传》云："王凝之妻谢道韫，聪明有才辩，尝内集，雪骤下，叔谢安曰：'何所拟也？'安兄子朗曰：'撒盐空中差可拟。'道韫曰：'未若柳絮因风起。'安大悦，众承许之。"因此，后世称赞能诗善文的女子为"咏絮才"。

63. "古人重到今人爱，万局都无一局同"出自文人欧阳炯之手。请问诗句中描述的是古代哪种娱乐项目？

【选项】A. 斗促织　B. 下棋　C. 蹴鞠

【答案】B. 下棋

【原诗】棋理还将道理通，争饶先手却由衷。古人重到今人爱，万局都无一局同。静算山川千里近，闲消日月两轮空。诚知此道刚难进，况是平生不著功。——（后蜀）欧阳炯《赋棋》

【注释】《赋棋》，见《韵语阳秋》，只是残句。张昭焚《历代棋声诗韵选集——唐朝篇》收录全诗。

64. 李商隐笔下有一名句："此花此叶长相映，翠减红衰愁杀人。"请问这句诗是作者因为感叹哪种花的高洁品质而作?

【选项】A. 海棠　B. 牡丹　C. 荷花

【答案】C. 荷花

【原诗】世间花叶不相伦,花入金盆叶作尘。惟有绿荷红菡萏,卷舒开合任天真。此花此叶长相映,翠减红衰愁煞人。——(唐)李商隐《赠荷花》

【注释】《赠荷花》是唐代著名诗人李商隐所作的一首七言古诗。我国民间长期流传着这样的谚语:"荷花虽好,也要绿叶扶持。"李商隐的这首七言古诗,形象地表现了和这谚语相似的可贵思想。作者说,一般人总是重视花,不重视叶。花栽在金盆里,叶子却让它落地成为尘土。但荷花的红花绿叶,却配合得很好,它们长期互相照映,一直到绿叶减少,红花谢落,使人觉得很惆怅。这样就写出了荷花荷叶的共同命运,而且写得很有感情。

65. 根据《琵琶行》的叙述,白居易当时是在哪个江头夜送归客的时候偶遇琵琶女,听到了琵琶声?

【选项】A. 南阳江头　B. 荥阳江头　C. 浔阳江头

【答案】C. 浔阳江头

【原诗】浔阳江头夜送客,枫叶荻花秋瑟瑟。——(唐)白居易《琵琶行》节选

66. 根据长篇叙事诗《琵琶行》的描述,琵琶女告诉白居易自己是京城女。请问琵琶女的家在京城的什么地方?

【选项】A. 门头沟　B. 虾蟆陵　C. 蘑菇屯

【答案】B. 虾蟆陵

【原诗】自言本是京城女,家在虾蟆陵下住。十三学得琵琶成,名属教坊第一部。——(唐)白居易《琵琶行》节选

67. 请问根据《琵琶行》的记载,琵琶女为白居易演奏了哪两首曲子?

【选项】A.《霓裳羽衣曲》和《六幺》　B.《阳春白雪》和《霓裳羽衣曲》　C.《夕阳箫鼓》和《六幺》

【答案】A.《霓裳羽衣曲》和《六幺》

《瑶池霓裳图》（清任薰）

【原诗】轻拢慢捻抹复挑，初为《霓裳》后《六幺》。大弦嘈嘈如急雨，小弦切切如私语。——（唐）白居易《琵琶行》节选

【注释】《霓裳羽衣曲》：即《霓裳羽衣舞》，是唐朝大曲中的法曲精品，唐歌舞的集大成之作。直到现在，它仍无愧于音乐舞蹈史上的一颗璀璨的明珠。唐玄宗为道教所作之曲，用于在太清宫祭献老子时演奏，安史之乱后失传。在南唐时期，李煜和大周后将其大部分补齐，但是金陵城破时，被李煜下令烧毁了。到了南宋年间，姜夔发现商调《霓裳曲》的乐谱十八段。这些片断还保存在他的《白石道人歌曲》里。

68. 杜甫名篇《石壕吏》中讲述了作者投宿老妇家中时，亲眼看见官吏乘夜捉人。请问诗中的老妇家有几个儿子去服役了？

【选项】A. 两个　B. 三个　C. 四个

【答案】B. 三个

【原诗】暮投石壕村，有吏夜捉人。老翁逾墙走，老妇出门看。吏呼一何怒，妇啼一何苦。听妇前致词，三男邺城戍。——（唐）杜甫《石壕吏》节选

69. 当几个失意的人聚在一起时，经常会说"同是天涯沦落人，相逢何必曾相识"这句话来表达同病相怜、互相慰藉的情感。请问这句话出自哪首古诗？

【选项】A.《琵琶行》　B.《长恨歌》　C.《行路难》

【答案】A.《琵琶行》

【原诗】我闻琵琶已叹息，又闻此语重唧唧。同是天涯沦落人，相逢何必曾相识！——（唐）白居易《琵琶行》节选

【注释】诗人通过沦落天涯的歌女的一生，来抒发自己忧国遭贬的政治苦闷。它写出了人们对苦难生活的共同体验，又由于诗句简明准确、情意合一，所以能够在历史的长河中激起广泛的同情，成了人们表达同病相怜、互相慰藉的千古传诵不朽的名句。白居易和琵琶女沦落天涯的共同命运，造成他们"相逢何必曾相识"的生活基础，同时还要理解白居易的平民情怀和救世主义的思想基础。

70. "为谁辛苦为谁甜"出自唐代诗人罗隐的笔下。请问这是诗人赞美哪种动物的诗作？

　　【选项】A. 蝴蝶　B. 蜜蜂　C. 蚂蚁

　　【答案】B. 蜜蜂

　　【原诗】不论平地与山尖，无限风光尽被占。采得百花成蜜后，为谁辛苦为谁甜。——（唐）罗隐《蜂》

71.《春夜洛城闻笛》是唐代伟大诗人李白创作的一首七言绝句。请问这首诗是诗人客居何地所作？

　　【选项】A. 长安　B. 成都　C. 洛阳

　　【答案】C. 洛阳

　　【原诗】谁家玉笛暗飞声，散入春风满洛城。此夜曲中闻折柳，何人不起故园情。——（唐）李白《春夜洛城闻笛》

　　【注释】洛城：指洛阳。

72.《琵琶行》是唐代诗人白居易的千古名篇。请问这首诗是作者被贬谪到何地之后写下的？

　　【选项】A. 江州　B. 洛阳　C. 新郑

　　【答案】A. 江州

　　【原文】元和十年，予左迁九江郡司马。明年秋，送客湓浦口，闻舟中夜弹琵琶者。

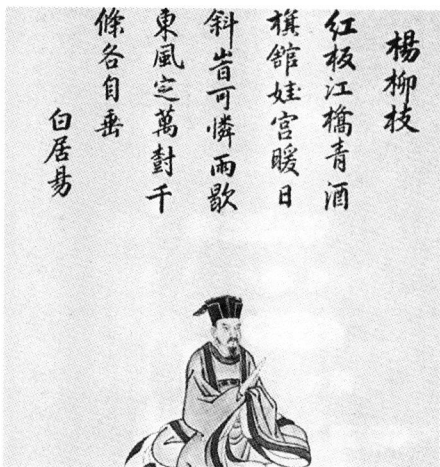

清代三十六诗仙图卷之白居易

听其音，铮铮然有京都声。问其人，本长安倡女，尝学琵琶于穆、曹二善才。年长色衰，委身为贾人妇。遂命酒，使快弹数曲。曲罢悯然，自叙少小时欢乐事，今漂沦憔悴，转徙于江湖间。予出官二年，恬然自安，感斯人言，是夕始觉有迁谪意。因为长句，歌以赠之，凡六百一十六言。命曰《琵琶行》。——（唐）白居易《琵琶行》序

【注释】诗前小序，共一百三十八字，扼要地交代了时间、地点、人物和故事的主要经过，概括了琵琶女的身世，说明了本诗的写作动机，定下了全诗凄切伤怀的感情基调。本诗是一篇抒情色彩很浓的长篇叙事诗。

73. 古人作送别诗抒写离情别绪，众多名词佳句往往涌现于此。请问下列哪句诗不是送别时所作？

【选项】A. 一片冰心在玉壶　B. 天下谁人不识君　C. 浅草才能没马蹄

【答案】C. 浅草才能没马蹄

【原诗】孤山寺北贾亭西，水面初平云脚低。几处早莺争暖树，谁家新燕啄春泥。乱花渐欲迷人眼，浅草才能没马蹄。最爱湖东行不足，绿杨阴里白沙堤。——（唐）白居易《钱塘湖春行》

【注释】"一片冰心在玉壶"，出自唐王昌龄《芙蓉楼送辛渐》；"天下谁人不识君"，出自高适《别董大》。

74. 我国古代诗歌中，常有以"无题"命名的诗篇。之所以用"无题"，是因为作者不便于或不想直接用题目来显露诗歌的主旨。请问下列哪位诗人最常以"无题"为诗？

【选项】A. 杜牧　B. 李商隐　C. 王昌龄

【答案】B. 李商隐

【注释】李商隐的诗歌创作，可分为政治诗、咏史诗和《无题》诗，其中尤以《无题》诗最具特色，是李商隐的独特创造。李商隐以《无题》为题的诗十五首，仿效《诗经》，以首句二字为题的近三十首，这类诗歌统称之为《无题》诗。其诗构思新奇，风格秾丽，尤其是一些爱情诗写得缠绵悱恻，为人传诵。但过于隐晦迷离，难于索解，至有"诗家总爱西昆好，独恨无人作郑笺"之说。

75. 请问《金缕衣》是一首提醒大家应该珍惜什么的诗篇?

【选项】A. 亲情　B. 友谊　C. 时间

【答案】C. 时间

【原诗】劝君莫惜金缕衣，劝君惜取少年时。花开堪折直须折，莫待无花空折枝。——(唐)无名氏《金缕衣》

【注释】这是中唐时的一首流行歌词。据说元和时镇海节度使李锜酷爱此词，常命侍妾杜秋娘在酒宴上演唱(见杜牧《杜秋娘诗》及自注)。歌词的作者已不可考。

76. 下列诗句中，有错误的一项是哪句?

【选项】A. 返景入山林，复照青苔上　B. 深林人不知，明月来相照　C. 明月松间照，清泉石上流

【答案】A. 返景入山林，复照青苔上

【原诗】空山不见人，但闻人语响。返景入深林，复照青苔上。——(唐)王维《鹿柴》

【注释】A出自唐代诗人王维《鹿柴》：返景入"深"林，复照青苔上。

77. 古人的称谓除了名和字之外，还有号。请问"青莲居士"是哪位诗人的号?

【选项】A.周敦颐　B.李煜　C.李白

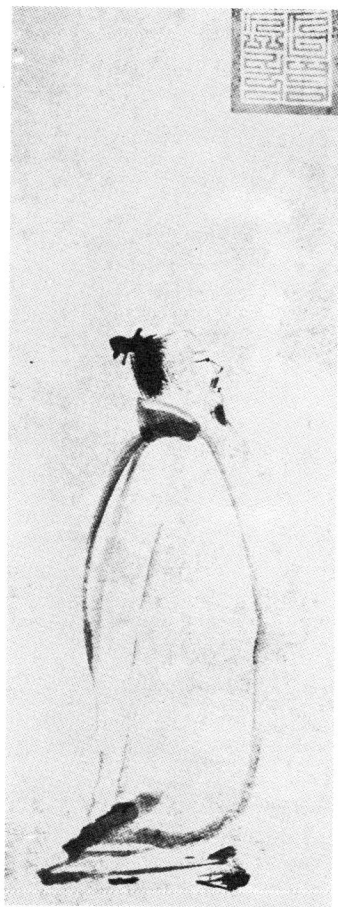

李白行吟图

【答案】C. 李白

【注释】李白：字太白，号青莲居士，唐代伟大的浪漫主义诗人，被后人誉为"诗仙"。祖籍陇西成纪，出生于碎叶城，少时随父迁至剑南道绵州昌隆青莲乡。

78. 唐代著名诗人白居易，曾经用"大珠小珠落玉盘"来形容乐器的弹奏声。请问诗人形容的是什么乐器？

【选项】A. 扬琴　B. 古筝　C. 琵琶

【答案】C. 琵琶

【原诗】大弦嘈嘈如急雨，小弦切切如私语。嘈嘈切切错杂弹，大珠小珠落玉盘。——(唐)白居易《琵琶行》节选

【注释】大珠小珠落玉盘：本意是指大小雨点落在荷叶上的声音。在白居易的《琵琶行》中是指琵琶弹奏出的动人声乐。一般指乐声清脆。

79. 《白雪歌送武判官归京》是唐代诗人岑参的作品，诗中一共描写了几种乐器？

【选项】A. 两种　B. 三种　C. 五种

【答案】B. 三种

【原诗】中军置酒饮归客，胡琴琵琶与羌笛。——(唐)岑参《白雪歌送武判官归京》节选

【注释】岑参于唐玄宗天宝十三载夏秋之交到北庭，唐肃宗至德二载春夏之交东归。当时西北边疆一带，战事频繁，岑参怀着到塞外建功立业的志向，两度出塞，久佐戎幕，前后在边疆军队中生活了六年，因而对鞍马风尘的征战生活与冰天雪地的塞外风光有长期的观察与体会。天宝十三载这次是岑参第二次出塞，充任安西北庭节度使封常清的判官，而武判官即其前任，诗人在轮台送他归京，写下了此诗。

80. "恨不相逢未嫁时"是唐代张籍《节妇吟》里的著名诗句，描写的是一位有夫之妇拒绝一位男子追求的过程。请问诗中的多情男送给了女子一件什么礼物？

【选项】A. 明珠　B. 玉佩　C. 金簪

【答案】A. 明珠

【原诗】君知妾有夫，赠妾双明珠。感君缠绵意，系在红罗襦。妾家高楼连苑起，

良人执戟明光里。知君用心如日月，事夫誓拟同生死。还君明珠双泪垂，恨不相逢未嫁时。——（唐）张籍《节妇吟·寄东平李司空师道》

【注释】《容斋五笔》："张籍在他镇幕府，郓帅李师古又以书币辟之，籍却而不纳，而作《节妇吟》一章寄之……陈无己为颍州教授，东坡领郡，而陈赋《薄命妾》篇，言为曾南丰作，其首章云：'主家十二楼，一身当三千。古来妾薄命，事主不尽年。起舞为上寿，相送南阳阡。忍著主衣裳，为人作春妍。有声当彻天，有泪当彻泉。死者恐无知，妾身长自怜。'全用籍意。"

81. 唐代诗人刘禹锡《酬乐天扬州初逢席上见赠》中有诗句"今日听君歌一曲，暂凭杯酒长精神"。请问题目中的"乐天"指的是谁？

【选项】A. 白居易　B. 柳宗元　C. 白行简

【答案】A. 白居易

【原诗】巴山楚水凄凉地，二十三年弃置身。怀旧空吟闻笛赋，到乡翻似烂柯人。沉舟侧畔千帆过，病树前头万木春。今日听君歌一曲，暂凭杯酒长精神。——（唐）刘禹锡《酬乐天扬州初逢席上见赠》

【注释】白居易：字乐天。这里的"歌一曲"是指白居易的《醉赠刘二十八使君》。

82. 诗酒自古不可分，美酒佳作，千古风流。请问是下列哪位爱酒的诗人写出了"天若不爱酒，酒星不在天。地若不爱酒，地应无酒泉"的诗句？

【选项】A. 酒龙蔡邕　B. 酒仙李白　C. 醉翁欧阳修

【答案】B. 酒仙李白

【原诗】天若不爱酒，酒星不在天。地若不爱酒，地应无酒泉。天地既爱酒，爱酒不愧天。已闻清比圣，复道浊如贤。贤圣既已饮，何必求神仙。三杯通大道，一斗合自然。但得酒中趣，勿为醒者传。——（唐）李白《月下独酌》

【注释】李白爱酒，杜甫在《饮中八仙歌》曾对李白有过这样的评价："李白斗酒诗百篇，长安市上酒家眠。天子呼来不上船，自称臣是酒中仙。"

83. 唐代大诗人李白的作品挥洒灵性、超凡脱俗，因而获得"谪仙人"的称号。请问"谪仙人"最初是谁给他的美称？

贺知章马上像

【选项】A. 杜甫　B. 白居易　C. 贺知章

【答案】C. 贺知章

【原文】太子宾客贺公，于长安紫极宫一见余，呼余为谪仙人，因解金龟换酒为乐。殁后对酒，怅然有怀而作是诗。——（唐）李白《对酒忆贺监二首·并序》节选

【注释】贺知章在长安紫极宫一见李白，对其《蜀道难》赞不绝口，惊呼其"谪仙人"。

84. 杜甫名篇《戏为六绝句》中有一名句"王杨卢骆当时体，轻薄为文哂未休"。请问其中的"王杨卢骆"指的是谁？

【选项】A. 王勃，杨炯，卢照邻，骆宾王　B. 王勃，杨巨源，卢照邻，骆统　C. 王维，杨万里，卢照邻，骆宾王

【答案】A. 王勃，杨炯，卢照邻，骆宾王

【原诗】王杨卢骆当时体，轻薄为文哂未休。尔曹身与名俱灭，不废江河万古流。——（唐）杜甫《戏为六绝句》其二

【注释】王杨卢骆：指王勃、杨炯、卢照邻、骆宾王，即"初唐四杰"。杨巨源是唐代诗人，骆统是三国时期吴国人。

85. 李白在组诗《清平调》其一中用"花"来比喻杨贵妃的美艳，请问李白用的是什么花？

【选项】A. 荷花　B. 牡丹　C. 海棠

【答案】B. 牡丹

【原诗】云想衣裳花想容，春风拂槛露华浓。若非群玉山头见，会向瑶台月下逢。——(唐)李白《清平调》其一

【注释】据晚唐五代人的记载，《清平调》三首诗是李白在长安供奉翰林时所作。743年(天宝二年)或744年(天宝三载)春天的一日，唐玄宗和杨贵妃在宫中沉香亭观赏牡丹花，伶人们正准备表演歌舞以助兴，唐玄宗却说："赏名花，对妃子，岂可用旧日乐词？"因急召翰林学士李白进宫写新乐章。李白奉诏进宫，即在金花笺上作了这三首诗。

86."李杜之交"，惺惺相惜，杯酒精神无须言传。请问下列诗句中哪一句是李白与杜甫饮酒作别时写作的？

【选项】A.飞蓬各自远，且尽手中杯　B.劝君更尽一杯酒，西出阳关无故人　C.今日听君歌一曲，暂凭杯酒长精神

【答案】A.飞蓬各自远，且尽手中杯

【原诗】醉别复几日，登临遍池台。何时石门路，重有金樽开？秋波落泗水，海色明徂徕。飞蓬各自远，且尽手中杯。——(唐)李白《鲁郡东石门送杜二甫》

【注释】此诗写于唐玄宗天宝四载(745)秋天。李白于天宝三载被"赐金还山"，离开了长安，到梁、宋游历，其时杜甫也因料理祖母丧事奔走于郑州、梁园之间。两位大诗人终于在梁、宋间相会、同游。不久就暂时分手。次年春，二人又在鲁郡(今山东兖州)重逢，同游齐、鲁。深秋，杜甫西去长安，李白再游江东，二人在鲁郡东石门分手。临行时李白写了这首送别诗。

87.唐代著名诗作《琵琶行》"座中泣下谁最多？江州司马青衫湿"一句中，"江州司马"是指谁？

【选项】A.杜甫　B.白居易　C.王安石

【答案】B.白居易

【原诗】感我此言良久立，却坐促弦弦转急。凄凄不似向前声，满座重闻皆掩泣。座中泣下谁最多？江州司马青衫湿。——(唐)白居易《琵琶行》节选

【注释】青衫：唐代制度，文官八品九品服以青。白居易时为江州司马，官职卑微，

衣此服饰。

88. 诗人多爱酒，诗句"朝回日日典春衣，每日江头尽醉归"，描写的就是作者自己"典当衣服来买酒畅饮"。请问这位为了饮酒连衣服都当掉的诗人是谁？

【选项】A. 李白　B. 杜甫　C. 李贺

【答案】B. 杜甫

【原诗】朝回日日典春衣，每日江头尽醉归。酒债寻常行处有，人生七十古来稀。穿花蛱蝶深深见，点水蜻蜓款款飞。传语风光共流转，暂时相赏莫相违。——（唐）杜甫《曲江》其二

【注释】《曲江二首》：唐代诗人杜甫写于乾元元年（758）暮春，时任"左拾遗"，此时安史之乱还在继续。曲江：又名曲江池，位于长安城南朱雀桥之东，是唐代长安城最大的名胜风景区。诗人在诗中以曲江的盛衰比大唐的盛衰，将全部的哀思寄予曲江这一实物，从一个侧面更形象地写出了世事的变迁。

明皇窥浴图

89. 古代的君王坐拥天下，有着最高统治权，但有时却无法保住心爱女人的性命。请问古诗"君王掩面救不得，回看血泪相和流"里的君王是哪位皇帝？

【选项】A. 汉武帝　B. 唐玄宗　C. 唐太宗

【答案】B. 唐玄宗

【原诗】六军不发无奈何，宛转蛾眉马前死。花钿委地无人收，翠翘金雀玉搔头。君王掩面救不得，回看血泪相和流。黄埃散漫风萧索，云栈萦纡登剑阁。——（唐）白居易《长恨歌》节选

【注释】唐宪宗元和元年（806），白

居易任盩厔(今陕西周至)县尉。一日,与友人陈鸿、王质夫到马嵬驿附近的仙游寺游览,谈及李隆基与杨贵妃事。王质夫认为,像这样突出的事情,如无大手笔加工润色,就会随着时间的推移而消没。他鼓励白居易:"乐天深于诗,多于情者也,试为歌之,何如?"于是,白居易写下了这首长诗。陈鸿同时写了一篇传奇小说《长恨歌传》。

90. 婆媳关系自古以来都是难解的话题。唐代诗人王建的《新嫁娘词》三首中"三日入厨下,洗手作羹汤",描写了一位聪慧的新媳妇做饭时在不知婆婆口味的情况下,想了个什么办法?

【选项】A.先给丈夫品尝　B.先给公公品尝　C.先给小姑子品尝

【答案】C.先给小姑子品尝

【原诗】三日入厨下,洗手作羹汤。未谙姑食性,先遣小姑尝。——(唐)王建《新嫁娘词》三首其三

【注释】古时常言新媳妇难当,在于夫婿之上还有公婆。夫婿称心还不行,还得婆婆顺眼,第一印象非常重要。古代女子过门第三天(俗称"过三朝"),照例要下厨做菜,这习俗到清代还保持着,《儒林外史》第二十七回:"南京的风俗,但凡新媳妇进门,三天就要到厨下去收拾一样菜,发个利市。"画眉入时固然重要,拿味合口则更为紧要,所以新媳妇总会有几分忐忑不安的。

91. 《琵琶行》是白居易贬官江州时所作。请问诗中深刻描述了琵琶女"嫁与何人"后的悲惨境遇?

【选项】A.小吏　B.商人　C.农民

【答案】B.商人

【原诗】门前冷落鞍马稀,老大嫁作商人妇。——(唐)白居易《琵琶行》节选

【注释】写琵琶女自诉身世:当年技艺曾教"善才服",容貌"妆成每被秋娘妒",京都少年"争缠头","一曲红绡不知数"。然而,时光流转,"暮去朝来颜色故",最终只好"嫁作商人妇"。

92. "君王若问妾颜色,莫道不如宫里时",是著名诗人白居易诸多佳作中的名句。请问

《昭君出塞图》（清费丹旭）

诗句中的"妾"指的是谁？

【选项】A. 王昭君　　B. 西施　　C. 杨贵妃

【答案】A. 王昭君

【原诗】满面胡沙满鬓风，眉销残黛脸销红。愁苦辛勤憔悴尽，如今却似画图中。汉使却回凭寄语，黄金何日赎蛾眉。君王若问妾颜色，莫道不如宫里时。——（唐）白居易《相和歌词·王昭君二首》其二

【注释】"君王若问妾颜色，莫道不如宫里时"二句文字通俗，但富含深情，意思是"假如皇帝问起我的近况，你就要按我在宫里那时候的情形来安慰他"。整首诗表达了王昭君对元帝的思念，及出塞的无奈，更衬托出她牺牲个人而维护整个民族和平的情怀。

93. 人们喜欢用"小蛮腰"来形容女子腰肢的优美，甚至广州标志性建筑"广州塔"的昵称就是"小蛮腰"。请问"小蛮腰"的说法是出自哪位文学家？

【选项】A. 晏几道　　B. 白居易　　C. 温庭筠

【答案】B. 白居易

【原诗】樱桃樊素口，杨柳小蛮腰。——（唐）白居易

【注释】据《本事诗》说，樊素和小蛮是白居易所喜爱的两位年轻的歌姬，能歌善舞，且非常美丽。成语"樱桃小口"，也是从此化用而来。

广陵散图（范曾）

东篱赏菊图（明唐寅）

94. 诗仙李白也有佩服别人文采的时候。曾经发出"眼前有景道不得，崔颢题诗在上头"的感慨。请问"崔颢题诗在上头"的诗是哪一首？

【选项】A.《登鹳雀楼》　　B.《登黄鹤楼》　　C.《登金陵凤凰台》

【答案】B.《登黄鹤楼》

【原诗】昔人已乘黄鹤去，此地空余黄鹤楼。黄鹤一去不复返，白云千载空悠悠。晴川历历汉阳树，芳草萋萋鹦鹉洲。日暮乡关何处是，烟波江上使人愁。——（唐）崔颢《登黄鹤楼》

【注释】本诗是著名诗人崔颢在黄鹤楼上所写。李白登上黄鹤楼之后，本也诗兴大发，想写作一首，奈何看到崔颢作品后长叹"眼前有景道不得，崔颢题诗在上头"，便最终作罢。

95. 相传孟浩然偶遇皇帝，向皇帝读了一首自己的诗《岁暮归南山》："不才明主弃，多病故人疏。"皇上很生气，后果很严重，皇帝说："是你不求官，干吗诬陷我？"请问这位皇帝是谁？

【选项】A. 唐玄宗　　B. 唐睿宗　　C. 唐代宗

【答案】A. 唐玄宗

【原诗】北阙休上书，南山归敝庐。不才明主弃，多病故人疏。白发催年老，青阳逼岁除。永怀愁不寐，松月夜窗虚。——（唐）孟浩然《岁暮归南山》

【注释】著名诗人孟浩然满腹经纶，才华横溢。他四十岁已名动天下，但去长安应考却落第，想求王维引荐。某一天王维将其私自邀入内署，恰好玄宗到来，孟浩然躲在了床下。王维不敢隐瞒，据实禀报。玄宗命其出见，诵读其诗，孟浩然诵读了这首《岁暮归南山》，玄宗听了很生气："卿不求仕，而朕未弃卿，奈何诬我？"结果，孟浩然被放还了，一生未做官。

96. 白居易的《长恨歌》中有一名句"金屋妆成娇侍夜"，化用了成语"金屋藏娇"。请问这个成语和以下哪位皇帝有关？

【选项】A. 汉武帝　　B. 隋炀帝　　C. 唐玄宗

【答案】A. 汉武帝

【原诗】后宫佳丽三千人，三千宠爱在一身。金屋妆成娇侍夜，玉楼宴罢醉和春。——(唐)白居易《长恨歌》节选

【注释】陈阿娇：汉武帝刘彻姑母的女儿。汉武帝幼时，说如果能娶到表姐陈阿娇做妻子，会造一个金屋子给她住——"当金屋贮之"。后来汉武帝即位，果然娶了陈阿娇作为皇后。然而后来，汉武帝又逐渐冷淡了陈阿娇。这个故事就是后来的"金屋藏娇"，李白曾有诗云："汉帝重阿娇，贮之黄金屋。"

97. 名句"中有一人字太真，雪肤花貌参差是"出自唐朝诗人白居易之手。请问"太真"指的是谁？

【选项】A. 武则天　　B. 杨玉环　　C. 鱼玄机

【答案】B. 杨玉环

【原诗】楼阁玲珑五云起，其中绰约多仙子。中有一人字太真，雪肤花貌参差是。——(唐)白居易《长恨歌》节选

【注释】此句出自白居易的《长恨歌》，描写的是我国古代四大美女之一的杨贵妃杨玉环。杨玉环本是唐玄宗的太子妃，被唐玄宗看上，想要收入后宫，却怕舆论谴责，

杨贵妃上马图

于是将杨玉环送入道观，道号太真，由此入宫。后还俗成为玄宗贵妃。

98. 唐玄宗读到某诗，曾拍案叫绝，说了句"此真天才也"。请问以下哪位诗人拥有唐玄宗这样的超级大粉丝？

【选项】A. 李白　B. 白居易　C. 李商隐

【答案】A. 李白

【注释】传说是《蜀道难》让唐玄宗拍案叫绝。唐代孟启《本事诗》记："李太白初至京师，舍于逆旅，贺监知章闻其名，首访之。既奇其姿，复请所为文，出《蜀道难》以示之，读未竟，称赏者数四，号为谪仙。"后将此诗推荐给唐玄宗，玄宗拍案叫绝，就此识得李白。

99. 唐代诗人韩翃所作名诗《寒食》中的诗句"春城无处不飞花"，传诵千古。请问"寒食"这个传统节日是由春秋时期哪位君主所定？

【选项】A. 齐桓公　B. 秦穆公　C. 晋文公

【答案】C. 晋文公

【原诗】春城无处不飞花，寒食东风御柳斜。日暮汉宫传蜡烛，轻烟散入五侯家。——(唐)韩翃《寒食》

【注释】寒食节的典故来源于春秋五霸之一的晋文公和其名臣介子推（又名介之推）的故事。晋文公重耳早年因为国内政治混乱，不得已出逃列国，忠臣介子推始终跟随，直到重耳复国成为晋文公。晋文公在复国封赏时遍封功臣，唯独忘了介子推。于是介子推隐居山中，晋文公想请他出山未果，于是烧山逼他出来，但介子推母子宁被烧死也不肯出山，最后晋文公在山中发现了他母子的尸骨。晋文公悲痛万分，于是下令将放火烧山的那一天定为寒食节，全国禁止烟火，只吃寒食，以纪念介子推。

100. 唐代诗人骆宾王诗作有"西陆蝉声唱，南冠客思侵"。请问"南冠"指的是？

【选项】A. 宾客　B. 囚犯　C. 游子

【答案】B. 囚犯

【原诗】西陆蝉声唱，南冠客思侵。那堪玄鬓影，来对白头吟。露重飞难进，风多响

《清明上河图》（局部，北宋张择端）

易沉。无人信高洁,谁为表予心?——(唐)骆宾王《在狱咏蝉》

【注释】南冠:《左传·成公九年》:晋侯观于军府,见钟仪,问之日:"南冠而系着谁也?"有司对曰:"郑人所献楚囚也!"自此,南冠指代囚犯。晚明著名抗清将领夏完淳《别云间》曰:"三年羁旅客,今日又南冠。无限山河泪,谁言天地宽。已知泉路近,欲别故乡难。毅魄归来日,灵旗空际看。"

101."蓬头稚子学垂纶,侧坐莓苔草映身",出自胡令能的《小儿垂钓》。请问诗人胡令能年轻时以何为生?

【选项】A. 捕鱼　B. 编筐　C. 补锅碗盆钉

【答案】C. 补锅碗盆钉

【原诗】蓬头稚子学垂纶,侧坐莓苔草映身。路人借问遥招手,怕得鱼惊不应人。——(唐)胡令能《小儿垂钓》

【注释】胡令能:唐代诗人,作诗语言浅显,但构思精巧,有生活情趣。少时家贫,年轻时以修补锅碗盆缸为生,人称"胡钉铰"。传说有一晚梦到有人剖开他的肚子,将

一卷诗书放于其中。此后，胡令能便能够吟咏作诗。

102. 我们形容少女所用的成语"豆蔻年华"出自于唐代诗人杜牧的《赠别》诗"豆蔻梢头二月初"。请问诗人在诗中所形容的女子大概多少岁？

【选项】A. 十一二岁　B. 十三四岁　C. 十五六岁

【答案】B. 十三四岁

【原诗】娉娉袅袅十三余，豆蔻梢头二月初。春风十里扬州路，卷上珠帘总不如。——（唐）杜牧《赠别》

【注释】在古代，豆蔻是指女子十三四岁时的美好年华。同样，"及笄"是指十五岁的女子。

103. 唐代一位诗人帮别人写文章讨伐武则天，因为写得太好，武则天读后非但没生气，反而说"如此贤才沦落在外，这是宰相的过失"。请问是哪位诗人有这么大的魅力？

【选项】A. 宋之问　B. 王勃　C. 骆宾王

【答案】C. 骆宾王

【注释】这篇文章是骆宾王的著名骈体文《代徐敬业讨武曌檄》，武则天篡唐自立，骆宾王加入徐敬业反武则天的阵营起兵，写了这篇檄文讨伐武则天。据《新唐书》所载，武则天初观此文时，还嬉笑自若，当读到"一抔之土未干，六尺之孤安在"句时，惊叹："有如此才，而使之沦落不偶，宰相之过也！"其中最著名的一句是："请看今日之域中，竟是谁家之天下！"

104. 李白的《梦游天姥吟留别》中写道"脚著谢公屐，身登青云梯"，"谢公屐"是"谢公"游山时穿的一种特制木鞋。请问"谢公"是指谁？

【选项】A. 谢朓　B. 谢安　C. 谢灵运

【答案】C. 谢灵运

【原诗】脚著谢公屐，身登青云梯。半壁见海日，空中闻天鸡。千岩万转路不定，迷花倚石忽已暝。熊咆龙吟殷岩泉，栗深林兮惊层巅。——（唐）李白《梦游天姥吟留别》节选

【注释】南朝宋诗人谢灵运喜游山陟岭，特制一种前后齿可装卸的木屐。上山可去其前齿，下山则去其后齿。因称这种特制的木屐为"谢公屐"，亦称"灵运屐"等，亦省称"谢屐"。本诗还有一句"谢公宿处今尚在"，也是指谢灵运，因为他喜欢游山玩水，曾登过天姥山，在剡溪居住。

105. 从古至今，许多作家钟爱以"陌上花开"为题而作诗文，而"陌上花开"最早出自五代时期吴越王钱镠的一封书信："陌上花开，可缓缓归矣。"请问这封信是钱镠写给谁的？

【选项】A. 妻子　B. 情人　C. 女儿

【答案】A. 妻子

【注释】吴越王钱镠的原配夫人戴氏王妃，是乡里出了名的贤淑之女，嫁给钱镠之后，跟随钱镠南征北战，担惊受怕了半辈子，后来成了一国之母。戴氏每年春天都要回娘家住一段时间，看望、侍奉双亲。钱镠也是一个性情中人，最是念这个糟糠结发之妻。戴氏回家住得久了，便要带信给她，其中有一句："陌上花开，可缓缓归矣。"九个字，平实温馨，情愫尤重，让戴妃当即落下两行珠泪。此事传开去，一时成

为佳话。

106. 唐代有位女诗人曾无奈地写下"易求无价宝，难得有心郎"的绝望心声，诉说自己追求爱情的艰难与痛苦。请问这位女诗人是谁？

【选项】A. 薛涛　B. 李冶　C. 鱼玄机

【答案】C. 鱼玄机

【原诗】羞日遮罗袖，愁春懒起妆。易求无价宝，难得有心郎。枕上潜垂泪，花间暗断肠。自能窥宋玉，何必恨王昌？——（唐）鱼玄机《赠邻女》

【注释】鱼玄机：唐代著名女诗人，原名鱼幼微。少时喜欢恩师温庭筠，但追求未果，以写给温的两首诗结缘于李亿（一作李忆，字子安），一见钟情。后嫁与李亿为妾，因李亿夫人不容，送于京郊咸宜观为道士。她为道士后，改名鱼玄机，但对李亿仍一往情深，希望能早日重聚，可惜终成泡影。绝望之余鱼玄机写下了此诗。另外，"难得有心郎"一句，也作"难得有情郎"。

107. 唐代诗人卢纶《塞下曲》"林暗草惊风，将军夜引弓。平明寻白羽，没在石棱中"。后两句说的是哪位将军的典故？

【选项】A. 霍去病　B. 卫青
C. 李广

【答案】C. 李广

【注释】李广：汉代著名的飞将军，体恤士卒，作战勇敢，有勇有谋。《史记·李将军列传》："广出猎，见草中石，以为虎而射之，中石没镞，视之石也。因复更射之，终不能复入石矣。"

108. 长沙岳麓山上的"爱晚亭"是中国四大名亭之一，据说此亭原名"红叶"，被清代学者毕沅改为"爱晚"。这个名称出自一首与红叶有关的唐诗，请问是

李广像（清人绘）

哪首诗？

【选项】A. 杜牧《山行》　　B. 李白《秋登宣州谢朓北楼》　　　C. 杜甫《秋野五首》其四

【答案】A. 杜牧《山行》

【原诗】远上寒山石径斜，白云深处有人家。停车坐爱枫林晚，霜叶红于二月花。——（唐）杜牧《山行》

【注释】这里化用了杜牧《山行》中"停车坐爱枫林晚"句。李白《秋登宣州谢朓北楼》："江城如画里，山晚望晴空。两水夹明镜，双桥落彩虹。人烟寒橘柚，秋色老梧桐。谁念北楼上，临风怀谢公。"杜甫《秋野五首》其四："远岸秋沙白，连山晚照红。潜鳞输骇浪，归翼会高风。砧响家家发，樵声个个同。飞霜任青女，赐被隔南宫。"

109. "雪霁天晴朗，腊梅处处香。骑驴把桥过，铃儿响叮当"，为邓丽君唱过的歌曲《踏雪寻梅》。据说，这种风雅的做法出自唐代一位诗人。请问他是谁？

【选项】A. 孟浩然　B. 王维　C. 李白

【答案】A. 孟浩然

【注释】张岱《夜航船》里记载，孟浩然情怀旷达，常冒雪骑驴寻梅，曰："吾诗思在灞桥风雪中驴背上。"

110. 当下"姐弟恋"甚是流行。在古代也不乏先例。唐代女诗人薛涛在四十多岁时，与一位比她小十一岁的著名诗人坠入爱河。写下"双栖绿池上，朝暮共飞还"的甜蜜诗句。请问她的绯闻对象是谁？

【选项】A. 杜牧　B. 元稹　C. 刘禹锡

【答案】B. 元稹

【原诗】双栖绿池上，朝暮共飞还。更忆将雏日，同心莲叶间。——（唐）薛涛《池上双鸟》（又名《池上双凫》）

【注释】元稹和薛涛的韵事最早见于唐末范摅《云溪友议》里的"艳阳词"条。时年，元稹三十岁，薛涛四十一岁。元稹也有《寄赠薛涛》："别后相思隔烟水，菖蒲花发五云高。"也有作"别后相思隔如水"。

111. "草如茵,松如盖。风为裳,水为佩",是诗鬼李贺听说某位名妓的坟墓前常有歌声,便以此为题作诗,刻画出了若隐若现的鬼魂形象。请问这位名妓是谁?

苏小小墓

【选项】A. 陈圆圆　B. 苏小小
C. 李师师

【答案】B. 苏小小

【原诗】幽兰露,如啼眼。无物结同心,烟花不堪剪。草如茵,松如盖。风为裳,水为佩。油壁车,夕相待。冷翠烛,劳光彩。西陵下,风吹雨。——(唐)李贺《苏小小墓》

【注释】相传苏小小为南朝齐名妓,但不见于史书记载。陈圆圆为明末人,李师师为宋代名妓,李贺为唐代诗人。历史上,在李贺之前的只有苏小小一人。

112. 相传,唐文宗曾向全国发出了一道罕见的诏书,御封"张旭草书"、"裴旻剑舞"和一位诗人的诗歌为"大唐三绝"。请问御封的是哪位诗人的诗歌?

【选项】A. 王维　B. 杜甫　C. 李白

【答案】C. 李白

113. "天生一副侠骨,专喜欢管闲事,打抱不平、杀人报仇、革命、帮痴心女子打负心汉"。这是著名诗人、革命家闻一多先生对下列哪位诗人的评价?

【选项】A. 李白　B. 岑参　C. 骆宾王

【答案】C. 骆宾王

【注释】"天生一副侠骨,专喜欢管闲事,打抱不平、杀人报仇、革命、帮痴心女子打负心汉"语出《宫体诗的自赎》。

①侠骨诗人:在骆宾王类似于自传的长诗《畴昔篇》中显露了他崇尚侠义之士的异志:"少年重英侠,弱岁贱衣冠。既托寰中赏,方承膝下欢。"在骆宾王的诗歌中,也会经

71

常提到侠客、义士。如"宝剑思存楚，金椎许报韩"（《讨武氏檄》）；"此地别燕丹，壮士发冲冠"（《于易水送人》）等。"侠客"始终行走在他不朽的精神里。

②帮痴心女子打负心汉：骆宾王的好友卢照邻曾在四川任职，和一位郭氏女子相爱，后来在她怀有身孕时离开蜀地，郭氏后来生下一女，但不久夭折，她心灰意冷的时候，遇到了骆宾王，于是骆宾王代郭氏传书"声讨卢照邻"，并附有一首《艳情代郭氏答卢照邻》。与之相仿，骆宾王还写了篇《代女羽士王灵妃赠羽士李荣》，替弱女子出头棒打薄情郎。

《孟蜀宫妓图》（明唐寅）

114. 花蕊夫人不仅貌美，才气也高，曾作宫词百首。大家熟知的"君王城上竖降旗，妾在深宫那得知？十四万人齐解甲，更无一个是男儿"，就出自她之手。请问这首诗叙述了哪个历史事件？

【选项】A. 后蜀亡国　B. 后唐灭前蜀　C. 南唐亡国

【答案】A. 后蜀亡国

【原诗】君王城上竖降旗，妾在深宫那得知？十四万人齐解甲，更无一个是男儿。——（五代后蜀）花蕊夫人《述亡国诗》

【注释】花蕊夫人：后蜀皇帝孟昶的夫人。后蜀亡国后，花蕊夫人被掳入宋。宋太祖久闻其诗名，召她陈诗，花蕊夫人就诵了这首"述亡国之由"的诗。诗泼辣而不失委婉，不亢不卑，从题材到风格，都与作者所擅长的"宫词"大不相同，当时就获得了宋太祖的赞赏。

115.《卜算子》是常见的词牌名，相传这三个字是借用唐代一位诗人的绰号，因为这个诗人写诗好用数字取名。请问这个诗人是谁？

【答案】骆宾王

【注释】卜算子：属于小令，有民歌风味。《词律》中记载其取义于"卖卜算命之人"，相传取自骆宾王的绰号"卜算子"。

116. 成都的浣花溪是个神奇之所，不仅住过大诗人杜甫，唐代另一位女诗人也曾暂居于此，除了留下动人的诗篇外，还制出了以自己的名字命名的"粉红色诗笺"。请问这位女诗人是谁？

【选项】A. 薛涛　B. 鱼玄机　C. 李冶

【答案】A. 薛涛

【注释】薛涛笺：是指薛涛设计的笺纸，是一种便于写诗，长宽适度的笺。薛涛一生酷爱红色，她常常穿着红色的衣裳在成都浣花溪边流连，随处可寻的红色芙蓉花常常映入她的眼帘，于是制作红色笺纸的创意进入她的脑海。薛涛最爱写绝句和律诗，她嫌常用的纸张尺幅太大，一直有制作适于写诗的小巧纸笺的想法。薛涛所居浣花溪畔，是当时四川造纸业的中心之一，于是，薛涛指点工匠制成了这种既便于携带又便于交流且带有个人色彩的"薛涛笺"，这大概是中国最早的"个人定制"产品。

117. "看朱成碧思纷纷，憔悴支离为忆君。不信比来长下泪，开箱验取石榴裙"，写得情意绵绵。请问它是下列哪位女子抒写自己相思之情的诗作？

【选项】A. 武则天　B. 上官婉儿　C. 薛涛

【答案】A. 武则天

【原诗】看朱成碧思纷纷，憔悴支离为忆君。不信比来长下泪，开箱验取石榴裙。——（唐）武则天《如意娘》

【注释】这首诗写作的时代背景是：唐太宗李世民已去世，武则天以大行皇帝宫女的身份被打发到尼姑庵当尼姑。武则天在宫中就与太子李治有私情，如今李治当上皇帝，理应救她，但李治却把她忘了。武则天以诗传情，顺利回宫。

汉武帝像

118. 李白的著名诗篇《妾薄命》"昔日芙蓉花，今成断根草。以色事他人，能得几时好"，揭示了封建社会中女性色衰后的悲剧命运。请问李白描写的是历史上哪位皇后？

【选项】A. 陈阿娇　　B. 卫子夫
C. 赵飞燕

【答案】A. 陈阿娇

【原诗】汉帝重阿娇，贮之黄金屋。咳唾落九天，随风生珠玉。宠极爱还歇，妒深情却疏。长门一步地，不肯暂回车。雨落不上天，水覆难再收。君情与妾意，各自东西流。昔日芙蓉花，今成断根草。以色事他人，能得几时好？——（唐）李白《妾薄命》

【注释】《妾薄命》一诗，讲述了汉武帝的第一任皇后陈阿娇的悲剧命运。陈阿娇是汉武帝姑母的女儿，武帝幼时曾对姑母说若能得阿娇为妻，"当金屋贮之"。这是成语"金屋藏娇"的由来。后来汉武帝宠幸卫子夫，冷落陈阿娇。陈阿娇找当时著名文豪司马相如写就《长门赋》，抒写对武帝的相思，一度成功使得武帝回心转意，但后来武帝还是不再理会陈阿娇，陈皇后最后抑郁而终。辛弃疾曾有词句"千金纵买相如赋，脉脉此情谁诉"，便是来源于此。

119. 相传唐玄宗在四川的古栈道雨中闻铃，因悼念杨贵妃作了这首曲子，后来成为一个词牌的来由。请问是哪个词牌？

【答案】雨霖铃

【注释】雨霖铃词牌源于唐玄宗与杨贵妃的传说。唐代郑处诲《明皇杂录》："明皇既幸蜀，西南行，初入斜谷，霖雨弥旬，于栈道雨中闻铃，音与山相应。上既悼念贵妃，采其声为《雨霖铃》曲，以寄恨焉。"后人纳兰容若化用这个典故，写成了千古名篇《木兰花令》，其中"骊山语罢清宵半，泪雨霖铃终不怨"，便是来源于此。

120.《阳关三叠》是我国十大古琴曲之一。请问这首曲子是根据哪一首唐诗谱写的？

【答案】《送元二使安西》

【原诗】渭城朝雨浥轻尘，客舍青青柳色新。劝君更尽一杯酒，西出阳关无故人。——(唐)王维《送元二使安西》

【注释】王维的《送元二使安西》，又名《阳关曲》、《渭城曲》、《阳关三叠》。其中"劝君更尽一杯酒，西出阳关无故人"，被后人传诵不衰。

121. 杜甫的《春夜喜雨》有"晓看红湿处，花重锦官城"。诗中的"锦官城"是指如今的何处？

【选项】A.成都　B.重庆　C.洛阳

【答案】A.成都

【原诗】好雨知时节，当春乃发生。随风潜入夜，润物细无声。野径云俱黑，江船火独明。晓看红湿处，花重锦官城。——(唐)杜甫《春夜喜雨》

【注释】锦官城：古代成都的别称，可简称为锦城。南朝梁李膺的《益州记》记载："锦城在益州南，笮桥东，流江南岸，昔蜀时故锦官也。其处号锦里，城墉犹在。"宋人的《成都古今集记》记载："孟蜀后主(孟昶)于成都城上，尽种芙蓉，每到深秋，四十里为锦，高下相照，因名锦城。"

122. 盛唐诗人王之涣的《凉州词》中有名句："羌笛何须怨杨柳，春风不度玉门关。"请问"玉门关"的故址在现在的哪个省？

【选项】A.四川　B.陕西　C.甘肃

【答案】C.甘肃

【原诗】黄河远上白云间，一片孤城万仞山。羌笛何须怨杨柳，春风不度玉门关。——(唐)王之涣《凉州词》

【注释】玉门关：俗称小方盘城，位于甘肃敦煌西北九十公里处。相传西汉时西域和田的美玉，经此关口进入中原，因此而得名。

阳关

123. 唐代诗人王维的《送元二使安西》中有："劝君更尽一杯酒，西出阳关无故人。"请问"阳关"的故址在现在的哪个省？

【选项】A. 四川　B. 陕西　C. 甘肃

【答案】C. 甘肃

【注释】阳关和玉门关是姊妹关，敦煌市区距阳关七十五公里，距玉门关九十公里。阳关、玉门关是古代丝绸之路上敦煌段的主要军事重地和途经驿站，通西域，连欧亚，名扬中外，情系古今。在离开两关以后，就进入了茫茫戈壁大漠。

124. "岱宗夫如何，齐鲁青未了"。请问岱宗是指什么？

【选项】A. 孔庙　B. 北岳恒山　C. 泰山

【答案】C. 泰山

【原诗】岱宗夫如何，齐鲁青未了。造化钟神秀，阴阳割昏晓。荡胸生层云，决眦入归鸟。会当凌绝顶，一览众山小。——（唐）杜甫《望岳》

【注释】岱宗：指泰山，亦名岱山或岱岳，五岳之首，在今山东省泰安市城北。古代以泰山为五岳之首，诸山所宗，故又称"岱宗"。历代帝王凡举行封禅大典，皆在此山。

125. 唐代诗人杜甫《登岳阳楼》被誉为古今"登楼第一诗"。请问"岳阳楼"位于我国哪个省?

【选项】A. 湖北　B. 湖南　C. 河南

【答案】B. 湖南

【原诗】昔闻洞庭水,今上岳阳楼。吴楚东南坼,乾坤日夜浮。亲朋无一字,老病有孤舟。戎马关山北,凭轩涕泗流。——(唐)杜甫《登岳阳楼》

【注释】岳阳楼:位于湖南岳阳西门城头,紧靠洞庭湖畔,始建于三国东吴时期。自古有"洞庭天下水,岳阳天下楼"之誉,与湖北武汉黄鹤楼、江西南昌滕王阁并称为江南三大名楼。

126. 唐代诗人白居易《钱塘湖春行》中"最爱湖东行不足,绿杨阴里白沙堤"中的"白沙堤"即今天的白堤。请问白堤位于哪个城市?

【选项】A. 杭州　B. 绍兴　C. 苏州

【答案】A. 杭州

【原诗】孤山寺北贾亭西,水面初平云脚低。几处早莺争暖树,谁家新燕啄春泥。乱花渐欲迷人眼,浅草才能没马蹄。最爱湖东行不足,绿杨阴里白沙堤。——(唐)白居易《钱塘湖春行》

【注释】白堤:在杭州西湖断桥与孤山之间,也称断桥堤。

127. 唐代诗人张继的《枫桥夜泊》,让一座寺庙成为千古游览胜地。请问这座因诗而出名的寺庙是哪座寺庙?

【选项】A. 灵隐寺　B. 寒山寺　C. 白马寺

《寒山拾得图》(明蒋贵)

【答案】B. 寒山寺

【原诗】月落乌啼霜满天，江枫渔火对愁眠。姑苏城外寒山寺，夜半钟声到客船。——(唐)张继《枫桥夜泊》

【注释】《枫桥夜泊》：唐代诗人张继途经寒山寺时，写下的一首羁旅诗。本诗问世后，寒山寺名扬天下，成为千古以来的游览胜地，即使在日本也是家喻户晓。

128. 唐朝诗人刘禹锡《乌衣巷》中曾"朱雀桥边野草花，乌衣巷口夕阳斜"的名句。请问诗中的"乌衣巷"在我国哪个城市？

【选项】A. 南京　B. 苏州　C. 杭州

【答案】A. 南京

【原诗】朱雀桥边野草花，乌衣巷口夕阳斜。旧时王谢堂前燕，飞入寻常百姓家。——(唐)刘禹锡《乌衣巷》

【注释】乌衣巷：在南京秦淮河南岸，三国时是吴国戍守石头城的部队营房所在地。当时军士都穿着黑色制服，故以"乌衣"为巷名。东晋时成为高门士族的聚居区，开国元勋王导和指挥淝水之战的谢安都住在这里。

129. 唐代诗人王昌龄的《出塞》中有"但使龙城飞将在，不教胡马度阴山"。请问其中"飞将"是指谁？

【选项】A. 霍去病　B. 李广　C. 班固

【答案】B. 李广

【原诗】秦时明月汉时关，万里长征人未还。但使龙城飞将在，不教胡马度阴山。——(唐)王昌龄《出塞》

【注释】龙城：指奇袭龙城的名将卫青；飞将：指威名赫赫的飞将军李广。"龙城飞将"并不只一人，实指李广、卫青，也借代指众多汉朝抗匈名将。

130. 唐代诗人李白《庐山谣寄卢侍御虚舟》诗"我本楚狂人，凤歌笑孔丘"中的"孔丘"指代哪位历史名人？

【选项】A. 孔融　B. 孔子　C. 孔尚任

【答案】B. 孔子

桃源仙境图（明仇英）

华清出浴图（清康涛）

【原诗】我本楚狂人，凤歌笑孔丘。手持绿玉杖，朝别黄鹤楼。五岳寻仙不辞远，一生好入名山游。庐山秀出南斗傍，屏风九叠云锦张，影落明湖青黛光。金阙前开二峰长，银河倒挂三石梁。香炉瀑布遥相望，回崖沓嶂凌苍苍。翠影红霞映朝日，鸟飞不到吴天长。登高壮观天地间，大江茫茫去不还。黄云万里动风色，白波九道流雪山。好为庐山谣，兴因庐山发。闲窥石镜清我心，谢公行处苍苔没。早服还丹无世情，琴心三叠道初成。遥见仙人彩云里，手把芙蓉朝玉京。先期汗漫九垓上，愿接卢敖游太清。——（唐）李白《庐山谣寄卢侍御虚舟》

【注释】这首诗作于760年（肃宗上元元年），即诗人流放夜郎途中遇赦回来的次年。李白遇赦后从江夏（今湖北武昌）往浔阳（今江西九江）游庐山时作了这首诗，那时李白已经历尽磨难，始终不愿向折磨他的现实低头，求仙学道的心情更加迫切了。此诗不仅写出了庐山的秀丽雄奇，更主要表现了诗人狂放不羁的性格以及政治理想破灭后想要寄情山水的心境。

131. 李商隐的《霜月》中有一句"青女素娥俱耐冷"，其中"青女"指主司霜雪的女神。请问"素娥"指的是谁？

【选项】A.织女　B.七仙女　C.嫦娥

【答案】C.嫦娥

【原诗】初闻征雁已无蝉，百尺楼高水接天。青女素娥俱耐冷，月中霜里斗婵娟。——（唐）李商隐《霜月》

【注释】素娥：中国古代对月亮的别称。在传说中也是月中女神，即嫦娥。

132. 杜甫的名篇《佳人》一诗，写的是在战乱时被遗弃的女子所遭遇的不幸。请问诗人描写的是哪场战乱？

【选项】A.玄武门兵变　B.韦后当权　C.安史之乱

《嫦娥执桂图》（明唐寅）

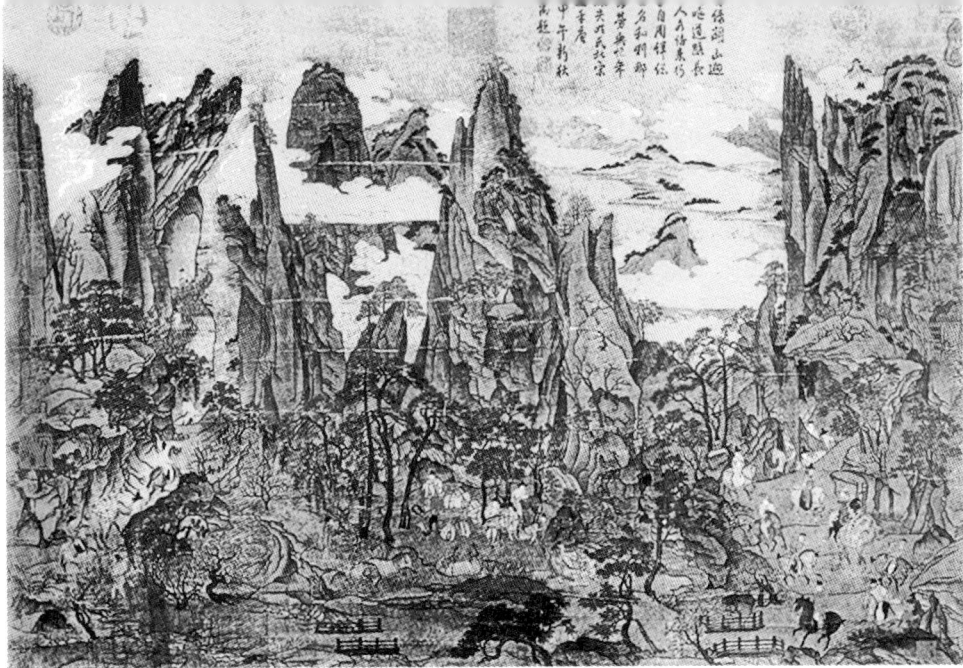

《明皇幸蜀图》（唐李昭道）

【答案】C. 安史之乱

【原诗】绝代有佳人，幽居在空谷。自云良家女，零落依草木。关中昔丧乱，兄弟遭杀戮。官高何足论，不得收骨肉。世情恶衰歇，万事随转烛。夫婿轻薄儿，新人美如玉。合昏尚知时，鸳鸯不独宿。但见新人笑，那闻旧人哭。在山泉水清，出山泉水浊。侍婢卖珠回，牵萝补茅屋。摘花不插发，采柏动盈掬。天寒翠袖薄，日暮倚修竹。——（唐）杜甫《佳人》

【注释】玄武门兵变发生在唐高祖年间，韦后当权是唐中宗时候的事，只有安史之乱是唐玄宗年间，是杜甫亲身经历过的叛乱。而此诗作于乾元二年秋季，也就是安史之乱发生后的第五年。诗中有"关中昔丧乱"，"关中"在这里指长安，安史叛军攻陷长安。

133. 李商隐《无题》诗中曾写"隔座送钩春酒暖，分曹射覆蜡灯红"。请问诗中的"送钩"和"射覆"指的是什么？

【选项】A. 行酒游戏　B. 菜肴名称　C. 歌舞演出

【答案】A. 行酒游戏

【原诗】昨夜星辰昨夜风，画楼西畔桂堂东。身无彩凤双飞翼，心有灵犀一点通。隔座送钩春酒暖，分曹射覆蜡灯红。嗟余听鼓应官去，走马兰台类转蓬。——（唐）李商隐《无题》

【注释】全诗描写了一个热闹的聚会，文人雅士，把酒言欢。古代人喝酒不像今人吆喝划拳，他们更文艺一些，用一些无伤大雅的小游戏来进行调节。"隔座送钩"和"分曹射覆"都是喝酒时常做的游戏，电视剧《红楼梦》（1987年版）《寿怡红夜宴群芳》中有"射覆"的全过程。

134. 王昌龄的《出塞》中"但使龙城飞将在，不教胡马度阴山"名流千古。请问诗中的"胡马"指的是当时哪个少数民族的骑兵？

【选项】A. 契丹　B. 匈奴　C. 女真

【答案】B. 匈奴

【注释】胡马：泛指产在西北地区的马。胡人：古代对北方、西方少数民族的泛称。"胡马依北风，越鸟朝南枝"，出自《古诗十九首·行行重行行》。

135. 我国有四大名楼，他们分别是岳阳楼、滕王阁、黄鹤楼和鹳雀楼。请问下列诗句中哪句是描写鹳雀楼的？

【选项】A. 吴楚东南坼，乾坤日夜浮　B. 落霞与孤鹜齐飞，秋水共长天一色　C. 欲穷千里目，更上一层楼

【答案】C. 欲穷千里目，更上一层楼

【原诗】白日依山尽，黄河入海流。欲穷千里目，更上一层楼。——（唐）王之涣《登鹳雀楼》

《落霞孤鹜图》（明唐寅）

【注释】鹳雀楼：旧址在今山西永济县。

136. "前不见古人，后不见来者"是《登幽州台歌》中的名句，"幽州台"又称"黄金台"，是战国时期燕国所兴建。请问燕昭王当时兴建幽州台的主要用途是什么？

【选项】A. 比武招亲　　B. 军事预防　　C. 招贤纳士

【答案】C. 招贤纳士

【原诗】前不见古人，后不见来者。念天地之悠悠，独怆然而涕下。——（唐）陈子昂《登幽州台歌》

【注释】幽州台即燕国时期燕昭王所建的黄金台。修建黄金台用于招纳贤才，因燕昭王将黄金置于其上而得名，其师郭隗，成为当时燕昭王用黄金台招纳而来的第一位贤才。

137. "此地别燕丹，壮士发冲冠"。请问这句诗描写的是历史上哪一个著名的事件？

【选项】A. 屈原沉江　　B. 巨鹿之战　　C. 荆轲刺秦

【答案】C. 荆轲刺秦

【原诗】此地别燕丹，壮士发冲冠。昔时人已没，今日水犹寒。——（唐）骆宾王《易水送别》

荆轲刺秦王图

【注释】易水:也称易河,河流名,位于河北易县境内,分南易水、中易水、北易水。因燕子丹送荆轲刺秦于此作别,高渐离击筑,荆轲合着音乐高歌"风萧萧分易水寒,壮士一去分不复还"而名扬天下。

138. 唐代诗人张籍《征西将》中有"几道征西将,同收碎叶城"。请问"碎叶城"是哪位诗人的出生地?

【选项】A. 岑参　B. 李白　C. 卢纶

【答案】B. 李白

【原诗】黄沙北风起,半夜又翻营。战马雪中宿,探人冰上行。深山旗未展,阴碛鼓无声。几道征西将,同收碎叶城。——(唐)张籍《征西将》

【注释】碎叶城:唐朝在西域设的重镇,是中国历代王朝在西部地区设防最远的一座边陲城市,也是丝路上一重要城镇,是著名诗人李白的出生地。它与龟兹、疏勒、于阗并称为唐代"安西四镇"。

139. 白居易在《琵琶行》的序中写道"元和十年,予左迁九江郡司马"。请问其中"左迁"是指什么?

【选项】A. 升职　B. 降职　C. 平调

【答案】B. 降职

【原诗】座中泣下谁最多? 江州司马青衫湿。——(唐)白居易《琵琶行》节选

【注释】左迁:犹言下迁,汉代贵右贱左,故将贬官称为左迁。

140. 白居易的《琵琶行》中有"五陵年少争缠头,一曲红绡不知数"。请问"争缠头"的意思是什么?

【选项】A. 抢付小费　B. 争夺绣球　C. 争风吃醋

【答案】A. 抢付小费

【原诗】五陵少年争缠头,一曲红绡不知数。钿头银篦击节碎,血色罗裙翻酒污。——(唐)白居易《琵琶行》节选

【注释】

①缠头:古代歌舞艺人表演时以锦缠头,演毕,客以罗锦为赠,称"缠头"。后来又

作为赠送女妓财物的通称。意思是说当时走红的时候，富家子弟争相打赏，唱罢一曲，收到的缠头不知道有多少。

②五陵年少：指京都富豪子弟。五陵：汉代五个皇帝的陵墓，即长陵、安陵、阳陵、茂陵、平陵，均在长安附近。当时富家豪族和外戚都居住在五陵附近，因此后世诗文常以五陵为富豪人家聚居长安之地。唐寅著名的《桃花庵歌》结尾两句，就是"不见五陵豪杰墓，无花无酒锄做田"。

141. 李白《忆秦娥·箫声咽》中有"秦楼月，年年柳色，灞陵伤别"。请问"灞陵"是哪位皇帝的陵墓所在？

【选项】A. 秦始皇　　B. 汉文帝　　C. 唐玄宗

【答案】B. 汉文帝

【原词】箫声咽，秦娥梦断秦楼月。秦楼月。年年柳色，灞陵伤别。　乐游原上清秋节。咸阳古道音尘绝。音尘绝。西风残照，汉家陵阙。——（唐）李白《忆秦娥·箫声咽》

【注释】秦始皇陵在临潼；汉文帝陵即灞陵，在今陕西西安东；唐玄宗陵在陕西蒲城。

142. 唐朝杜甫《咏怀古迹》五首中有"群山万壑赴荆门，生长明妃尚有村"。这里的"明妃"是指哪位？

《明妃出塞图》

【选项】A. 杨玉环　　B. 王昭君　　C. 西施

【答案】B. 王昭君

【原诗】群山万壑赴荆门，生长明妃尚有村。一去紫台连朔漠，独留青冢向黄昏。画图省识春风面，环佩空归月夜魂。千载琵琶作胡语，分明怨恨曲中论。——（唐）杜甫《咏怀古迹》其三

【注释】明妃：即王嫱，字昭君，汉元帝时宫女。西晋时，避司马昭讳而改

称明妃。

143.《别董大》描写的是唐代诗人高适与当时非常著名的乐师董大久别重逢后，又各奔他方的赠别之作，而董大原名是"董庭兰"，为何大家称他为"董大"？

【选项】A.董大个头特别高大　B.董大的名声特别大　C.董大在家排行老大

【答案】C.董大在家排行老大

【原诗】千里黄云白日曛，北风吹雁雪纷纷。莫愁前路无知己，天下谁人不识君（其一）？六翮飘飖私自怜，一离京洛十余年。丈夫贫贱应未足，今日相逢无酒钱（其二）。——（唐）高适《别董大二首》

【注释】《左传·昭公二十六年》："亦唯伯仲叔季图之。"兄弟排行的次序，伯是老大，仲是第二，叔是第三，季是最小的。

144. 在今天安徽泾县有一个"隔岸踏歌"阁，是为纪念诗人李白和好友送别时的情景所建。请问这位李白的好友是谁？

【选项】A.王勃　B.高适　C.汪伦

【答案】C.汪伦

【原诗】李白乘舟将欲行，忽闻岸上踏歌声。桃花潭水深千尺，不及汪伦送我情。——（唐）李白《赠汪伦》

【注释】"李白乘舟将欲行，忽闻岸上踏歌声"，隔岸踏歌的由来与此有关。在许多古诗里，都提到过踏歌送行的场面。比如《竹枝词》里的"杨柳青青江水平，闻郎江上踏歌声"。

145. 李白《侠客行》中有"赵客缦（màn）胡缨，吴钩霜雪明"。请问诗中的"吴钩"是什么器物？

【选项】A.武器　B.美玉　C.装饰品

【答案】A.武器

【原诗】赵客缦胡缨，吴钩霜雪明。银鞍照白马，飒沓如流星。十步杀一人，千里不留行。事了拂衣去，深藏身与名。闲过信陵饮，脱剑膝前横。将炙啖朱亥，持觞劝侯嬴。三杯吐然诺，五岳倒为轻。眼花耳热后，意气素霓生。救赵挥金锤，邯郸先震惊。千秋二壮

士，煊赫大梁城。纵死侠骨香，不惭世上英。谁能书阁下，白首太玄经？——（唐）李白《侠客行》

【注释】吴钩：春秋时期流行的一种弯刀，因产于吴国，所以叫吴钩，以青铜铸成，后也泛指利剑。李贺有诗云："男儿何不带吴钩，收取关山五十州。"《侠客行》一诗，也被武侠大师金庸创作成了著名小说《侠客行》。

146. 众所周知，"心有灵犀"一词出自李商隐的"心有灵犀一点通"，比喻恋爱中的男女双方心心相印。请问诗中的"灵犀"指的是什么？

【选项】A. 犀鸟　B. 犀牛角　C. 百灵鸟

【答案】B. 犀牛角

【原诗】身无彩凤双飞翼，心有灵犀一点通。——（唐）李商隐《无题》节选

【注释】古代传说犀牛角有白纹，感应灵敏，所以称犀牛角为"灵犀"。

147. 元稹在《菊花》一诗中写道"秋丛绕舍似陶家，遍绕篱边日渐斜"。请问这里的"陶家"是指谁的家？

【选项】A. 陈陶　B. 陶渊明　C. 陶侃

【答案】B. 陶渊明

【原诗】秋丛绕舍似陶家，遍绕篱边日渐斜。不是花中偏爱菊，此花开尽更无花。——（唐）元稹《菊花》

【注释】东晋诗人陶渊明因写下"采菊东篱下，悠然见南山"的名句，其爱菊之名，无人不晓，而菊花也逐渐成了超凡脱俗的隐逸者之象征。周敦颐《爱莲说》中，也有"晋陶渊明独爱菊"之说。

148. 请问高骈笔下的"六出飞花入户时，坐看青竹变琼枝"一句描写的是哪种景物？

【选项】A. 柳絮　B. 雪花　C. 梅花

【答案】B. 雪花

【原诗】六出飞花入户时，坐看青竹变琼枝。如今好上高楼望，盖尽人间恶路歧。——（唐）高骈《对雪》

【注释】六出：六瓣，雪花的形状如六瓣。琼枝：白玉雕成的树枝。

149. 李商隐《无题》中有"蓬山此去无多路,青鸟殷勤为探看",相传,诗中的"青鸟"是给一位女神取食传信的神鸟。请问它的主人是哪一位女神?

【选项】A. 西王母　B. 巫山神女　C. 紫霞仙子

【答案】A. 西王母

【原诗】相见时难别亦难,东风无力百花残。春蚕到死丝方尽,蜡炬成灰泪始干。晓镜但愁云鬓改,夜吟应觉月光寒。蓬山此去无多路,青鸟殷勤为探看。——(唐)李商隐《无题》

西王母、伏羲、女娲(山东微山两城镇出土汉画像石)

【注释】《山海经》记载:"其南有三青鸟,为西王母取食。"后来青鸟因为李商隐的这首《无题》诗,也象征为情侣传信的"情鸟"。南唐中主李璟的《摊破浣溪沙》中,也有"青鸟不传云外信,丁香空结雨中愁"的名句。

宋辽金：

才子佳人　词苑竞秀

有唐诗的高标在，宋代诗人只能求新求变。与唐诗的丰华情韵、奇情壮采不同，宋诗推崇"平淡"。宋诗在题材上面有过成功的开拓，日常生活、琐事细物皆可入诗。南宋严羽认为宋代诗人"以文字入诗，以才学入诗，以议论入诗"（《沧浪诗话》）。批评的同时也说出了宋诗的长处——不在于情韵而在于思理，是宋人对生活深沉思考后的文学表现。

在中国文学史上，唯一能与唐诗媲美的就是宋词。宋词流派众多，名家辈出，自成一派的就有几十位，如柳永、苏轼、贺铸、周邦彦等等。词在宋代完成了文体建设，最常用的词调都定于宋代，音韵、章法都有严格的规范。同时，词的题材内容和风格也达到了与五七言诗同样广阔的范围，咏物词、咏史词、田园词、爱情词、赠答词、送别词，应有尽有。艺术风格上也百花争艳，婉约与豪放并存，清新与秾丽斗艳。

1. "书到用时方恨少"，是我们劝学时经常用到的话语。请问这句话出自哪位诗人之口呢？

【选项】A. 杜甫　B. 朱熹　C. 陆游

【答案】C. 陆游

【注释】陆游自撰的对联：书到用时方恨少，事非经过不知难。

2. 请问"春宵一刻值千金"出自哪位宋代名诗人之手呢？

【选项】A. 柳永　B. 苏轼　C. 李煜

【答案】B. 苏轼

【原诗】春宵一刻值千金，花有清香月有阴。歌管楼台声细细，秋千院落夜沉沉。——（宋）苏轼《春夜》

【注释】《春夜》是一首描写春夜景色的小诗。全诗明白如话却立意深沉，在冷静自然的描写中，含蓄委婉地透露出作者对醉生梦死、贪图享乐、不惜光阴的人的深深谴责。这首诗的题目可能不为很多人了解，"春宵一刻值千金"一句却是深入人心。

陆游像

3. 请问"六一居士"是北宋哪位著名文学家？

【选项】A. 范仲淹　B. 欧阳修　C. 王安石

【答案】B. 欧阳修

【注释】范仲淹：字希文，世称"范文正公"。欧阳修：字永叔，号醉翁、六一居士。王安石：字介甫，号半山，人称半山居士。

4. 柳永是婉约派词人最具代表性的人物之一。请问柳永的原名是什么？

【选项】A. 柳毅　B. 柳景庄　C. 柳三变

辛弃疾手迹《去国帖》

【答案】C. 柳三变

【注释】柳永兄弟三人，分别叫三复、三接、三变，柳三变即柳永。

5. 请问辛弃疾《破阵子》中"八百里分麾下炙，五十弦翻塞外声"的"八百里"指的是什么？

【选项】A. 当地地名　B. 比喻路途遥远　C. 牛

【答案】C. 牛

【原词】醉里挑灯看剑，梦回吹角连营。八百里分麾下炙，五十弦翻塞外声，沙场秋点兵。　马作的卢飞快，弓如霹雳弦惊。了却君王天下事，赢得生前身后名。可怜白发生！——（宋）辛弃疾《破阵子·醉里挑灯看剑》

【注释】据《世说新语·汰侈》载：晋王恺有良牛，名"八百里驳"。

6. 辛弃疾的《南乡子》中"天下英雄谁敌手？曹刘。生子当如孙仲谋"中"孙仲谋"是三国中哪位名人？

【选项】A. 孙权　B. 孙策　C. 孙坚

【答案】A. 孙权

【原词】何处望神州？满眼风光北固楼。千古兴亡多少事？悠悠。不尽长江滚滚流。

年少万兜鍪，坐断东南战未休。天下英雄谁敌手？曹刘。生子当如孙仲谋。——（宋）辛弃疾《南乡子·登京口北固亭有怀》

【注释】孙权，字仲谋。

7. 下列诗句中哪句不是苏轼所作？

【选项】A. 横看成岭侧成峰,远近高低各不同　　B. 欲把西湖比西子,淡妆浓抹总相宜　　C. 山重水复疑无路,柳暗花明又一村

【答案】C. 山重水复疑无路,柳暗花明又一村

【原诗】莫笑农家腊酒浑,丰年留客足鸡豚。山重水复疑无路,柳暗花明又一村。箫鼓追随春社近,衣冠简朴古风存。从今若许闲乘月,拄杖无时夜叩门。——(宋)陆游《游山西村》

8. 千古名句"多情自古伤离别,更那堪、冷落清秋节"的作者是宋朝哪位词人?

【选项】A. 李清照　　B. 柳永　　C. 欧阳修

【答案】B. 柳永

【原词】寒蝉凄切。对长亭晚,骤雨初歇。都门帐饮无绪,留恋处、兰舟催发。执手相看泪眼,竟无语凝噎。念去去、千里烟波,暮霭沉沉楚天阔。　　多情自古伤离别。更那堪、冷落清秋节。今宵酒醒何处,杨柳岸、晓风残月。此去经年,应是良辰、好景虚设。便纵有、千种风情,更与何人说。——(宋)柳永《雨霖铃》

柳永塑像

9. "昨夜寒蛩不住鸣。惊回千里梦,已三更"这句词出自岳飞的《小重山》。请问词句中"寒蛩"指的是什么?

【选项】A. 蝉　　B. 蟋蟀　　C. 猫头鹰

【答案】B. 蟋蟀

【原文】昨夜寒蛩不住鸣。惊回千里梦,已三更。起来独自绕阶行。人悄悄,窗外月胧明。　　白首为功名。旧山松竹老,阻归程。欲将心事付瑶琴。知音少,弦断有谁听?——(南宋)岳飞《小重山》

【注释】寒蛩:指深秋的蟋蟀。

10. 陆游有首著名的七律《游山西村》："莫笑农家腊酒浑，丰年留客足鸡豚。山重水
复疑无路，柳暗花明又一村。箫鼓追随春社近，衣冠简朴古风存。从今若许闲乘月，拄
杖无时夜叩门。"请问诗中"丰年留客足鸡豚"当中的"豚"是什么？

　　【选项】A.豚鼠　B.海豚　C.小猪

　　【答案】C.小猪

　　【注释】《孟子》："鸡豚狗彘之畜。"豚是小猪，彘是大猪。

11. "竹外桃花三两枝，春江水暖鸭先知"，是苏轼的题画诗《惠崇〈春江晚景〉》。这
首诗一共提到几种动植物？

《苏轼回翰林院图》（明张路）

　　【选项】A.五种　B.六种　C.七种

　　【答案】B.六种

　　【原诗】竹外桃花三两枝，春江水暖鸭先知。蒌蒿满地芦芽短，正是河豚欲上
时。——（宋）苏轼《惠崇〈春江晚景〉》

　　【注释】有竹子、桃花、鸭子、蒌蒿、芦笋、河豚。

12. 苏轼《送安敦秀才失解西归》中写道"旧书不厌百回读，熟读深思子自知"。请问
其中隐含着哪个成语？

　　【选项】A.无师自通　B.百读不厌　C.自知之明

　　【答案】B.百读不厌

【原文】旧书不厌百回读，熟读深思子自知。他年名宦恐不免，今日栖迟那可追。我昔家居断还往，著书不复窥园葵。揭来东游慕人爵，弃去旧学从儿嬉。狂谋谬算百不遂，惟有霜鬓来如期。故山松柏皆手种，行且拱矣归何时。万事早知皆有命，十年浪走宁非痴。与君未可较得失，临别惟有长嗟咨。——（宋）苏轼《送安敦秀才失解西归》

13. "竹外桃花三两枝，春江水暖鸭先知"是宋代苏轼为画家惠崇的画作《春江晚景》所作的题画诗。请问惠崇的身份是？

【选项】A. 道士　B. 僧人　C. 官员

【答案】B. 僧人

【注释】北宋初年，有僧侣九人以诗著名：建阳惠崇、剑南希昼、金华保暹、南越文兆、天台行肇、汝沃简长、贵城惟凤、江南宇昭、峨眉怀古。现有诗作《北宋九僧诗》。其中惠崇尤多佳句，为九僧之首。有诗作《摘句图》一百联、画作《沙汀烟树图》等传世。

14. "山外青山楼外楼，西湖歌舞几时休"，是南宋林升著名的政治讽刺诗《题临安邸》中的名句。请问这首诗开始是写在哪里的？

【选项】A. 山崖　B. 墙壁　C. 画卷

【答案】B. 墙壁

【原诗】山外青山楼外楼，西湖歌舞几时休？暖风熏得游人醉，直把杭州作汴州。——（南宋）林升《题临安邸》

【注释】这是一首讽刺时事的题壁诗，因此作者也不能留下自己的名字。这首诗的作者一说是林升，一说是林外。

15. "帘外谁来推绣户？枉教人、梦断瑶台曲。又却是、风敲竹"，出自宋词《贺新郎·乳燕飞华屋》。上阕描写美人沐浴后趁凉入睡，又被风吹竹声惊醒；下阕写伊人赏花，对花落泪。请问词中美人赏的是什么花？

【选项】A. 昙花　B. 海棠花　C. 石榴花

【答案】C. 石榴花

【原词】乳燕飞华屋。悄无人、桐阴转午，晚凉新浴。手弄生绡白团扇，扇手一时似玉。渐困倚、孤眠清熟。帘外谁来推绣户，枉教人、梦断瑶台曲。又却是，风敲竹。 石榴半吐红巾蹙。待浮花、浪蕊都尽，伴君幽独。秾艳一枝细看取，芳心千重似束。又恐被、秋风惊绿。若待得君来向此，花前对酒不忍触。共粉泪，两簌簌。——（宋）苏轼《贺新郎·乳燕飞华屋》

16. "一种生深谷，清标压众芳。不须刬作佩，入室自幽香"。请问诗中"压众芳"的是哪种花？

【选项】A. 梅花　B. 百合花　C. 兰花

【答案】C. 兰花

【注释】出自《神童诗》卷首《兰花》。

17. 宋代文学家欧阳修曾在收到朋友的礼物后，用诗句"鹅毛赠千里，所重以其人"来比喻"礼轻情意重"。请问友人送给欧阳修的礼物是什么？

【选项】A. 银杏　B. 大枣　C. 莲子

【答案】A. 银杏

【原诗】鹅毛赠千里，所重以其人。鸭脚虽百个，得之诚可珍。予问得之谁，诗老远且贫。霜野摘林实，京师寄时新。封包虽甚微，采掇皆躬亲。物贵人以贵，人贤弃而沦。开缄重嗟惜，诗以报殷勤。——（宋）欧阳修《梅圣俞寄银杏》

【注释】"千里送鹅毛"故事，原是说一个叫缅伯高的回纥国使臣，背了只天鹅去长安进贡。路上鹅毛弄脏了，他就在沔阳湖边打开笼子，让天鹅下湖洗洗羽毛，不料天鹅展翅飞去，缅伯高遂倒在湖边大哭一场。后来急中生智，捡了根羽毛去长安进贡，并写诗一首："天鹅贡唐朝，山重路

欧阳修像

梦游天姥图（范曾）

新婚别图（范曾）

更遥。沔阳河失宝，回纥情难抛。上奉唐天子，请罪缅伯高。礼轻情意重，千里送鹅毛。"唐太宗听了缅伯高的诉说，感其忠厚老实，不辱使命，就重重地赏赐了他。一时传为佳话。

18. 苏轼曾经写下了"横看成岭侧成峰，远近高低各不同。不识庐山真面目，只缘身在此山中"的千古绝句来形容庐山。请问苏轼在哪里写下了这首诗？

【选项】A. 西林寺　B. 周瑜点将台　C. 白鹿洞书院

【答案】A. 西林寺

【注释】这首诗的名字叫《题西林壁》，写在西林寺的墙壁上。西林寺在庐山北麓。

19. 请问大家耳熟能详的诗句"月子弯弯照九州，几家欢乐几家愁"，是哪个时期广为流传的民歌？

【选项】A. 晚唐　B. 南宋　C. 北宋

【答案】B. 南宋

【原诗】月子弯弯照九州，几家欢乐几家愁。几家夫妇同罗帐，几家飘零在他乡？

【注释】著名的民歌"吴歌"，产生于宋高宗建炎年间。这首民歌运用对比的方法，反映了社会动荡时期下层民众的苦难生活。

20. 苏州著名景点沧浪亭上有副楹联："清风明月本无价，近水远山皆有情。"上下联出自不同诗人的两首诗。请问这是谁的诗句？

【选项】A. 欧阳修和苏舜钦　B. 欧阳修和苏轼　C. 苏轼和苏舜钦

【答案】A. 欧阳修和苏舜钦

【注释】上联：欧阳修《沧浪亭》"清风明月本无价，可惜只卖四万钱"；下联：苏舜钦《过苏州》"绿杨白鹭俱自得，近水远山皆有情"。沧浪亭是苏舜钦的私家园林。

21. 宋代爱国诗人岳飞《满江红》中有"壮志饥餐胡虏肉，笑谈渴饮匈奴血"。这里的"匈奴"是指谁？

【选项】A. 女真统治者　B. 突厥统治者　C. 鲜卑统治者

【答案】A. 女真统治者

【原词】怒发冲冠，凭栏处，潇潇雨歇。抬望眼，仰天长啸，壮怀激烈。三十功名尘与土，八千里路云和月。莫等闲，白了少年头，空悲切！　靖康耻，犹未雪；臣子恨，何时灭？驾长车，踏破贺兰山缺。壮志饥餐胡虏肉，笑谈渴饮匈奴血。待从头，收拾旧山河，朝天阙。——（宋）岳飞《满江红》

22. 很多迁客骚人不仅文采出众，更是不可多得的爱国志士。写下"想当年，金戈铁马，气吞万里如虎"这一不朽佳句的文学家是谁？

【选项】A. 陆游　B. 辛弃疾　C. 岳飞

【答案】B. 辛弃疾

【原词】千古江山，英雄无觅，孙仲谋处。舞榭歌台，风流总被，雨打风吹去。斜阳草树，寻常巷陌，人道寄奴曾住。想当年，金戈铁马，气吞万里如虎。　元嘉草草，封狼居胥，赢得仓皇北顾。四十三年，望中犹记，烽火扬州路。可堪回首，佛狸祠下，一片神鸦社鼓。凭谁问，廉颇老矣，尚能饭否？——（南宋）辛弃疾《永遇乐·京口北固亭怀古》

【注释】辛弃疾：南宋著名爱国词人。曾带兵抗击金人的入侵，有"廉颇老矣，尚

辛弃疾墓

能饭否"之句。

23. 李清照《如梦令·常记溪亭日暮》词,回忆年少时游玩的情景。请问当年李清照玩到尽兴之后误返何处?

【选项】A. 荷花池　B. 牡丹园　C. 芍药亭

【答案】A. 荷花池

【原词】常记溪亭日暮,沉醉不知归路。兴尽晚回舟,误入藕花深处。争渡,争渡,惊起一滩鸥鹭。——(宋)李清照《如梦令》

【注释】《尔雅·释草》:"荷:芙蕖。其茎茄,其叶蕸,其本蔤,其华菡萏,其实莲,其根藕。"藕:荷花的根。

24. 读书使人明智,古人对读书一事更是"情有独钟",曾有诗云:"书中自有黄金屋","书中自有颜如玉"。请问这两句诗出自哪里?

【选项】A. 赵恒《励学篇》　　B. 颜真卿《劝学》　　C. 朱熹《读书有感》

【答案】A. 赵恒《励学篇》

【原诗】富家不用买良田,书中自有千钟粟。安居不用架高堂,书中自有黄金屋。娶妻莫恨无良媒,书中自有颜如玉。出门莫恨无人随,书中车马多如簇。男儿欲遂平生志,五经勤向窗前读。——(宋)真宗赵恒《励学篇》(《劝学诗》)

三更灯火五更鸡,正是男儿读书时。黑发不知勤学早,白首方悔读书迟。——(唐)颜真卿《劝学》

半亩方塘一鉴开,天光云影共徘徊。问渠那得清如许,为有源头活水来。——(南宋)朱熹《读书有感》

25. 沈园是绍兴现存的一处宋代园林,

宋真宗赵恒像

"春波惊鸿"是沈园的十处美景之一,名称来自诗句"伤心桥下春波绿,曾是惊鸿照影来"。请问这是谁的诗句?

【选项】A.陆游　B.苏轼　C.范成大

【答案】A.陆游

【原诗】城上斜阳画角哀,沈园非复旧池台。伤心桥下春波绿,曾是惊鸿照影来。——(宋)陆游《沈园》

【注释】宋高宗绍兴十四年,二十岁的陆游和表妹唐婉结为伴侣。二人青梅竹马,婚后情投意合,相敬如宾,伉俪情深,却引起了陆母的不满,她认为陆游沉溺于温柔乡中,不思进取,误了前程,而且二人婚后三年始终未能生养,于是逼迫孝顺的儿子休妻。虽然万般无奈,最终陆游还是遂了母亲的心意另娶王氏为妻,而唐婉也被迫嫁给了越中名士赵士程。纵然百般恩爱,终落得劳燕分飞。

26. 请问北宋词人张先因其词作《行香子》中的哪几句词被后人戏称为"张三中"?

【选项】A. 心中恨,眼中血,意中人　B. 心中事,眼中泪,意中人　C. 心中情,眼中景,意中人

【答案】B. 心中事,眼中泪,意中人

【原词】舞雪歌云,闲淡妆匀。蓝淡水,深染轻裙。酒香醺脸,粉色生春。更巧谈话,美性情,好精神。　江空无畔,凌波何处?月桥边,青柳朱门。断钟残角,又送黄昏。奈心中事,眼中泪,意中人。——(宋)张先《行香子·舞雪歌云》

27. 北宋词人贺铸的《水调歌头·南国本潇洒》中"旧时王谢,堂前双燕过谁家"一句化用了前人谁的诗句?

【选项】A. 刘禹锡《乌衣巷》　B. 刘禹锡《西塞山怀古》　C. 白居易《暮江吟》

【答案】A. 刘禹锡《乌衣巷》

【原词】南国本潇洒,六代浸豪奢。台城游冶,襞笺能赋属宫娃。云观登临清夏,璧月留连长夜,吟醉送年华。回首飞鸳瓦,却羡井中蛙。　访乌衣,成白社,不容车。旧时王谢,堂前双燕过谁家?楼外河横斗挂,淮上潮平霜下,樯影落寒沙。商女篷窗罅,犹唱《后庭花》。——(宋)贺铸《水调歌头·台城游》

朱雀桥边野草花，乌衣巷口夕阳斜。旧时王谢堂前燕，飞入寻常百姓家。——（唐）刘禹锡《乌衣巷》

【注释】乌衣巷原是六朝贵族居住的地方，最为繁华，如今有名的朱雀桥边竟长满野草，乌衣巷口也不见车马出入，只有夕阳斜照在昔日的深墙上。

28. 北宋词人贺铸《水调歌头·台城游》中"商女篷窗鳞，犹唱《后庭花》"是化用谁的诗句？

【选项】A. 杜牧《江南春》　　B. 杜牧《泊秦淮》　　C. 刘禹锡《石头城》

【答案】B. 杜牧《泊秦淮》

【原诗】烟笼寒水月笼沙，夜泊秦淮近酒家。商女不知亡国恨，隔江犹唱《后庭花》。——（唐）杜牧《泊秦淮》

【注释】后庭花：一种花，生长在江南，因多在庭院中栽培，故称"后庭花"。花朵有红白两色，其中开白花的，盛开之时树冠如玉一样美丽，故又有"玉树后庭花"之称。《后庭花》：又叫《玉树后庭花》，本是乐府民歌中一种曲子。南北朝陈朝皇帝陈叔宝有"妖姬脸似花含露，玉树流光照后庭"。后因其沉湎声色，陈朝亡国，因而此曲被认为是亡国之音。

陈后主陈叔宝像

29. 成语"物是人非"出自词句"物是人非事事休，欲语泪先流"。请问这句词出自哪里？

【选项】A. 柳永《雨霖铃》　　B. 李清照《诉衷情》　　C. 李清照《武陵春》

【答案】C. 李清照《武陵春》

【原词】风住尘香花已尽，日晚倦梳头。物是人非事事休，欲语泪先流。　　闻说双溪春尚好，也拟泛轻舟。只恐双溪舴艋舟，载不动，许多愁。——（宋）李清照《武陵

春·风住尘香花已尽》

【注释】这首《武陵春》为词人中年孀居后所作，非一般的闺情闺怨之词所能比。这首词借暮春之景，写出了词人内心深处的苦闷和忧愁。全词一唱三叹，语言优美，所描写的意境有言尽而意不尽之美。词作继承了传统的作法，采用了类似后来戏曲中的代言体，以第一人称的口吻，用深沉忧郁的旋律，塑造了一个孤苦凄凉环境中流离失所的才女形象。

30.《钗头凤·红酥手》是陆游最著名的一首词。请问陆游最早把这首词写在了哪里？

【选项】A. 手帕上　B. 墙上　C. 扇子上

【答案】B. 墙上

【原词】红酥手，黄縢酒，满城春色宫墙柳。东风恶，欢情薄，一怀愁绪，几年离索，错错错。　春如旧，人空瘦，泪痕红浥鲛绡透。桃花落，闲池阁，山盟虽在，锦书难托，

沈园中的《钗头凤》题词

莫莫莫。——(宋)陆游《钗头凤》

【注释】陆游六十七岁时，重游沈园，赋诗一首，名为《禹迹寺南有沈氏小园，四十年前，尝题小阁壁间，偶复一到，而园已易主，刻小阁于石，读之怅然》："枫叶初丹槲叶黄，河阳愁鬓怯新霜。林亭感旧空回首，泉路凭谁说断肠。坏壁醉题尘漠漠，断云幽梦事茫茫。年来妄念消除尽，回向蒲龛一炷香。"可以看出，陆游当时的《钗头凤》是写在壁间的。

31. "文能提笔安天下，武能立马定乾坤"。历史上，有不少文武双全的诗人。请问下面哪个诗人没有带过兵、打过仗？

【选项】A. 范仲淹　B. 辛弃疾　C. 晏几道

【答案】C. 晏几道

【原诗】文能提笔安天下，武能上马定乾坤。心存谋略何人胜，古今英雄唯是君。——(蜀汉)姜维

【注释】范仲淹做过宋朝最高军事长官枢密使，曾在庆北边防练过兵，词作《渔家傲》就是作于此时段。辛弃疾二十一岁就参加了抗金义军，聚集两千人作战。词作和军旅有关的占三分之一。晏几道仅做过低等文官，没有带兵的权力。

32. "先天下之忧而忧，后天下之乐而乐"，是哪位诗人心系天下、忧国忧民的情怀？

【选项】A. 范仲淹　B. 杜甫　C. 陆游

【答案】A. 范仲淹

【原文】嗟夫！予尝求古仁人之心，或异二者之为，何哉？不以物喜，不以己悲。居庙堂之高，则忧其民；处江湖之远，则忧其君。是进亦忧，退亦忧。然则何时而乐耶？其必曰"先天下之忧而忧，

范仲淹像

后天下之乐而乐"乎。噫!微斯人,吾谁与归?——(宋)范仲淹《岳阳楼记》节选

【注释】典故出自《孟子·梁惠王下》。"齐宣王见孟子于雪宫。王曰:'贤者亦有此乐乎?'孟子对曰:'有。人不得,则非其上矣。不得而非其上者,非也。为民上而不与民同乐者,亦非也。乐民之乐者,民亦乐其乐。忧民之忧者,民亦忧其忧。乐以天下,忧以天下,然而不王者,未之有也。'"

33."纵被春风吹作雪,绝胜南陌碾成尘"和"零落成泥碾作尘,只有香如故"分别写的是什么花?

【选项】A.杨花和梅花   B.杏花和梅花   C.杏花和兰花

【答案】B.杏花和梅花

【原诗、词】一陂春水绕花身,身影妖娆各占春。纵被春风吹作雪,绝胜南陌碾成尘。——(宋)王安石《北陂杏花》

驿外断桥边,寂寞开无主。已是黄昏独自愁,更著风和雨。   无意苦争春,一任群芳妒。零落成泥碾作尘,只有香如故。——(宋)陆游《卜算子·咏梅》

34.著名文学家郭沫若,曾在某位女词人的纪念堂前题写对联:"大明湖畔趵突泉边故居在垂杨深处;漱玉集中金石录里文采有后主遗风。"高度概括了这位女词人的身世和作品。请问这位女词人是谁?

【选项】A.吴淑姬   B.朱淑真   C.李清照

【答案】C.李清照

【注释】李清照为山东章丘人,上联"大明湖畔趵突泉边故居在垂杨深处"点出她的出生地。她的词集为《漱玉词》,《金石录》为她和其夫赵明诚合著。词作风格婉约,与后主李煜同属婉约派。故下联为"漱玉集中金石录里文采有后主遗风"。

35.请问南宋诗人刘克庄"疾始于荣卫,哀哉不豫谋。贪生讳闻死,天下几桓侯"写的是历史上哪位名医?

【选项】A.华佗   B.扁鹊   C.孙思邈

【答案】B.扁鹊

【原文】疾始于荣卫,哀哉不豫谋。贪生讳闻死,天下几桓侯。——(宋)刘克庄《杂

咏一百首·扁鹊》

【注释】典出《韩非子》。扁鹊见蔡桓公，立有间。扁鹊曰："君有疾在腠理，不治将恐深。"桓侯曰："寡人无疾。"扁鹊出，桓侯曰："医之好治不病以为功。"居十日，扁鹊复见，曰："君之病在肌肤，不治将益深。"桓侯不应。扁鹊出，桓侯又不悦。居十日，扁鹊复见，曰："君之病在肠胃，不治将益深。"桓侯又不应。扁鹊出，桓侯又不悦。居十日，扁鹊望桓侯而还走。桓侯故使人问之，扁鹊曰："疾在腠理，汤熨之所及也；在肌肤，针石之所及也；在肠胃，火齐之所及也；在骨髓，司命之所属，无奈何也。今在骨髓，臣是以无请也。"居五日，桓侯体痛，使人索扁鹊，已逃秦矣。桓侯遂死。

36. "人比黄花瘦"是李清照的相思之苦。请问"人与绿杨俱瘦"又是谁伤春怀人时的忧愁呢？

【选项】A. 柳永　B. 秦观　C. 晏几道

【答案】B. 秦观

【原词】薄雾浓云愁永昼，瑞脑消金兽。佳节又重阳，玉枕纱橱，半夜凉初透。

东篱把酒黄昏后，有暗香盈袖。莫道不销魂，帘卷西风，人比黄花瘦。——（宋）李清照《醉花阴·薄雾浓云愁永昼》

莺嘴啄花红溜，燕尾点波绿皱。指冷玉笙寒，吹彻小梅春透。　依旧，依旧，人与绿杨俱瘦。——（宋）秦观《如梦令·春景》

秦观像

37. 宋代爱国诗人陆游当年从南郑调回成都的途中，写下了诗作《剑门道中遇微雨》。请问根据诗句中的描述，陆游当时经过剑门山时搭乘的是什么交通工具？

【选项】A. 驴　B. 牛　C. 骡子

【答案】A. 驴

【原诗】衣上征尘杂酒痕，远游无处不消魂。此身合是诗人未？细雨骑驴入剑门。——（宋）陆游《剑门道中遇微雨》

【注释】《剑门道中遇微雨》作于1172年冬。当时，陆游由南郑（今陕西汉中）调回成都，途经剑门山，写下这首诗。陆游去成都是调任成都府路安抚使司参议官，而担任安抚使的又是当时著名诗人，也是陆游好友的范成大。他此行是由前线到后方，由战地到大都市，是去危就安、去劳就逸。

宋真宗泰山封禅图

38.古往今来，中国人对于读书的礼赞从没减少过。"书中自有颜如玉"、"书中自有黄金屋"等名句就是出自宋代赵恒的《劝学诗》。请问下列哪句诗不是出自赵恒的《劝学诗》？

【选项】A.书中自有千钟粟　B.书中车马多如簇　C.书中自有千条路

【答案】C.书中自有千条路

【注释】宋真宗颇具文学才能，《劝学诗》很有后来胡适白话诗的味道。语言通俗，说理明确，老百姓一看就打心眼儿里喜欢。千百年来，人们以勤读书为首务，这首诗可以说影响深远。

39."纸上得来终觉浅，绝知此事要躬行"是宋代诗人陆游的名句。请问这两句诗是陆游为警醒谁而作？

【选项】A.儿子　B.学生　C.自己

【答案】A.儿子

【原诗】古人学问无遗力，少壮工夫老始成。纸上得来终觉浅，绝知此事要躬行。——（宋）陆游《冬夜读书示子聿》

【注释】子聿是陆游最小的儿子。陆游在冬日寒冷的夜晚，沉醉书房，乐此不疲地啃读诗书。窗外，北风呼啸，冷气逼人，陆游却浑然忘我置之脑后，静寂的夜里，他抑制不住心头奔腾踊跃的情感，毅然挥就了八首《冬夜读书示子聿》诗，满怀深情地送给儿子，本诗是流传千古的第三首。本诗是一首哲理诗，写于宁宗庆元五年（1199）。整首诗只有短短的四句，读起来朗朗上口，且意境深远，使人回味无穷。

40. 成语"飞鸿雪爪"用来比喻往事留下的痕迹，出自"人生到处知何似，应似飞鸿踏雪泥"。请问这首诗的题目和作者是谁？

　　【选项】A. 苏轼《卜算子·黄州定慧院寓居作》　　B. 苏轼《和子由渑池怀旧》
C. 陆游《临安春雨初霁》

　　【答案】B. 苏轼《和子由渑池怀旧》

　　【原诗】人生到处知何似，应似飞鸿踏雪泥。泥上偶然留指爪，鸿飞那复计东西。老僧已死成新塔，坏壁无由见旧题。往日崎岖还记否，路长人困蹇驴嘶。——（宋）苏轼《和子由渑池怀旧》

　　【注释】清朝有不少文人都引用过这句成语。比如：袁枚《小仓山房尺牍》第170

苏轼《渡海帖》

首:"故留别某某,皆有诗四首,雪泥鸿爪,小纪因缘。"黄宗羲《南雷诗历》三《王九公邀集湖舫同毛会侯、许霜岩、王廷献祝儿》:"雪泥鸿爪知无定,相对那能不黯然。"陶曾佑《中国文学之概观》:"雪泥鸿爪,惟留一幅悲怆之影于吾汉族历史之中,良可慨已!"朱庭珍《筱园诗话》第四卷:"使君蒿目意不愉,遣兴忽写卧游图;鸿泥雪爪无处无,一一俱倩丹青摩。""雪泥鸿爪"亦作"雪爪鸿泥"、"鸿爪雪泥"、"鸿泥雪爪"、"泥雪鸿迹"。

41. 李清照与丈夫感情甚笃,夫妻经常在家比赛诗词。她的丈夫也是宋代最著名的金石学家、文物鉴赏大家,请问他的名字是什么?

【选项】A. 范成大　B. 张汝舟　C. 赵明诚

【答案】C. 赵明诚

【注释】李清照在《〈金石录〉后序》一文中,曾追叙她婚后屏居乡里时与丈夫赌书的情景,文中说:"余性偶强记,每饭罢,坐归来堂,烹茶,指堆积书史,言某事在某书、某卷、第几页、第几行,以中否角胜负,为饮茶先后。中既举杯大笑,至茶倾覆怀中,反不得饮而起。甘心老是乡矣!"这是文学史上的佳话,意趣盎然。

42. 一位古代诗人以现存诗作九千多首,被评为"中国诗歌作品存世量最多的诗人"。请问这是哪一位诗人?

【选项】A. 陆游　B. 杜甫　C. 李白

陆游祠

【答案】A. 陆游

【注释】陆游的许多诗篇抒写了抗金杀敌的豪情和对敌人、卖国贼的仇恨,风格雄奇奔放,沉郁悲壮,洋溢着强烈的爱国主义激情,在思想上、艺术上取得了卓越成就,在生前即有"小李白"之称,不仅成为南宋一代诗坛领袖,而且在中国文学史上享有崇高地位。陆游以现存诗作九千多首入选中国世界纪录协会中国诗歌作品存世量最多的诗人,创造了一项诗歌中国之最。

43. 清人周济说:"白石脱胎稼轩,变雄健为清刚,变驰骤为疏宕。"其中的"白石"、"稼轩"分别指的是哪两位?

【选项】A. 姜夔、辛弃疾　B. 吴文英、陆游　C. 姜夔、陆游

【答案】A. 姜夔、辛弃疾

【原文】白石脱胎稼轩,变雄健为清刚,变驰骤为疏宕。——(清)周济《宋四家词选序论》

【注释】姜夔:字尧章,号白石道人。南宋文学家、音乐家。他少年孤贫,屡试不第,终生未仕,一生转徙江湖,靠卖字和朋友接济为生。他多才多艺,精通音律,能自度曲,其词格律严密。姜夔的作品素以空灵含蓄著称,对诗词、散文、书法、音乐,无不精善,是继苏轼之后又一难得的艺术全才。他在词中抒发了自己虽然流落江湖,但不忘君国的感时伤世的思想,描写漂泊的羁旅生活,抒发不得用世及情场失意的苦闷心情,以及超凡脱俗、飘然不群有如孤云野鹤般的个性。

44. 词是配合宴乐乐曲而填写的歌词,有词调,能唱。宋代共有八百多个词调。请问下面哪位词人在词的创作中用过的词调最多?

【选项】A. 辛弃疾　B. 苏轼　C. 柳永

【答案】C. 柳永

【注释】辛弃疾存词作六百多首,词调一百零一种。苏轼存词作三百多首。在两宋词坛上,柳永是创用词调最多的词人,现存二百一十三首词,用了一百四十多种词调。而在宋代所用八百多个词调中,有一百多调是柳永首创或首次使用。词至柳永,体制始备。令、引、近、慢、单片、双片、三叠、四叠等

柳永与青楼名妓塑像

长调短令，日益丰富。形式体制的完备，为宋词的发展和后继者在内容上的开拓提供了前提条件。如果没有柳永对慢词的探索创造，后来许多词人或许只能在小令世界里左冲右突，而难以创造出像《水调歌头·明月几时有》、《念奴娇·赤壁怀古》、《水龙吟·登建康赏心亭》那样辉煌的慢词篇章。

45．"梅兰竹菊"被称为"花中四君子"。请问下面哪句诗是赞颂菊花的？

【选项】A．无意苦争春，一任群芳妒　　B．疏影横斜水清浅，暗香浮动月黄昏

C．轻肌弱骨散幽葩，更将金蕊泛流霞

【答案】C．轻肌弱骨散幽葩，更将金蕊泛流霞

【原诗】轻肌弱骨散幽葩，更将金蕊泛流霞。欲知却老延龄药，百草摧时始起花。——（宋）苏轼《赵昌寒菊》

【注释】《赵昌寒菊》是北宋著名文人苏轼的一首咏菊诗。整首诗分为两部分。前二句是对花的品貌的描写，但遣词造语之间，已经融入主观感情。后二句是对菊花的品性的赞赏。

46．宋代诗人苏轼曾在一位名僧的画作《春江晚景》上题诗，请问这位僧人是谁？

【选项】A．惠崇　B．惟凤　C．宇昭

《春江晚景》（惠崇）

【答案】A. 惠崇

【原诗】竹外桃花三两枝，春江水暖鸭先知。蒌蒿满地芦芽短，正是河豚欲上时。——（宋）苏轼《惠崇〈春江晚景〉》

【注释】《惠崇〈春江晚景〉》是一首题画诗，是苏轼1085年（元丰八年）于汴京所作。原诗共两首。惠崇是宋朝著名的画家、僧人，即欧阳修所谓"九僧"之一。他能诗善画，特别是画鹅、雁、鹭鸶、小景尤为拿手。《春江晚景》是他的名作。苏轼根据画意，妙笔生花，寥寥几笔，就勾勒出一幅生机勃勃的早春二月景象。

47. 宋代婉约词人秦观被后世评论家称为"古之伤心人"。他的笔下，充满着揪心的愁绪。春来愁，秋来亦愁。请问下面哪句不是他的愁思？

【选项】A. 自在飞花轻似梦，无边丝雨细如愁　B. 春去也，飞红万点愁如海　C. 一种相思，两处闲愁

【答案】C. 一种相思，两处闲愁

【原词】红藕香残玉簟秋。轻解罗裳，独上兰舟。云中谁寄锦书来，雁字回时，月满西楼。　花自飘零水自流。一种相思，两处闲愁。此情无计可消除，才下眉头，却上心头。——（宋）李清照《一剪梅》

【注释】冯煦《蒿庵词论》中说道："淮海、小山，古之伤心人也。其淡语皆有味，淡语皆有致。"王国维在《人间词话》中认为："余谓此惟淮海词足以当之。"

48. "一门三父子，都是大文豪。诗赋传千古，峨眉共比高"。诗中的"三父子"指的是哪三位？

【选项】A. 曹操、曹丕、曹植　B. 苏洵、苏轼、苏辙　C. 班彪、班固、班超

三苏石刻像

【答案】B. 苏洵、苏轼、苏辙

【原诗】一门三父子，都是大文豪。诗赋传千古，峨眉共比高。——朱德

【注释】诗为朱德同志在四川眉山三苏祠的题词。

49. 以下古代文学作品中不属于宋词的是哪个？

【选项】A.《天净沙·秋思》　B.《生查子·元夕》　C.《祝英台近·晚春》

【答案】A.《天净沙·秋思》

【原曲】枯藤老树昏鸦，小桥流水人家，古道西风瘦马。夕阳西下，断肠人在天涯。——（元）马致远《天净沙·秋思》

【注释】《天净沙·秋思》：元散曲作家马致远创作的小令。

50. 苏轼《洞仙歌》中"冰肌玉骨，自清凉无汗"形容的是历史上哪位美女？

【选项】A. 杨贵妃　B. 苏小小　C. 花蕊夫人

【答案】C. 花蕊夫人

【原词】冰肌玉骨，自清凉无汗。水殿风来暗香满。绣帘开、一点明月窥人，人未寝、欹枕钗横鬓乱。　起来携素手，庭户无声，时见疏星度河汉。试问夜如何？夜已三更，金波淡、玉绳低转。但屈指、西风几时来？又不道、流年暗中偷换。——（宋）苏轼《洞仙歌》

【注释】这首词描述了五代时后蜀国主孟昶与其妃花蕊夫人夏夜摩诃池上纳凉的情景，着意刻绘了花蕊夫人姿质与心灵的美好、高洁，表达了词人对时光流逝的深深惋惜和感叹。

51. 宋代词人宋祁《锦缠道·燕子呢喃》中写道："醉醺醺，尚寻芳酒。问牧童，遥指孤村道：杏花深处，那里人家有。"请问这首词的情境在哪首诗中出现过？

【答案】杜牧《清明》

【原诗】清明时节雨纷纷，路上行人欲断魂。借问酒家何处有？牧童遥指杏花村。——（唐）杜牧《清明》

【注释】山西杏花村的白酒，醇香可口，年代久远。在杏花村，考古工作者发掘出许多古代制酒的工具和酒器，推测大约在一千五百多年前的北魏时期就大规模地酿造白

杜甫诗意图（范曾）

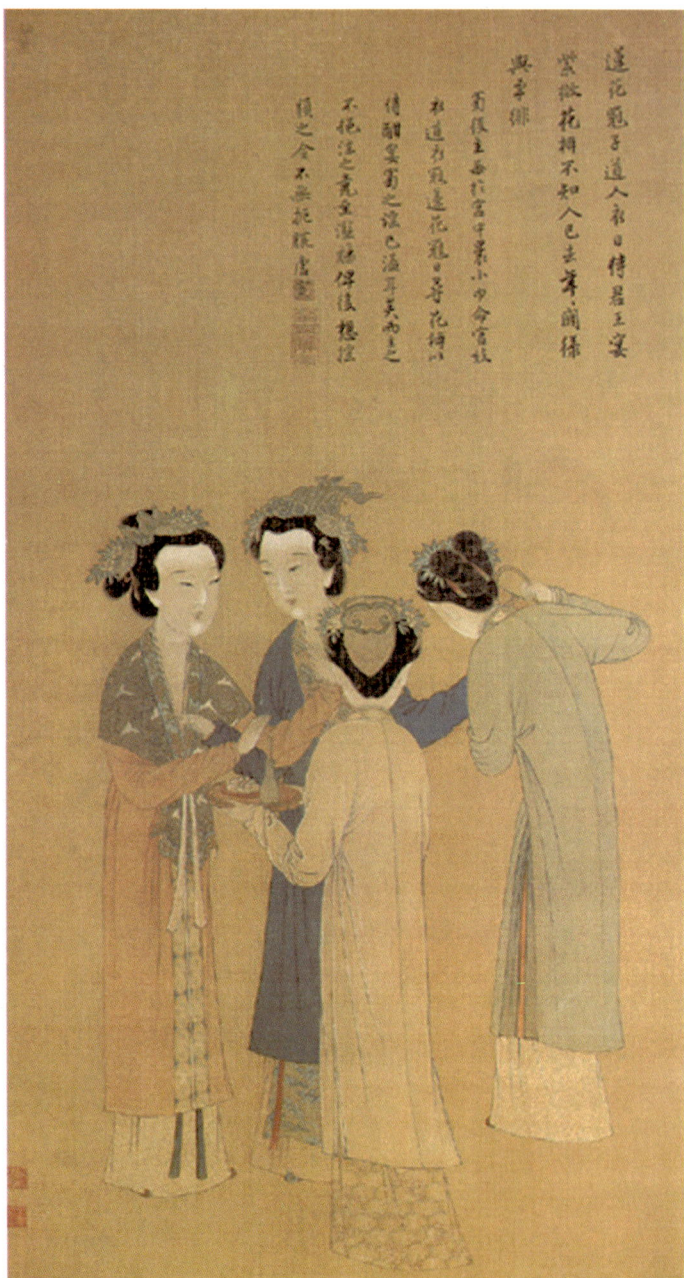

孟蜀宫妓图（明唐寅）

酒。到了唐代，村里酒店已经有七十二家了。杏花村的酒闻名于世，李白和杜甫也曾在此饮酒作诗，但杜牧的《清明》诗家喻户晓。据说，到了清朝，杏花村的酒家已经有了二百二十家。本诗大意是清明时节，本该家人团聚，可是对于冒雨赶路的行人来讲，不禁心情迷乱，难以平静，好在找到了解脱的形式。全诗自然流畅，通俗易懂，余味无穷。

杜牧像

52. 贬谪生涯对诗人的仕途来说是种不幸，但对诗人的文学创作来说有时候反而是种玉成。有位诗人在自画像上题诗说"问汝平生功业，黄州惠州儋州"。请问这位诗人是谁？

【选项】A. 苏轼　B. 黄庭坚　C. 王安石

【答案】A. 苏轼

【原诗】心似已灰之木，身如不系之舟。问汝平生功业，黄州惠州儋州。——（宋）苏轼《自题金山画像》

【注释】此诗为苏轼晚年诗篇，是他一生的写照。作者于1079年因"乌台诗案"被贬谪至黄州，于1093年被贬惠州，1097年被贬儋州，放逐的生活更是辛酸苦涩。这首自题诗，更是道尽自己坎坷一生，但是仍然表达出自己豪放的性格。黄州时期是诗人的创作高峰期，大部分名篇作于此时前后。惠州儋州是作者艺术成熟期。

53. 有一首诗写道："归来却怪丹青手，入眼平生几曾有；意态由来画不成，当时枉杀毛延寿。"请问毛延寿为谁画像没画好引来杀身之祸？

【答案】王昭君

【原文】明妃初出汉宫时，泪湿春风鬓角垂；低徊顾影无颜色，尚得君王不自持。归来却怪丹青手，入眼平生几曾有。意态由来画不成，当时枉杀毛延寿。一去心知更不归，可怜着尽汉宫衣。寄声欲问塞南事，只有年年鸿雁飞。家人万里传消息，好在毡城莫相忆。

王昭君像

君不见咫尺长门闭阿娇，人生失意无南北。——（宋）王安石《明妃曲》

【注释】据《西京杂记》记载："前汉元帝，后宫既多，不得常见。乃令画工图其形，按图召幸之。诸宫人皆赂画工，多者十万，少者不减五万。唯王嫱不肯，遂不得召。后匈奴求美人为阏氏，上按图召昭君行。及去召见，貌美压后宫。而占对举止，各尽闲雅。帝悔之，而业已定。帝重信于外国，不复更人。乃穷案其事，画工皆弃市。籍其家，资皆巨万。"

54. "臣心一片磁针石，不指南方不肯休"出自一位古代民族英雄之手，他用"指南针"比喻自己对南宋王朝的一片忠忱。请问这位民族英雄是谁？

【选项】A. 岳飞　B. 文天祥

C. 林则徐

【答案】B. 文天祥

【原诗】几日随风北海游，回从扬子大江头。臣心一片磁针石，不指南方不肯休。——（宋）文天祥《扬子江》

【注释】南宋德祐年间，元兵南下，占领了长江中下游地区，度宗庶子益王赵昰退守福建一带。此时文天祥从南通搭船到浙东转往福建。不久改元景炎(1276),赵昰在福州即位,史称端宗。诗中"南方"指南宋朝廷。磁针石,即指南针。诗人以指南针比喻自己的一片忠忱,既通俗又恰切。他还以诗记患难中的遭遇。自题其诗集为《指南录》及《指南后录》,说明他虽然历经患难,兵败被俘,但对南宋王朝的忠心至死不变。

55. 李清照因在词中巧妙地运用了三个"瘦",因此被称为"李三瘦"。"一瘦"为《醉花阴》中的"莫道不消魂,帘卷西风,人比黄花瘦"。"二瘦"为《如梦令》中的"知否,知否,应是绿肥红瘦"。那么第三"瘦"是什么?

【选项】A. 新来瘦,非干病酒,不是悲秋　B. 日日花前常病酒,不辞镜里朱颜瘦　C. 古道西风瘦马

【答案】A. 新来瘦,非干病酒,不是悲秋

【原词】香冷金猊,被翻红浪,起来慵自梳头。任宝奁尘满,日上帘钩。生怕离怀别苦,多少事,欲说还休。新来瘦,非干病酒,不是悲秋。　休休。这回去也,千万遍《阳关》,也则难留。念武陵人远,烟锁秦楼。惟有楼前流水,应念我,终日凝眸。凝眸处,从今又添,一段新愁。——(宋)李清照《凤凰台上忆吹箫》

文天祥像

【注释】所谓"三瘦",是指李清照喜以"瘦"字入词,来形容花容人貌,并创造了三个因"瘦"而名传千古的动人词句。

在《凤凰台上忆吹箫》中有"新来瘦,非干病酒,不是悲秋",清代文人陈廷焯评价为"婉转曲折,然是妙绝";当代词学大师唐圭璋称:"'新来瘦'三句,申言别苦,较病酒悲秋为尤苦。"

在《如梦令》中有"知否,知否,应是绿肥红瘦",黄蓼园在《蓼园词选》中说:"'绿肥红瘦',无限凄婉,却又妙在含蓄,短幅中藏无数曲折,自是圣于词者。"

56. 宋代著名词人柳永自称"奉旨填词",源于一位皇帝对他做评价,让他"且填词去"。请问这是哪位皇帝?

【选项】A. 宋太祖　B. 宋仁宗　C. 宋徽宗

【答案】B. 宋仁宗

【注释】宋仁宗初年，才华横溢的柳永参加科举考试，不幸落榜。柳永于是填了《鹤冲天》一词，中有"才子词人，自是白衣卿相"、"忍把浮名，换了浅斟低唱"的佳句。此词被宋仁宗听到，龙颜大怒。柳永第二次参加科举考试本来已考取了一个好成绩，但放榜前宋仁宗看到柳永的名字出现在榜单上，于是特意把他的名字划去，说道："此人好去'浅斟低唱'，何要浮名？且填词去。"于是柳永落榜，自嘲为"奉旨填词柳三变"。

57.《破阵子》"马作的卢飞快"中"的卢"是有名的快马。请问在三国时"的卢救主"的故事中"的卢马"救的是谁？

　　【选项】A. 曹操　B. 刘备　C. 孙权

刘备像

　　【答案】B. 刘备

　　【原文】醉里挑灯看剑，梦回吹角连营。八百里分麾下炙，五十弦翻塞外声。沙场秋点兵。　马作的卢飞快，弓如霹雳弦惊。了却君王天下事，赢得生前身后名。可怜白发生。——（宋）辛弃疾《破阵子》

　　【注释】的卢是三国时期刘备的坐骑，奔跑速度飞快，是刘备杀掉张武所得。后蔡瑁设计害刘备，刘备慌不择路逃跑，被追至檀溪，的卢一跃飞过了檀溪，摆脱了追兵。

58. 据传苏轼曾作诗"十八新娘八十郎，苍苍白发对红妆"，调侃宋朝一位词人在八十岁时迎娶十八岁的小妾。请问被调侃的这位词人是谁？

　　【选项】A. 梅尧臣　B. 柳永　C. 张先

　　【答案】C. 张先

　　【原诗】十八新娘八十郎，苍苍白发对红妆。鸳

鸳被里成双夜，一树梨花压海棠。——（宋）苏轼

【注释】北宋著名词人张先八十岁时娶了一个十八岁的小妾。当时与张先常有诗词唱和的苏轼随着众多朋友去拜访他，问老先生得此美眷有何感想。张先于是随口念道："我年八十卿十八，卿是红颜我白发。与卿颠倒本同庚，只隔中间一花甲。"风趣幽默的苏东坡则当即作了这首："十八新娘八十郎，苍苍白发对红妆。鸳鸯被里成双夜，一树梨花压海棠。"此处梨花指的是白发的丈夫，海棠指的是红颜少妇。

59.《三字经》里有："苏老泉，二十七，始发愤，读书籍。"苏老泉壮年发奋，不仅自己读书有成，还带动儿子也成为文豪。请问下面哪个是他的儿子？

【选项】A. 苏辙　B. 苏舜钦　C. 苏洵

【答案】A. 苏辙

【注释】老泉是苏洵的号，苏轼、苏辙都是他的儿子。苏轼、苏辙、苏洵被称为"三苏"，是北宋文坛著名的一段佳话，三人均为著名文豪，苏轼也曾写过多首诗词纪念父子兄弟之情，著名的《水调歌头·明月几时有》就是写给弟弟苏辙的。曾有著名楹联"一门父子三词客，千古文章四大家"，便是写苏家的。

苏洵题跋像

60. 下面哪个诗人主张"功夫在诗外"，不能就诗学诗，应该掌握渊博的知识，参加社会实践？

【选项】A. 白居易　B. 苏轼　C. 陆游

【答案】C. 陆游

【原诗】我初学诗日，但欲工藻绘。中年始少悟，渐若窥宏大。怪奇亦间出，如石漱湍濑。数仞李杜墙，常恨欠领会。元白才倚门，温李真自郐。正令笔扛鼎，亦未造三昧。诗为

115

六艺一，岂用资狡狯？汝果欲学诗，功夫在诗外。——（宋）陆游《示子通》

【注释】陆游是一个非常注重生活经验和实践的文豪。他除了这首诗外，还写过"纸上得来终觉浅，绝知此事要躬行"的句子送给他的另外一个儿子，教导他们读书做人的道理。

61. 宋代有位诗人，因写了《玉楼春》一词中的名句"红杏枝头春意闹"，而被世人称为"红杏尚书"。请问这位诗人是谁？

【选项】A. 王安石　B. 于谦　C. 宋祁

【答案】C. 宋祁

【原诗】东城渐觉风光好，縠皱波纹迎客棹。绿杨烟外晓寒轻，红杏枝头春意闹。浮生长恨欢娱少，肯爱千金轻一笑。为君持酒劝斜阳，且向花间留晚照。——（宋）宋祁《玉楼春·春景》

【注释】宋祁（998—1061），宋代文学家。其诗词多写优游闲适生活，语言工丽，描写生动。有集，已佚，今有清辑本《宋景文集》；词有《宋景文公长短句》。

62. "洛阳地脉花最宜，牡丹尤为天下奇"，是欧阳修《洛阳牡丹图》中咏赞牡丹的名句，相传古代有位皇帝命百花在寒冬开放，唯独牡丹圃不见花开，一气之下便将牡丹从长安贬到洛阳。请问是哪位皇帝？

武则天像

【选项】A. 隋炀帝　B. 唐玄宗　C. 武则天

【答案】C. 武则天

【原诗】洛阳地脉花最宜，牡丹尤为天下奇。我昔所记数十种，于今十年半忘之。——（宋）欧阳修《洛阳牡丹图》节选

【注释】相传武则天有一次想游览上苑，便专门宣诏上苑："明朝游上苑，火急报春知。花须连夜发，莫待晓风吹。"当时正值寒冬，面对武则天甚为霸道的宣诏，

"百花仙子"领命赶紧准备。第二天,武则天游览花园时,看到园内众花竞开,惟独一片花圃中不见花开。细问后得知是牡丹违命,武则天一怒之下便命人点火焚烧花木,并将牡丹从长安贬到洛阳。谁知,这些已烧成焦木的花枝竟开出艳丽的花朵,众花仙佩服不已,便尊牡丹为"百花之首","焦骨牡丹"因此得名,也就是今天的"洛阳红"。

63. 北宋李觏为古代一位美女抱屈,有诗云:"当时应恨秦皇帝,不杀南山皓首人。"请问这是古代哪位美女?

【选项】A. 戚夫人　B. 李夫人　C. 陈阿娇

【答案】A. 戚夫人

【原诗】百子池头一曲春,君恩和泪落埃尘。当时应恨秦皇帝,不杀南山皓首人。——(宋)李觏《戚夫人》

【注释】汉高祖刘邦的宠姬戚夫人本山东定陶人,容貌出众。戚夫人多才多艺,会鼓琴、歌唱,精于舞蹈。随刘邦征战了四年,是汉高祖刘邦的宠妃,赵王刘如意生母。刘邦死后,戚夫人惨遭汉高祖之妻吕后的毒手,先毒死其子赵王刘如意,后斩断戚夫人手脚,挖去眼睛,熏聋她的耳朵,又迫她喝下哑药,丢入厕中,叫作"人彘"。刘邦曾

山东定陶戚姬寺

117

一度想要废除当时的太子，改立赵王如意，但吕后请动了四位大儒替太子说话，使得刘邦改变了主意。这四位大儒便是"南山皓首人"，即商山四皓，所以诗中说，"当时应恨秦皇帝，不杀南山皓首人"。

64. 当有人"宽于律己，严于待人"时，我们会说"只许州官放火，不许百姓点灯"。请问这个成语出自下面哪位诗人之手？

【选项】A. 白居易　B. 元好问　C. 陆游

【答案】C. 陆游

【注释】陆游《老学庵笔记》记载：田登做州官时，自己规定要避讳他的名字，谁误犯了他的名字就生气，吏卒大多因此挨板子。于是人们不得不把"灯"叫作"火"。正月十五摆设花灯，允许民众进城观看，吏卒书写告示，公布在集市上："本州依照惯例，放火三日。"于是人们调侃说："只许州官放火，不许百姓点灯。"

65. 宋代才女严蕊《如梦令》："道是梨花不是，道是杏花不是。白白与红红，别是东风情味。曾记，曾记，人在武陵微醉。"不是梨花，不是杏花，词中说的到底是什么花？

【选项】A. 桃花　B. 荷花　C. 梅花

【答案】A. 桃花

【注释】陶渊明《桃花源记》中，记载了一个武陵人误入桃花源，见到了世外桃源的传奇故事。这里的"人在武陵微醉"，便是化用了这个典故，所以应该是桃花。

66. "寒花凌乱漫空飞，瞑坐尊师梦未回。静候门前深雪立，不忧户外冷风吹"。这首诗描写的场景

程门立雪图（立轴）

是下面的哪个成语?

【选项】A. 三顾茅庐　B. 程门立雪　C. 乘兴而来,兴尽而归

【答案】B. 程门立雪

【注释】程门立雪:出自《宋史·杨时传》。杨时和游酢去拜会当时著名的理学家程颐。程颐正在闭目养神,杨时、游酢二人恭敬地站在一旁等了很长时间。程颐醒来,门外已雪深一尺,后人就以"程门立雪"作为尊师重道的范例。"程门立雪",也可说成"立雪程门"。乘兴而来,兴尽而归:出自王徽之的典故,在一个雪后月夜里,他喝酒赏景觉得少了琴声,就命仆人开船连夜赶往戴逵处,拂晓时却说自己只是兴起才来,现在兴致没了就该回去。《晋书·王徽之传》,《世说新语·任诞》均有记载。

67. 宋朝有位诗人一生无妻无子,自称"以梅为妻,以鹤为子",人称"梅妻鹤子"。请问是哪一位?

【选项】A. 林逋　B. 秦观　C. 欧阳修

【答案】A. 林逋

【注释】林逋隐居西湖孤山,种植梅花,饲养仙鹤,终生未娶,人谓"梅妻鹤子"。沈括《梦溪笔谈·人事二》:"林逋隐居杭州孤山,常畜两鹤,纵之则飞入云霄,盘旋久之,复入笼中。逋常泛小艇,游西湖诸寺。有客至逋所居,则一童子出应门,延客坐,为开笼纵鹤。良久,逋必棹小船而归。盖尝以鹤飞为验也。"

68. "苏堤春晓"是杭州西湖十景之首。请问这道著名的苏堤和以下哪位诗人有关?

【选项】A. 姜夔　B. 苏轼　C. 苏洵

【答案】B. 苏轼

【注释】宋朝苏轼任杭州知府时,疏浚西湖,取湖泥葑草堆筑而成。沿堤栽植杨柳、碧桃等观赏树木以及大批花草,还建有六座单孔石拱桥,古朴美观,分别是映波、锁澜、望山、压堤、东浦、跨虹。

69. 岳飞在《满江红》中提到"靖康耻,犹未雪。臣子恨,何时灭"。请问词中提到的"靖康耻"和以下哪两位皇帝有关?

【选项】A. 宋仁宗、宋钦宗　B. 宋徽宗、宋钦宗　C. 宋仁宗、宋徽宗

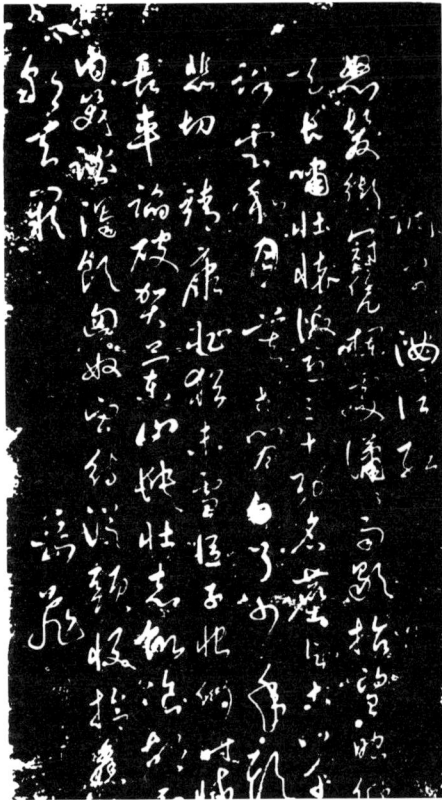

岳飞《满江红》

【答案】B. 宋徽宗、宋钦宗

【原词】怒发冲冠，凭栏处，潇潇雨歇。抬望眼，仰天长啸，壮怀激烈。三十年功名尘与土，八千里路云和月。莫等闲、白了少年头，空悲切。　靖康耻，犹未雪。臣子恨，何时灭？驾长车、踏破贺兰山缺。壮志饥餐胡虏肉，笑谈渴饮匈奴血。待从头、收拾旧山河，朝天阙。——（宋）岳飞《满江红》

【注释】靖康之耻发生在北宋皇帝宋钦宗靖康年间（1126—1127）因而得名。靖康二年四月金军攻破东京（今河南开封），除了烧杀抢掠之外，更俘虏了宋徽宗、宋钦宗父子，以及大量赵氏皇族、后宫妃嫔与贵卿、朝臣等共三千余人北上，东京城中公私积蓄为之一空。

70. 著名的爱国诗人陆游有一首词《诉衷情·当年万里觅封侯》，其中"胡未灭，鬓先秋，泪空流"一句中"胡"指的是什么？

【选项】A. 金兵　　B. 辽兵　　C. 元兵

【答案】A. 金兵

【原词】当年万里觅封侯，匹马戍梁州。关河梦断何处？尘暗旧貂裘。　胡未灭，鬓先秋，泪空流。此生谁料，心在天山，心老沧洲。——（宋）陆游《诉衷情·当年万里觅封侯》

【注释】陆游出生第二年，北宋便为金人所灭。陆游青壮年时期一心向往中原，收复失地。四十八岁那年他曾经到西北前线南郑（今陕西汉中），在川陕宣抚使王炎公署里参与军事活动，主张北伐收复河山，但朝廷主和苟安，所以他的理想和愿望只能变成满腔忧愤，时常在诗词中表露出来。这首词便是晚年退居山阴以后抒写上述情怀的名篇。

71. 宋代苏轼的《浣溪沙》有"村南村北响缲车"。请问其中的"缲车"指的是什么?

【选项】A. 织布工具　C. 抽丝工具　B. 缝纫工具

《纺车图》（宋王居正）

【答案】C. 抽丝工具

【原词】簌簌衣巾落枣花。村南村北响缲车。牛衣古柳卖黄瓜。　酒困路长惟欲睡,日高人渴漫思茶。敲门试问野人家。——(宋)苏轼《浣溪沙·簌簌衣巾落枣花》

【注释】缲车:缲丝车,抽丝工具。缲:一作"缫",把蚕茧浸在热水里,抽出蚕丝。

72. "莫道不销魂,帘卷西风,人比黄花瘦",是李清照《醉花阴》中流传最广的句子。请问这阕词作于什么节日?

【选项】A. 重阳节　B. 中秋节　C. 七夕

【答案】A. 重阳节

【原词】薄雾浓云愁永昼,瑞脑消金兽。佳节又重阳,玉枕纱橱,半夜凉初透。　东篱把酒黄昏后,有暗香盈袖。莫道不销魂,帘卷西风,人比黄花瘦。——(宋)李清照《醉花阴·薄雾浓云愁永昼》

【注释】这首词是作者婚后所作,通过描述作者重阳节把酒赏菊的情景,烘托了一种凄凉寂寥的氛围,表达了作者思念丈夫的孤独与寂寞的心情。结尾三句,用黄花比

飞来峰

喻人的憔悴，以瘦暗示相思之深，含蓄深沉，言有尽而意无穷，历来广为传诵。

73.《登飞来峰》是北宋诗人王安石登临浙江宝林山时有感而作，诗中写道"飞来山上千寻塔，闻说鸡鸣见日升"，其中"千寻"的"寻"是古代计量单位。请问一寻是几尺？

【选项】A.六尺　B.八尺　C.十尺

【答案】B.八尺

【原诗】飞来峰上千寻塔，闻说鸡鸣见日升。不畏浮云遮望眼，自缘身在最高层。——（宋）王安石《登飞来峰》

【注释】寻：古代长度单位，八尺是一寻，形容高耸。

74.宋代爱国诗人文天祥《过零丁洋》中有一名句："人生自古谁无死，留取丹心照汗青。"请问诗中的"汗青"是指什么？

【选项】A.竹子　B.史册　C.宝剑

【答案】B.史册

【原诗】辛苦遭逢起一经，干戈寥落四周星。山河破碎风飘絮，身世浮沉雨打萍。惶恐滩头说惶恐，零丁洋里叹零丁。人生自古谁无死，留取丹心照汗青。——（宋）文天祥《过零丁洋》

【注释】古时在竹简上记事，先以火烤青竹，使水分如汗渗出，便于书写，并免虫蛀，故称。一说，取竹青浮滑如汗，易于改抹，故称汗青。

75.请问宋代张先《千秋岁》中"数声鶗鴂，又报芳菲歇"中"鶗鴂"指的是哪种鸟？

【选项】A.喜鹊　B.布谷鸟　C.杜鹃鸟

【答案】C.杜鹃鸟

【原词】数声鶗鴂。又报芳菲歇。惜春更把残红折。雨轻风色暴，梅子青时节。永丰柳，无人尽日飞花雪。　莫把幺弦拨。怨极弦能说。天不老，情难绝。心似双丝网，中有

千千结。夜过也，东窗未白凝残月。——（宋）张先
《千秋岁》

【注释】鹈鴂：杜鹃鸟。《离骚》："恐鹈鴂之先
鸣兮，使夫百草为之不芳。"

76. 李清照喜欢桂花酒，也喜欢桂花的风神气质，她
的《鹧鸪天·桂花》便是咏颂桂花的佳篇。请问其中
"骚人可煞无情思，何事当年不见收"中的"骚人"
指的是谁？

【选项】A. 屈原　B. 李白　C. 范仲淹

【答案】A. 屈原

【原词】暗淡轻黄体性柔，情疏迹远只香留。何
须浅碧深红色，自是花中第一流。　梅定妒，菊应
羞，画阑开处冠中秋。骚人可煞无情思，何事当年不见
收。——（宋）李清照《鹧鸪天·桂花》

【注释】骚人：指屈原。屈原在《离骚》中，用褒
扬之笔，列举了各种各样的香草名花，以比况君子
修身美德，可是偏偏没有提到桂花。所以作者抱怨

《屈原行吟图》

他"可煞无情思"。后来，骚人成了诗人的代名词，范仲淹《岳阳楼记》中便有"迁客骚
人，多会于此，览物之情，得无异乎"的句子。

77. "谁见幽人独往来，缥缈孤鸿影"，"人生到处知何似，应似飞鸿踏雪泥"，"鸿"是
苏轼笔下经常出现的一个意象。请问鸿是一种什么鸟？

【选项】A. 雄鹰　B. 大雁　C. 天鹅

【答案】B. 大雁

【原诗】缺月挂疏桐，漏断人初静。谁见幽人独往来，缥缈孤鸿影。　惊起却回头，有
恨无人省。拣尽寒枝不肯栖，寂寞沙洲冷。——（宋）苏轼《卜算子》

人生到处知何似，应似飞鸿踏雪泥。泥上偶然留指爪，鸿飞那复计东西。老僧已死成

新塔，坏壁无由见旧题。往日崎岖还记否，路长人困蹇驴嘶。——(宋)苏轼《和子由渑池怀旧》

【注释】"鸿"或者"雁"在古代的意向，往往和思乡、爱情、相思有关。因为其属于候鸟，每年都会返乡，所以有时会用以表示思乡的情感，比如"衡阳雁去无留意"。同时传说大雁的伴侣死去后，孤雁会非常悲痛甚至殉情，元好问的《摸鱼儿·雁丘词》中便如此描写。

另外，古代有"鸿雁传书"的典故。汉武帝时，苏武出使匈奴被扣留。汉昭帝继位，派使者接回苏武，匈奴单于诈说苏武已死。苏武一同出使的朋友告诉使者苏武牧羊的消息，于是使者对单于说："天子在狩猎时射下一只大雁，上面有苏武的信，说他在北海牧羊。"单于听后，只能让苏武回汉。从此，鸿雁也成了书信的代名词。

78. 北宋诗人王安石《登飞来峰》的最后两句是："不畏浮云遮望眼，自缘身在最高层。"请问这里的"浮云"比喻什么？

【选项】A. 不好的运气　　B. 飘泊的命运　　C. 奸邪之臣

【答案】C. 奸邪之臣

【原诗】飞来峰上千寻塔，闻说鸡鸣见日升。不畏浮云遮望眼，自缘身在最高层。——(宋)王安石《登飞来峰》

【注释】古人常用浮云比喻奸邪之臣，汉陆贾《新语》："邪臣蔽贤，犹浮云之障白日也。"《登飞来峰》是王安石三十岁时所作。皇祐二年(1050)夏，他在浙江鄞县知县任满回江西临川故里时，途经杭州，写下此诗，为其初涉宦海之作。此时王安石年少气盛，抱负不凡，正好借登飞来峰抒发胸臆，寄托壮怀，可看作万言书的先声，实行新法的前奏。

元：
社会本色　笔底波澜

　　元代诗坛，除了诗词仍然保有正宗地位外，出现了一种新的样式——散曲。散曲是相对于元杂剧的整套剧曲而言，如果作家纯以曲体抒情，与科白情节毫无联系，作为一种独立存在的文体，就是散曲。散曲内容涉及男女爱情、江山景物、感慨世态人情、揭露社会黑暗、怀古咏史，无所不能，几乎所有的社会现象都能涉及到。散曲作者大体分为三类，兼写诗文，如杨果；兼写杂剧，如关汉卿、马致远；专写散曲，如张可久、贯云石等等。

　　诗词创作在元代，尽管有杨维桢这样的大家，但总体成就逊于唐、宋，也逊于元代的散曲。

1. "枯藤老树昏鸦，小桥流水人家，古道西风瘦马。夕阳西下，断肠人在天涯"。这首作品的名字叫《天净沙·秋思》，它属于哪种体裁？

【选项】A. 诗　B. 词　C. 散曲

【答案】C. 散曲

【注释】散曲是一种同音乐结合的长短句歌词。元人称为"乐府"或"今乐府"。

2. 请问以下哪位散曲家的散曲创作在元代数量最多、影响最大？

【选项】A. 赵子昂　B. 王冕　C. 马致远

【答案】C. 马致远

【注释】马致远是撰写散曲的高手，是元代散曲大家，有"曲状元"之称。

3. "不要人夸好颜色，只留清气满乾坤"，写出了梅花的傲然独立。请问这两句出自哪首诗？

【选项】A.《墨梅》　　B.《早梅》　　C.《红梅》

【答案】A.《墨梅》

【原诗】吾家洗砚池头树，朵朵花开淡墨痕。不要人夸好颜色，只留清气满乾坤。——（元）王冕《墨梅》

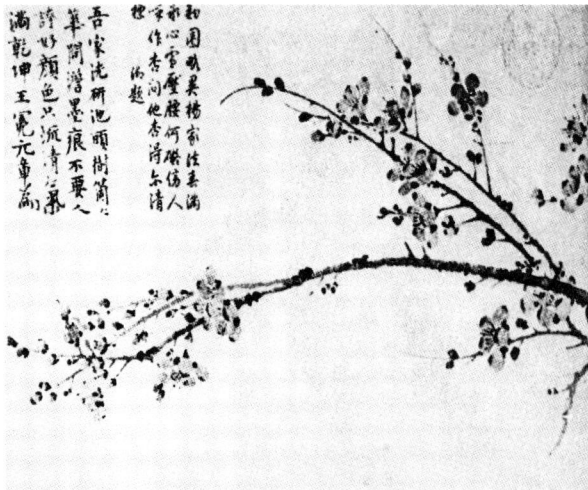

《墨梅图》（王冕）

【注释】这是一首题画诗。墨梅就是用墨笔勾勒的梅花。诗人赞美墨梅不求人夸，只愿给人间留下清香的美德，实际上是借梅自喻，表达自己对人生的态度以及不向世俗献媚的高尚节操。这首诗题为"墨梅"，意在述志。诗人将画格、诗格、人格有机地融为一体，字面上在赞誉梅花，实际上是抒发自己立身

苏东坡像（范曾）

寂寞嫦娥舒广袖图（范曾）

之志。

4．"望西都，意踌躇，伤心秦汉经行处"中"西都"指的是当代哪个城市？

【选项】A. 兰州　B. 西安　C. 成都

【答案】B. 西安

【原曲】峰峦如聚，波涛如怒，山河表里潼关路。望西都，意踌躇，伤心秦汉经行处，宫阙万间都做了土。兴，百姓苦。亡，百姓苦。——（元）张养浩《山坡羊·潼关怀古》

【注释】周、秦、汉、隋、唐等朝均在长安，也就是今陕西西安建都。古称长安为西都，洛阳为东都。

5．王冕《墨梅》"我家洗砚池头树，朵朵花开淡墨痕"。请问诗中的"洗砚池"用的是哪位书法家的典故？

【答案】王羲之

【注释】王羲之有"临池学书，池水尽黑"的传说。

6．"碧云天，黄叶地，秋色连波，波上寒烟翠"和"碧云天，黄花地，西风紧，北雁南飞"这两句分别出自谁之手？

【选项】A. 范仲淹和王实甫

B. 欧阳修和王实甫　C. 范仲淹和欧阳修

【答案】A. 范仲淹和王实甫

【注释】前者是范仲淹《苏幕遮》，后者是王实甫《西厢记》中崔莺莺的唱段。

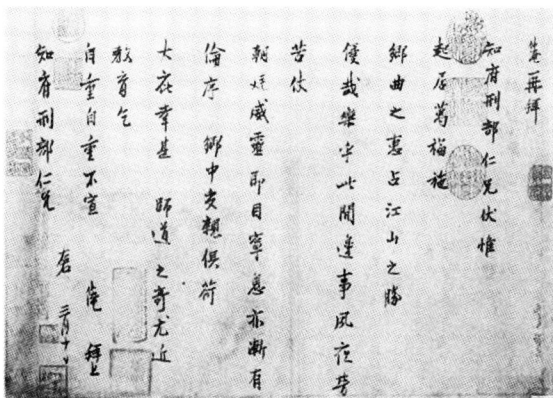

范仲淹书法《边事帖》

7．"我是个蒸不烂煮不熟捶不扁炒不爆响当当一粒铜豌豆"，是哪位作者的自诩？

【选项】A. 关汉卿　B. 马致远　C. 白朴

【答案】A. 关汉卿

【注释】关汉卿：元代杂剧奠基人，元曲四大家（关汉卿、白朴、马致远、郑光祖）之首，以杂剧成就最大。一生写了六十七部作品，今存十八部，最著名的是《窦娥冤》。关汉卿被誉为"曲家圣人"，西方称之为"东方的莎士比亚"。

8. 元代文学家周德清在《中原音韵》中称马致远的一首散曲为"秋思之祖"。请问下面哪句出自这首曲子？

马致远雕像

【选项】A.枯藤老树昏鸦，小桥流水人家　B.孤村落日残霞，轻烟老树寒鸦　C.晓来谁染霜林醉，总是离人泪

【答案】A.枯藤老树昏鸦，小桥流水人家

【原词】枯藤老树昏鸦，小桥流水人家，古道西风瘦马。夕阳西下，断肠人在天涯。——（元）马致远《天净沙·秋思》

【注释】马致远：元代著名杂剧作家。曾任工部主事，后不满时政，隐居田园。其《天净沙·秋思》脍炙人口，匠心独运，自然天成，丝毫不见雕琢痕迹。

9. "少我的钱差发内旋拨还，欠我的粟税粮中私准除。只道刘三，谁肯把你揪扯住，白什么改了姓，更了名，唤做汉高祖"。这首《哨遍·高祖还乡》曲子，用漫画的风格表现"帝王之尊"的可笑。请问作者是谁？

【选项】A.张养浩　B.睢景臣　C.关汉卿

【答案】B.睢景臣

【注释】睢景臣：元代著名散曲、杂剧作家，一生著述甚多，《哨遍·高祖远乡》是其广为人知的作品。

10. "骊山四顾,阿房一炬,当时奢侈今何处?只见草萧疏,水萦纡,至今遗恨迷烟树。列国周齐秦汉楚,赢,都变做了土;输,都变做了土"。这是元代散曲家张养浩的《骊山怀古》。请问曲牌名是什么?

【选项】A.《朱履曲》　　B.《山坡羊》　　C.《水仙子》

【答案】B.《山坡羊》

【注释】张养浩:元代著名散曲作家,历任县尹、监察御史、礼部尚书等职。至治元年,因上书谏元夕放灯得罪辞官,隐居故乡。其代表作有《山坡羊·潼关怀古》、《山坡羊·骊山怀古》等。

11. "春山暖日和风,阑干楼阁帘栊。杨柳秋千院中。啼莺舞燕,小桥流水飞红"。这是元代诗人白朴一首描写春景的散曲,它的曲牌名是什么?

【选项】A.《端正好》　　B.《点绛唇》　　C.《天净沙》

【答案】C.《天净沙》

【注释】白朴:元代著名杂剧作家,曾在正定居住。代表作有《唐明皇秋夜梧桐雨》、《裴少俊墙头马上》。

12. 王冕是元末明初的著名画家、诗人。"不要人夸好颜色,只留清气满乾坤"就出自他的笔下。请问王冕出身于什么样的家庭?

【选项】A.官宦之家　B.农民之家

C.商人之家

【答案】B.农民之家

【注释】王冕是个天真质朴的农民,一生都在困境中过活。他的诗里充满了反抗

白朴像

129

精神,揭露了当时的民族矛盾和阶级矛盾,表现了对祖国命运和劳动人民灾难的深切关怀。

13. 元代有四位诗人被称为"元诗四大家"。请问以下哪个不属于其列?

【选项】A. 杨载　B. 虞集　C. 柳贯

【答案】C. 柳贯

【注释】元诗四大家:虞集、杨载、范梈、揭傒斯。

明:

个性张扬　流派众多

　　明代诗歌总的来说相当繁荣，无论诗人或诗作的数量，都超过前代。但明代俗文学兴起，比诗歌更有活力。

　　明代诗歌最重要的特点就是流派众多，明初洪武、建文年间，诗人刘基、高启最为著名。永乐至天顺年间，出现了以杨士奇、杨荣、杨溥为代表的台阁体诗歌。表面看来雍容华贵，实际内容极为贫乏。成化至正德年间，以李东阳为首的茶陵诗派和以李梦阳、何景明为代表的"前七子"先后反对"台阁体"。嘉靖、隆庆年间，李攀龙、王世贞、谢榛、宗臣、吴国伦、梁有誉、徐中行"后七子"兴起，诗必汉魏、盛唐的复古主义又统治了诗坛。万历、天启年间，以袁宏道为代表的"公安"派和以钟惺、谭元春为代表的"竟陵"派涌起。崇祯及南明诸王年间，复社、几社里的陈子龙和夏完淳是当时的代表。

戚继光像

1. 一年三百六十日，都是横戈马上行"。请问这是哪位爱国诗人的诗句？

【选项】A. 文天祥　B. 林则徐　C. 戚继光

【答案】C. 戚继光

【原诗】南北驱驰报主情，江花边月笑平生。一年三百六十日，多是横戈马上行。

【注释】戚继光：明朝的名将，该诗作于戚继光东南抗倭期间。

2. "滚滚长江东逝水，浪花淘尽英雄"是《三国演义》的开篇词，《临江仙》里的开篇句。请问这是明代哪位词人所作？

【选项】A. 杨慎　B. 汤显祖　C. 刘伯温

【答案】A. 杨慎

【原词】滚滚长江东逝水，浪花淘尽英雄。是非成败转头空。青山依旧在，几度夕阳红。　白发渔樵江渚上，惯看秋月春风。一壶浊酒喜相逢。古今多少事，都付笑谈中。——(明) 杨慎《临江仙》

【注释】《临江仙·滚滚长江东逝水》，是明代文学家杨慎所作《廿一史弹词》第三段《说秦汉》的开场词，后毛宗岗父子评刻《三国演义》时将其放在卷首。

3. 明朝梅之涣在某位著名诗人墓前凭吊时，看到很多人自命不凡却品质低劣的题诗，于是写下了"来来往往一首诗，鲁班门前弄大斧"的句子。请问梅之涣凭吊的是谁？

【选项】A. 李白　B. 杜甫　C. 白居易

【答案】A. 李白

【原诗】采石江边一堆土，李白之名高千古。来来往往一首诗，鲁班门前弄大斧。——

（明）梅之涣《正题李太白墓》

【注释】相传李白酒醉狂捉月，落水而死于采石江边。许多游人从采石江边李白墓经过时，都喜欢在上头题诗。梅之涣这首绝句意思是说：李白死后变成采石江边的一堆土，他的诗名却照耀传诵千古；那些来来往往经过的人，竟也在李白的墓前乱题诗，就好像在鲁班门前卖弄大斧，实在太不自量了。

4.《朝天子·咏喇叭》是明代王磐的一首以辛辣讽刺手笔所写成的散曲。其中写道："喇叭，唢呐，曲儿小腔儿大；官船来往乱如麻，全仗你抬身价。"请问这里的喇叭和唢呐讽刺的是什么人？

【选项】A.皇帝　B.官商　C.宦官

【答案】C.宦官

【原曲】喇叭，唢呐，曲儿小腔儿大；官船来往乱如麻，全仗你抬身价。军听了军愁，民听了民怕。　哪里去辨什么真共假？眼见的吹翻了这家，吹伤了那家，只吹的水尽鹅飞罢。——（明）王磐《朝天子·咏喇叭》

【注释】明朝正德年间，宦官当权，欺压百姓，行船时常吹起号来壮大声势，这支散曲就是为了讽刺宦官而作。诗中表面上写的是喇叭和唢呐，实则处处写的都是宦官。"曲小"比喻宦官的地位低下，"腔大"比喻他们的仗势欺人。

5.佳句易得，知音难觅，许多诗人都有过这样

《看泉听风图》（明唐寅）

的感叹。"难将心事和人说,说与青天明月知"。请问这是哪位诗人发出的感慨?

【选项】A. 唐伯虎　B. 徐祯卿　C. 文徵明

【答案】A. 唐伯虎

【原诗】斜髻娇娥夜卧迟,梨花风静鸟栖枝。难将心事和人说,说与青天明月知。——(明)唐寅《美人对月》

【注释】唐寅:字伯虎,一字子畏,号六如居士、桃花庵主、鲁国唐生、逃禅仙吏等,据传于明宪宗成化六年庚寅年寅月寅日寅时生,故名唐寅。吴县人。他玩世不恭而又才华横溢,诗文擅名,与祝允明、文徵明、徐祯卿并称"江南四才子",画名更著,与沈周、文徵明、仇英并称"吴门四家"。

6. "春来吾不先开口,那个虫儿敢作声",是明代张璁年少时被老师罚跪时所作。请问这首诗咏的是什么动物?

【选项】A. 黄雀　B. 蛙　C. 公鸡

【答案】B. 蛙

【原诗】独蹲池边似虎形,绿杨树下养精神。春来吾不先开口,那个虫儿敢作声!——(明)张璁《蛙》

【注释】张璁:嘉靖年间大臣,文渊阁大学士。年少时聪明过人,过目不忘,但也顽皮得很。一天午间,他独自在池塘边玩水弄湿了衣服,同学报告了老师,老师罚张璁跪在池边草地上,这时树下正蹲着一只青蛙,张璁索性瞪起双眼盯着默默出神。老师看见了说:"你以青蛙为题,作咏蛙诗一首,做得好,就让你起来。"张璁略加思索,随口吟道:"独蹲池边似虎形,绿杨树下养精神。春来吾不先开口,那个虫儿敢作声!"老师听了暗自赞叹,便笑着对张璁说:"诗倒做得不错,只可惜押出韵了,三个韵脚押了三个韵部。快起来,以后要好好学习!"

7. 明代诗人陈伯康的《秋千辞》中有一句"掌中飞燕旋风斜,楼外绿珠坠落花"。其中"绿珠"指的是?

【选项】A. 一位女子　B. 一座酒楼　C. 一株植物

【答案】A. 一位女子

【原诗】梨花庭院香飘满，架架秋千笑声软。红妆共斗青春妍，长绳欲系白日短。掌中飞燕旋风斜，楼外绿珠坠落花。素娥弄蟾奔窃药，秦女乘鸾初去家。半空著脚看亦好，平地失身更颠倒。人生行乐贪少年，昔时女伴今皆老。懒来听说摧眉峰，整顿衣裳为敛容。玉樽余酒醉不得，月明高架粉墙空。——（明）陈伯康《秋千辞》

【注释】绿珠：西晋石崇宠妾。"美而艳，善吹笛"。晋惠帝永康元年（300），赵王司马伦专权，其党羽孙秀垂涎绿珠，向石崇索要，石崇拒绝。孙秀领兵围金谷园，石崇正在大宴宾客，石对绿珠说："我因你而获罪。"绿珠泣曰："妾当效死君前，不令贼人得逞！"遂坠楼自尽。孙秀杀石崇全家。

宋乐史《绿珠传》评价：盖一婢子，不知书而能感主恩，愤不顾身。其志烈懔懔，诚足使后人仰慕歌咏也。

绿珠像（清改琦）

8. 明代于谦的一首咏物诗中写道："凿开混沌得乌金，藏蓄阳和意最深。"请问诗中的"乌金"指什么？

【答案】煤炭

【原诗】凿开混沌得乌金，蓄藏阳和意最深。爝火燃回春浩浩，洪炉照破夜沉沉。鼎彝元赖生成力，铁石犹存死后心。但愿苍生俱饱暖，不辞辛苦出山林。——（明）于谦《咏

于谦像

煤炭》

【注释】诗句出自于谦《咏煤炭》，托物言志，抒发了作者高尚的情操。于谦另外一首咏物诗更加出名，为《石灰吟》："千锤万凿出深山，烈火焚烧若等闲。粉骨碎身浑不怕，要留清白在人间。"于谦为明代著名民族英雄，也是历史名臣、重臣。他一生清廉，在权宦王振当权时曾一度拒绝王振的索贿，并赋诗一首："绢帕蘑菇与线香，本资民用反为殃。清风两袖朝天去，免得闾阎话短长。"成语两袖清风便来源于此。后在皇权斗争中遭徐有贞等人诬陷，被昏庸的明英宗朱祁镇处死。抄家时家徒四壁，惟有明代宗朱祁钰赐予的尚方宝剑与蟒袍。史载"天下冤之"。

9. "我也不登天子船，我也不上长安眠。姑苏城外一茅屋，万树桃花月满天"。出自《把酒对月歌》，表达诗人对李白的敬仰之情，也表现了诗人豪放的性格。请问这个在茅屋外种着桃树的诗人是谁呢？

【答案】唐寅（唐伯虎）

【注释】唐伯虎一生酷爱桃花，自称"桃花庵主"，并写下极有名的《桃花庵歌》（见11题）。

10. 明代文学理论家沈际飞评价一首词，曰："七夕以双星会少别多为恨，独谓情长不

牛郎织女图

在朝暮,化臭腐为神奇。"请问是哪首词让沈际飞发出如此的感慨?

【选项】A.《迢迢牵牛星》　　B.《鹊桥仙·纤云弄巧》　　C.《辛未七夕》

【答案】B.《鹊桥仙·纤云弄巧》

【原词】纤云弄巧,飞星传恨,银汉迢迢暗度。金风玉露一相逢,便胜却、人间无数。　　柔情似水,佳期如梦,忍顾鹊桥归路。两情若是久长时,又岂在、朝朝暮暮。

【注释】《鹊桥仙》原是为咏牛郎织女的爱情故事而创作的乐曲。本词的内容也正是咏此神话,上片写佳期相会的盛况,下片则是写依依惜别之情。这首词将抒情、写景、议论融为一体。意境新颖,设想奇巧,独辟蹊径。写得自然流畅而又婉约蕴藉,余味隽永。

11. "桃花坞里桃花庵,桃花庵下桃花仙。桃花仙人种桃树,又摘桃花换酒钱"。诗写得潇洒风流,通俗易懂。请问这是谁的作品?

【答案】唐伯虎

【原诗】桃花坞里桃花庵,桃花庵下桃花仙。桃花仙人种桃树,又摘桃花换酒钱。酒醒只在花前坐,酒醉还来花下眠。半醉半醒日复日,花落花开年复年。但愿老死花酒间,不愿鞠躬车马前。车尘马足显者事,酒盏花枝隐士缘。若将显者比隐士,一在平地一在天。若将花酒比车马,彼何碌碌我何闲。世人笑我太疯癫,我笑他人看不穿。不见五陵豪杰墓,无花无酒锄作田。——(明)唐寅《桃花庵歌》

【注释】苏州还有个地名,就叫桃花坞。据记载,唐伯虎当年在苏州看上了一处房子,是别人废弃的别墅。唐伯虎在决定买房时,因为没有钱,只好用自己的部分藏书作抵押,向京城一位当官的朋友借钱。后来,他用了两年多时间努力写字画画卖钱,才还清了债务。

清：

诗集大成　词道中兴

清诗不仅集前代之大成，还发展出自己新的特点。因明清交替社会动乱，清初诗歌转向忧时忧世，黍离之悲、沧桑之感，成为主旋律，如屈大均、顾炎武等。清代许多诗人还在诗艺方面有所开拓，如吴伟业的歌行体。《圆圆曲》、《鸳湖曲》等一批叙事诗，在白居易之后又开拓出叙事诗新的境界。

清词无论从数量上还是成就上讲，都足称大观。在明清鼎革之际，词也发生转变，走出俚俗，进入雅道，成为文人曲写心迹的方式，创作者甚多，形成了地方性的词人群体。以陈维崧为代表的阳羡词派，朱彝尊为领袖的浙西词派，他们都认为词不是小道，与"经"、"史"同等重要，与"诗"比肩。这些诗派的出现，使词的创作出现了"中兴"局面，带动了清代词作的繁荣，熏陶出了被王国维誉为"北宋以来，一人而已"的纳兰性德。

1. "字字看来皆是血,十年辛苦不寻常"是哪位名家对自己作品的"自评诗"?

【选项】A. 施耐庵《水浒传》

B. 吴承恩《西游记》　　C. 曹雪芹《红楼梦》

【答案】C. 曹雪芹《红楼梦》

【原诗】浮生着甚苦奔忙?盛席华筵终散场。悲喜千般同幻渺,古今一梦尽荒唐。漫言红袖啼痕重,更有情痴抱恨长。字字看来皆是血,十年辛苦不寻常。——(清)曹雪芹《红楼梦》节选

曹雪芹像

【注释】这首诗仅见于甲戌本《脂砚斋重评石头记》第一回之前《凡例》的末尾。被认为是曹雪芹自题《红楼梦》的诗,也有人认为是评书人所写。

2. 清代诗人黎简《小园》中有"幽竹如人静,寒花为我芳"。诗句中"寒花"是指什么花?

【选项】A. 梅花　B. 兰花　C. 菊花

【答案】C. 菊花

【原诗】水影动深树,山光窥短墙。秋村黄叶满,一半入斜阳。幽竹如人静,寒花为我芳。小园宜小立,新月似新霜。——(清)黎简《小园》

【注释】诗人撷取"幽竹"、"寒花"两个典型意向,一为劲节,一为傲骨,显示诗人的高风亮节,孤标傲世。

3. 请问下列哪位词人不属于"清词三大家"之一?

【选项】A. 朱彝尊　B. 龚自珍　C. 纳兰性德

【答案】B. 龚自珍

【注释】清词三大家:纳兰性德、朱彝尊、陈维崧。

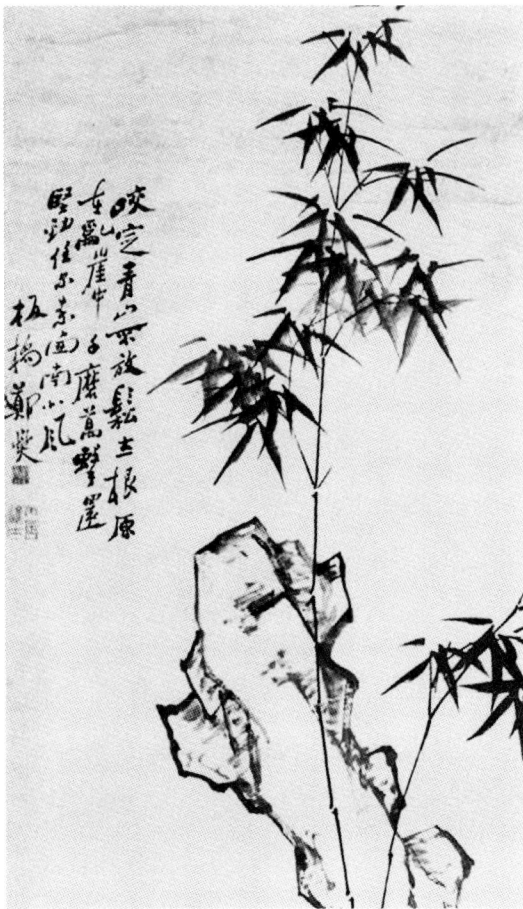

《竹石图》（清郑板桥）

4.清代诗人郑燮有一名篇写道："咬定青山不放松，立根原在破岩中。千磨万击还坚劲，任尔东西南北风。"请问这首诗描写的是哪种植物？

【选项】A.松树　B.梅花　C.竹子

【答案】C.竹子

【原诗】咬定青山不放松，立根原在破岩中。千磨万击还坚劲，任尔东西南北风。——（清）郑燮《竹石》

【注释】这首诗名为《竹石》，着力表现了竹子那顽强而又执着的品质，是赞美岩竹的题画诗。

5.纳兰性德被广为流传之名句"人生若只如初见，何事秋风悲画扇"，讲述的是下列哪个君王与佳人的故事？

【选项】A.班婕妤与汉成帝　B.杨贵妃与唐玄宗　C.长孙皇后与唐太宗

【答案】A.班婕妤与汉成帝

【原词】人生若只如初见，何事秋风悲画扇。等闲变却故人心，却道故人心易变。骊山语罢清宵半，泪雨霖铃终不怨。何如薄幸锦衣郎，比翼连枝当日愿。——（清）纳兰性德《木兰辞》

【注释】此句引用班婕妤被弃典故。班婕妤为汉成帝妃，被赵飞燕与赵合德谗害，退居冷宫，后有诗《怨歌行》，以秋扇为喻抒发被弃之怨情。南朝梁刘孝绰《婕妤怨》

诗又点明"妾身似秋扇"，后遂以秋扇见捐喻女子被弃。

6. 我国古代著名小说《红楼梦》中，曹雪芹借探春之手写了一首元宵灯谜，谜面是"阶下儿童仰面时，清明妆点最堪宜。游丝一断浑无力，莫向东风怨别离"。请问这个灯谜的谜底是什么？

【选项】A. 蛛丝　B. 杨柳
C. 风筝

【答案】C. 风筝

【原诗】阶下儿童仰面时，清明妆点最堪宜。游丝一断浑无力，莫向东风怨别离。——(清)曹雪芹《红楼梦》节选

【注释】清明时节多东风，最宜放风筝。离家远嫁是探春的归宿。此首诗暗示探春远嫁他乡，漂泊辛苦。

7. "满纸荒唐言，一把辛酸泪"，是哪本书的开篇词？

【选项】A.《红楼梦》　B.《西游记》　C.《镜花缘》

【答案】A.《红楼梦》

【原诗】满纸荒唐言，一把辛酸泪。都云作者痴，谁解其中味？——(清)曹雪芹《红楼梦》节选

【注释】脂砚斋批评《红楼梦》："能解者方有辛酸之泪，哭成此书。

红楼梦图(清佚名)

壬午除夕，书未成，芹为泪尽而逝。余尝哭芹，泪亦待尽。每意觅青埂峰，再问石兄，奈不遇癞头和尚何！怅怅！今而后，惟愿造化主再出一芹一脂，是书何幸，余二人亦大快遂心于九泉矣。甲午八月泪笔。"

8. 数字诗"一二三枝竹竿，四五六片竹叶"，出自哪位诗人之手？

《兰竹石图》（清郑板桥）

【选项】A. 郑燮　B. 纪昀
C. 刘墉

【答案】A. 郑燮

【原诗】一二三枝竹竿，四五六片竹叶。自然淡淡疏疏，何必重重叠叠。——（清）郑燮《咏竹》

颜"。请问诗中的"红颜"是指历史上哪位人物？

【选项】A. 董小宛　B. 陈圆圆　C. 李师师

【答案】B. 陈圆圆

陈圆圆塑像

9. 清初诗人吴伟业有"恸哭六军俱缟素，冲冠一怒为红颜"。

【原诗】鼎湖当日弃人间，破敌收京下玉关。恸哭六军俱缟素，冲冠一怒为红颜。红颜流落非吾恋，逆贼天亡自荒宴。电扫黄巾定黑山，哭罢君亲再相见。相见初经田窦家，侯门歌舞出如花。——（清）吴伟业《圆圆曲》节选

【注释】陈圆圆：字畹芬，原姓邢名沅。曾是姑苏名妓，

后为明末山海关总兵吴三桂妾，最终被李自成手下刘宗敏掳走为妻。吴三桂"冲冠一怒为红颜"，遂引清军入关。

10. "一蓑一笠一扁舟，一丈丝纶一寸钩。一曲高歌一樽酒，一人独钓一江秋"，是清代诗人王士祯的《题秋江独钓图》。一人独钓的画面，唐代也有诗人表现过。请问是下面哪一首？

【选项】A. 杜甫《江村》　　B. 孟浩然《临洞庭湖赠张丞相》　C. 柳宗元《江雪》

【答案】C. 柳宗元《江雪》

【原诗】千山鸟飞绝，万径人踪灭。孤舟蓑笠翁，独钓寒江雪。——（唐）柳宗元《江雪》

【注释】《江雪》是唐代诗人柳宗元的一首五言绝句，描述了一幅冰天雪地寒江，没有行人、飞鸟，只有一位老翁独处孤舟，默然垂钓。这是一幅江乡雪景图。山山是雪，

秋江独钓图

路路皆白。飞鸟绝迹，人踪湮没。避景苍茫，迩景孤冷。意境幽僻，情调凄寂。渔翁形象，精雕细琢，清晰明朗，完整突出。诗采用入声韵，韵促味永，刚劲有力。历代诗人无不交口称绝。千古丹青妙手，也争相以此为题，绘出不少动人的江天雪景图。被誉为唐人五言绝句最佳者。

11. 纳兰性德的《浣溪沙·谁念西风独自凉》是一首悼亡词，请问其中"赌书消得泼茶香"一句引用的是历史上哪对恩爱夫妻的典故？

【选项】A. 孟光和梁鸿　　B. 卓文君和司马相如　　C. 李清照和赵明诚

【答案】C. 李清照和赵明诚

【原词】谁念西风独自凉。萧萧黄叶闭疏窗。沉思往事立斜阳。　　被酒莫惊春睡重，赌书消得泼茶香。当时只道是寻常。——（清）纳兰性德《浣溪沙》

【注释】李清照《金石录后序》中，记载自己常与丈夫赵明诚比赛看谁的记性好，比如记住某事载于某书某卷某页某行，经查原书，胜者可饮茶以示庆贺，有时太过高兴，不觉让茶水泼湿衣裳。本词便是化用李清照和赵明诚的恩爱典故，来纪念自己与亡妻的深厚感情。本词中"当时只道是寻常"一句，成为传世佳句。

12. "黄河远上，白云一片，孤城万仞山。羌笛何须怨，杨柳春风，不度玉门关"。相传这是纪晓岚为扇面题诗时丢了字，为掩饰错误，重新断句，改成一首词。请问原诗的题目是什么？

【选项】A. 王之涣《凉州词》　　B. 王翰《凉州词》　　C. 王昌龄《出塞》

【答案】A. 王之涣《凉州词》

【原诗】黄河远上白云间，一片孤城万仞山。羌笛何须怨杨柳，春风不度玉门关。——（唐）王之涣《凉州词》

【注释】这首词的修改相传为纪晓岚所作，某日纪晓岚为乾隆皇帝题扇，写了王之涣的《凉州词》，但不小心漏写了间字。为防皇帝怪罪，情急之下，纪晓岚想出了这样一个断句的法子，便向乾隆皇帝道，他题的并不是原诗，而是一首词，从而逃过一劫。当然，这个故事仅仅是个传说。

13. 清代著名诗人丘逢甲于1896年曾经写道："四百万人同一哭，去年今日割台湾。"请问"去年今日"发生了哪件令人痛心疾首的事情?

【选项】A. 签订《望厦条约》　B. 签订《马关条约》　C. 签订《辛丑条约》

【答案】B. 签订《马关条约》

【原诗】春愁难遣强看山,往事惊心泪欲潸。四百万人同一哭,去年今日割台湾。——(清)丘逢甲《春愁》

【注释】1895年4月17日,清政府和日本签订了《马关条约》,其中主要内容之一就是:将台湾割让给日本。《马关条约》的签订,标志着中日甲午战争的结束。

14. 纳兰性德有词"骊山语罢清宵半,泪雨霖铃终不怨","骊山"自古就是一个充满了故事传说的地方。请问下列选项哪一个与"骊山"无关?

【选项】A. 女娲补天　B. 烽火戏诸侯　C. 杨贵妃缢死马嵬坡

【答案】C. 杨贵妃缢死马嵬坡

【原诗】人生若只如初见,何事秋风悲画扇。等闲变却故人心,却道故人心易变。骊山语罢清宵半,泪雨霖铃终不怨。何如薄幸锦衣郎,比翼连枝当日愿。——(清)纳兰性德《木兰花令·拟古决绝词柬友》

【注释】

A. 女娲为了拯救天地和人类,便在骊山挑选彩石,熔炼成胶糊,把天上的窟窿补好。在骊山上有一座庙宇,人称"老母殿",就是人们为祭祀女娲而建的祠庙。

B. 骊山有座名叫西绣峰的山峰,是西周时期所建的烽火台遗址。周幽王为博褒姒一笑烽火戏诸侯的故事就发生于此。

C. 骊山与马嵬坡不是同一个地方,骊山在古都西安城东五十公里处临潼县境内,马嵬坡在城西一百公里处兴平县境内。

纳兰性德像

昭君出塞图

15. 清代纳兰性德《蝶恋花·出塞》中有一名句："铁马金戈，青冢黄昏路"。请问"青冢"指的是哪位名人的坟墓？

【选项】A. 貂蝉　B. 王昭君　C. 苏小小

【答案】B. 王昭君

【原词】今古河山无定据。画角声中，牧马频来去。满目荒凉谁可语，西风吹老丹枫树。　　从来幽怨应无数。铁马金戈，青冢黄昏路。一往情深深几许? 深山夕照深秋雨。——(清) 纳兰性德《蝶恋花·出塞》

【注释】王昭君死后葬于南匈奴之地（即今内蒙古呼和浩特），人称"青冢"。杜甫的《咏怀古迹五首》其三同样是咏昭君的一首诗，诗中便有"独留青冢向黄昏"一句。

16. 纳兰性德《忆王孙·西风一夜剪芭蕉》中，诗人通过喝酒读书来排解自己的坏情绪。请问纳兰性德当时读的是什么书?

【选项】A.《汉书》　　B.《离骚》　　C.《诗经》

【答案】B.《离骚》

【原词】西风一夜剪芭蕉。倦眼经秋耐寂寥。强把心情付浊醪。读《离骚》。愁似湘江日夜潮。——(清) 纳兰性德《忆王孙》

【注释】在古代，一说喝酒，接下来总要说读书的话，读的这个书往往不是《汉书》就是《离骚》，这已经是文人传统中固定的文化符号了。"《汉书》下酒"，和《汉书》有关，典故出自宋代诗人苏舜钦；而《离骚》下酒，盛行于清代，屈大均就有"一叶《离骚》酒一杯"。这种风气直接影响到民国。清人的喝酒读书，一般指《离骚》。

17. 鉴湖女侠秋瑾《对酒》中写道："不惜千金买宝刀，貂裘换酒也堪豪。"请问"貂裘换酒"是哪位诗人做过的事？

【选项】A. 贺知章　B. 李白　C. 陶渊明

【答案】B. 李白

【原词】不惜千金买宝刀，貂裘换酒也堪豪。一腔热血勤珍重，洒去犹能化碧涛。——(清)秋瑾《对酒》

【注释】李白《将进酒》："五花马，千金裘，呼儿将出换美酒，与尔同销万古愁。"貂裘换酒这一典故从此而来。同样作为典故的还有贺知章的"金龟换酒"。李白《对酒忆贺监诗序》记载："太子宾客贺公，于长安紫极宫一见余，呼余为'谪仙人'，因解金龟，换酒为乐。"贺知章曾邀李白对酒共饮，但不巧，这一天贺知章没带酒钱，于是便毫不犹豫地解下佩带的金龟(当时官员的佩饰物)换酒，与李白开怀畅饮，一醉方休。

18. "何如薄幸锦衣郎，比翼连枝当日愿"，出自清代词人纳兰性德《木兰花令·拟古决绝词柬友》。请问诗中的"锦衣郎"指的是谁？

【选项】A. 唐玄宗　B. 李后主　C. 唐太宗

【答案】A. 唐玄宗

【注释】《木兰花令·拟古决绝词柬友》描写了一个为情所伤的女子和伤害她的男子坚决分手的情景，借用唐玄宗与杨贵妃的爱情悲剧典故，通过"秋扇"、"骊山语"、

《张果见明皇图》（元任仁发）

"雨霖铃"、"比翼连枝"这些意象，营造了一种幽怨、凄楚、悲凉的意境，抒写了女子被男子抛弃的幽怨之情。

19. 他是我国清代的著名诗人，有人说他是名父逆子，"父子俩一个爱国，一个卖国，一个名垂青史，一个遗臭万年"。请问这位"名父逆子"的清朝诗人是谁？

【选项】A. 顾炎武　　B. 郑板桥　　C. 龚自珍

【答案】C. 龚自珍

【注释】龚橙：龚自珍的长子，字孝珙，号半伦。他除了对小老婆，别的通通不爱，故自号"半伦"，真是"坦诚"得让人佩服。龚半伦虽放荡不羁，可并非不学无术之徒，相反他自幼聪颖，"藏书极富，甲于江浙，多四库中未收之书"，少时即"沉酣其中"。孝珙治学于《公羊》最深，著述甚富。他不自收拾，为人豪放，不修边幅，恃才傲物，世人因此多忌恨他。晚年家道益落，变卖先人金石书画殆尽。李鸿章爱其才，月资二百金以备无米之炊。孝珙客居上海时，曾做英国人威妥玛的幕僚，月资数百金。后来资金日减，生活益窘，宠爱的两个姬妾都下堂入厨。有人甚至攻击他曾把女儿送给威妥玛做妾。龚孝珙给英国人巴夏礼做幕僚时，曾引导英法联军火烧圆明园。据说当时英人欲直攻故宫，龚孝珙力阻之，说圆明园珍宝如山，是中国菁华之所在，毁此亦足以泄愤。

龚自珍纪念馆

英人听从他的话，京城遂得保存。与龚半伦形成鲜明对比的，是他的父亲龚自珍。父子俩一个爱国，一个卖国，一个名垂青史，一个遗臭万年。清人赵翼说，名父之子多败德，虽然不是必然规律，但名父不幸而有逆子，按照"子不教父之过"的说法，龚自珍自然也难辞其咎。孝珙除精于公羊学外，还精于史学、小学。著有《元志》五十卷、《雁足镫考》

三卷、《清邈遍史》三卷。

20. 被清代王士祯于《唐人万首绝句选》评价为"丽绝韵绝，令人神往"的是白居易的哪首诗？

【选项】A.《暮江吟》　　B.《大林寺桃花》　　C.《杨柳枝词》

【答案】A.《暮江吟》

【原诗】一道残阳铺水中，半江瑟瑟半江红。可怜九月初三夜，露似真珠月似弓。——（唐）白居易《暮江吟》

【注释】《暮江吟》是白居易"杂律诗"中的一首。全诗构思妙绝之处，在于摄取了两幅幽美的自然界画面，加以组接。一幅是夕阳西沉、晚霞映江的绚丽景象，一幅是弯月初升、露珠晶莹的朦胧夜色。两者分开看各具佳景，合起来读更显妙境，诗人又在诗句中妥帖地加入比喻的写法，使景色倍显生动。

近现当代：

百花齐放　百家争鸣

　　近代诗歌是从传统的古典诗歌到现代意义的新诗的过渡，在中国诗歌史上具有不容忽视的地位。这一时期，诗人和作品数量众多，主要内容是爱国救国、追求自由民主、国家富强。代表诗人有康有为、梁启超、谭嗣同、丘逢甲、苏曼殊、柳亚子等。

　　现代诗歌主要是五四运动后流行的自由体新诗，形式上采用白话，打破了旧体诗的格律束缚，内容上主要是反映新生活、表现新思想。代表诗人有徐志摩、戴望舒、闻一多等。

1. 在《翡冷翠的一夜》中徐志摩写道："爱，你永远是我头顶的一颗明星：要是不幸死了，我就变一个萤火，在这园里，挨着草根，暗沉沉的飞，黄昏飞到半夜，半夜飞到天明。"请问徐志摩是在借用谁的口吻说出自己爱的誓言？

【选项】A. 一位女子　B. 一位男子　C. 诗人自己

【答案】A. 一位女子

【注释】写作这首诗时，诗人徐志摩正身处异国他乡（意大利佛罗伦萨），客居异地的孤寂、对远方恋人的思念、爱情不为社会所容的痛苦

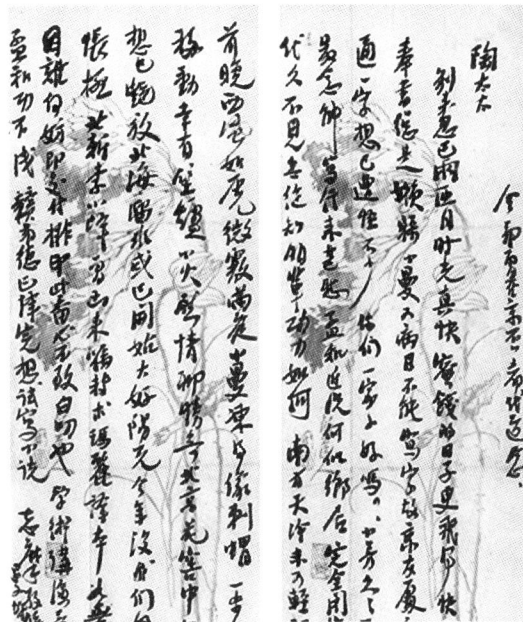

徐志摩书简

等等，形成他抑郁的情怀。这种抑郁的情怀，同他一贯的人生追求和人生信仰结合起来，便构成了这首诗独特的意蕴。诗人间接地表现抒情主人公——一弱女子错综复杂、变幻不定的情感思绪。

2. 梁启超诗："诗界千年靡靡风，兵魂销尽国魂空。集中十九从军乐，亘古男儿一放翁。"梁启超称赞的是谁？

【选项】A. 辛弃疾　B. 文天祥　C. 陆游

【答案】C. 陆游

【注释】梁启超的《读陆放翁集》，作于1899年戊戌变法失败后出走日本期间，写的是读《陆放翁集》引起的感慨。这里所选的是其中一首。

3. 我国无产阶级革命家、近代杰出诗人林伯渠曾作诗道："南渡江山底事传，扶危定倾赖红颜。"请问诗句中赞扬的"红颜"是哪位古代巾帼英雄？

【选项】A. 花木兰　B. 梁红玉　C. 穆桂英

【答案】B. 梁红玉

【原诗】南渡江山底事传，扶危定倾赖红颜。朝端和议纷无主，江上敌骑去复还。军舰争前扬子险，英姿焕发鼓声喧。光荣一战垂青史，若个须眉愧尔贤。——林伯渠《咏梁红玉》

【注释】梁红玉：南宋抗金名将韩世忠的夫人。《咏梁红玉》是林伯渠于1948年三八妇女节到来之际写下的诗作。该诗表达了诗人对梁红玉巾帼胜须眉勇武豪迈的由衷赞美之情，以及对形似南宋王朝的蒋介石政府的讽刺。

4. 在毛泽东的名篇《沁园春·雪》有一名句"唐宗宋祖，稍逊风骚"。请问"唐宗宋祖"指的是谁？

【选项】A. 李隆基、赵匡胤　　B. 李世民、赵匡胤　　C. 李世民、赵构

【答案】B. 李世民、赵匡胤

【原词】北国风光，千里冰封，万里雪飘。望长城内外，惟余莽莽；大河上下，顿失滔滔。山舞银蛇，原驰蜡象，欲与天公试比高。须晴日，看红装素裹，分外妖娆。　江山如此多娇，引无数英雄竞折腰。惜秦皇汉武，略输文采；唐宗宋祖，稍逊风骚。一代天骄，成吉思汗，只识弯弓射大雕。俱往矣，数风流人物，还看今朝。

【注释】唐宗宋祖：唐太宗李世民、宋太祖赵匡胤。

5. 请问徐志摩曾经和志同道合的诗人创建了哪个诗社？

【选项】A. 语丝社　B. 浅草社　C. 新月社

【答案】C. 新月社

【注释】语丝社：因编辑出版《语丝》周刊得名，没有明确的组织机构，一般指刊物

徐志摩像

的编辑者及主要撰稿人。该刊由孙伏园、周作人先后主编。主要撰稿人有鲁迅、周作人、川岛、刘半农、章衣萍、林语堂、钱玄同、江绍原等。多发表针砭时弊的杂感小品。

浅草社：1922年春在上海成立。1925年《浅草》停刊后，浅草社同仁和杨晦等在北京成立沉钟社，发表的多为揭露黑暗、追求光明美好新生活的作品，具有鲜明的进步倾向。主要成员有林如稷、陈炜谟、陈翔鹤、冯至等。

新月社：主要成员有胡适、徐志摩、闻一多、梁实秋等。前期他们以《晨报副刊》为阵地，后期创办《新月》月刊。新月社的成立，造就了一批着重现代格律诗的新月派诗人，对中国的现代诗歌产生了重要的影响。新月派在提倡现代诗歌格律化的同时，强调对诗歌语言词汇的运用，在诗歌创作中体现文学美的意境，因此新月派也称为新格律诗派。

6. 请问徐志摩为诗社起名"新月"，是用了哪个诗人的诗集名称？

【选项】A. 泰戈尔　B. 雪莱　C. 拜伦

【答案】A. 泰戈尔

【注释】泰戈尔有本诗集叫《新月集》。

7. 据说，徐志摩的碑文由知己凌叔华题写，上书"冷月照诗魂"五个字，化用自诗句"冷月葬花魂"。请问"冷月葬花魂"这句诗出自哪部小说？

【选项】A.《镜花缘》　B.《红楼梦》　C.《醒世姻缘传》

【答案】B.《红楼梦》

【注释】出自《红楼梦》第七十六回，"凸碧堂品笛感凄清，凹晶馆联诗悲寂寞"，是林黛玉和史湘云月中联句的最后一句，史湘云出"寒塘渡鹤影"，林黛玉对"冷月葬花魂"。

8. 北京大学有着深厚的文化底蕴，可谓是文人的产出地。请问上世纪80年代与海子、骆一禾并称"北大三诗人"的是谁？

【选项】A. 顾城　B. 西川　C. 戈麦

【答案】B. 西川

9. 请问"我自横刀向天笑，去留肝胆两昆仑"是哪位历史人物临刑前写下的绝命诗？

谭嗣同像

【选项】A. 康有为　B. 梁启超　C. 谭嗣同

【答案】C. 谭嗣同

【原诗】望门投止思张俭，忍死须臾待杜根。我自横刀向天笑，去留肝胆两昆仑。——（清）谭嗣同《狱中题壁》

【注释】这是谭嗣同临刑前写在监狱墙壁上的一首绝命诗。

10. 毛主席在《沁园春·雪》中写道"俱往矣，数风流人物，还看今朝"。请问"风流人物"这个词语在以下哪首词中出现过？

【选项】A. 苏轼《念奴娇·赤壁怀古》　B. 苏轼《江城子·密州出猎》　C. 苏轼《赤壁赋》

【答案】A. 苏轼《念奴娇·赤壁怀古》

【原词】大江东去，浪淘尽、千古风流人物。故垒西边，人道是，三国周郎赤壁。乱石穿空，惊涛拍岸，卷起千堆雪。江山如画，一时多少豪杰。　遥想公瑾当年，小乔初嫁了，雄姿英发。羽扇纶巾，谈笑间，樯橹灰飞烟灭。故国神游，多情应笑我，早生华发。人生如梦，一樽还酹江月。——（宋）苏轼《念奴娇·赤壁怀古》

11. 毛泽东曾经说："'横眉冷对千夫指，俯首甘为孺子牛'，应该成为我们的座右铭。"请问"横眉冷对千夫指，俯首甘为孺子牛"出自谁的诗？

【选项】A. 柳亚子　B. 鲁迅　C. 郁达夫

【答案】B. 鲁迅

【原诗】运交华盖欲何求，未敢翻身已碰头。破帽遮颜过闹市，漏船载酒泛中流。横眉冷对千夫指，俯首甘为孺子牛。躲进小楼成一统，管他冬夏与春秋。——鲁迅《自嘲》

【注释】鲁迅此诗作于1932年。据《鲁迅日记》1932年10月12日载:"午后为柳亚子书一条幅,云:'运交华盖欲何求……达夫赏饭,闲人打油,偷得半联,凑成一律以请'云云。"在此之前的10月5日,郁达夫请鲁迅吃饭,同席有柳亚子。"闲人"指鲁迅自己。"打油"是鲁迅对自己诗作的谦词。鲁迅晚年得子,疼爱有加。那天去赴宴时,郁达夫借此开玩笑说:"你这些天来辛苦了吧?"鲁迅遂用"横眉"一联回答他。郁达夫又打趣说:"看来你的'华盖运'还是没有脱?"鲁迅说:"给你这一说,我又得了半联,可以凑成一首小诗了。"这便是鲁迅创作此诗的由来。

鲁迅像

12. 我国有一位著名的近现代诗人,曾作诗极力赞颂李白,诗中写道:"酒入豪肠,七分酿成了月光,余下的三分啸成剑气。绣口一吐,就是半个盛唐。"请问这位诗人是谁?

【选项】A. 王国维　B. 郑愁予　C. 余光中

【答案】C. 余光中

【原诗】树敌如林,世人皆欲杀。肝硬化怎杀得死你?酒入豪肠,七分酿成了月光,余下的三分啸成剑气。绣口一吐,就是半个盛唐。——余光中《寻李白》节选

【注释】《寻李白》:选自余光中《隔水观音集》。余光中曾在《莲的联想诗集·后记》云:"怀古咏史,原是中国古典诗的一大主题。在这类诗中,整个民族的记忆,等于是在对镜自鉴。这样子的历史感,是现代诗人重认传统的途径之一。"

13. 鲁迅《自题小像》"寄意寒星荃不察,我以我血荐轩辕",表达了对祖国的深厚情感。请问作者最早将这首诗题在哪里?

【选项】A. 著作封面　B. 墙壁上　C. 照片上

【答案】C. 照片上

【原诗】灵台无计逃神矢,风雨如磐暗故园。寄意寒星荃不察,我以我血荐轩

辕。——鲁迅《自题小像》

【注释】此诗是鲁迅在日本东京弘文书院求学时，剪辫题照，赠给他的挚友许寿裳的。

14. 毛主席一生酷爱游泳，尤其爱冬泳，并且喜欢在自然的河流中畅游。在他的《水调歌头·游泳》中写道"一桥飞架南北，天堑变通途"。请问诗中的"一桥"指的是哪座桥？

【选项】A. 南京长江大桥
B. 武汉长江大桥　C. 钱塘江大桥

【答案】B. 武汉长江大桥

【原词】才饮长沙水，又食武昌鱼。万里长江横渡，极目楚天舒。不管风吹浪打，胜似闲庭信步，今日得宽余。子在川上曰：逝者如斯夫。风樯动，龟蛇静，起宏图。一桥飞架

毛主席畅游长江老照片

南北，天堑变通途。更立西江石壁，截断巫山云雨，高峡出平湖。神女应无恙，当惊世界殊。——毛泽东《水调歌头·游泳》

【注释】武汉长江大桥：位于湖北省武汉市，大桥横跨于武昌蛇山和汉阳龟山之间，是中国在长江上修建的第一座铁路、公路两用桥梁，被称为"万里长江第一桥"。

15. 在中国现代文学馆中，赵朴初先生借用李白的《宣州谢朓楼饯别校书叔云》中的诗句为"冰心馆"题了词。请问是哪一句？

【选项】A. 蓬莱文章建安骨　B. 中间小谢又清发　C. 俱怀逸兴壮思飞

【答案】B. 中间小谢又清发

【原文】弃我去者，昨日之日不可留；乱我心者，今日之日多烦忧。长风万里送秋雁，对此可以酣高楼。蓬莱文章建安骨，中间小谢又清发。俱怀逸兴壮思飞，欲上青天览明月。抽刀断水水更流，举杯消愁愁更愁。人生在世不称意，明朝散发弄扁舟。——（唐）

李白《宣州谢朓楼饯别校书叔云》

【注释】冰心：原名谢婉莹。

16. 毛主席的《采桑子·重阳》"今又重阳，战地黄花分外香"中的"黄花"指的是什么花？

【选项】A. 油菜花　　B. 菊花　C. 月季

【答案】B. 菊花

【原词】人生易老天难老，岁岁重阳。今又重阳，战地黄花分外香。一年一度秋风劲，不似春光。胜似春光，寥廓江天万里霜。——毛泽东《采桑子》

对菊持螯图（清《吴友如画宝》，重阳节习俗）

【注释】此词作于1929年重阳节，为当年阳历10月11日。毛泽东在闽西征途中，欣逢重阳佳节，触景生情，因成此词。诗中的黄花，指的是当时闽西农村根据地的菊花。

17. 我国著名国学家王国维在1912年发表的《文学小言》中有这样一段话："三代以下之诗人，无过屈子、渊明、子美、子瞻者。此四子者若无文学之天才，其人格亦自足千古。故无高尚伟大之人格，而有高尚伟大之文学者，殆未之有也。"请问王国维评价的这四位诗人分别是谁？

【选项】A. 屈原、陶渊明、杜甫、苏轼　　B. 屈原、陶渊明、王维、杜甫　C. 屈原、陶渊明、李商隐、白居易

【答案】A. 屈原、陶渊明、杜甫、苏轼

【注释】杜甫：字子美。苏轼：字子瞻，号东坡居士。

18. 毛泽东曾经写过一首七绝："人类而今上太空，但悲不见五洲同。愚公尽扫饕蚊日，公祭毋忘告马翁。"请问这首诗仿的我国哪个朝代、哪位诗人的哪首诗？

【答案】南宋陆游《示儿》

【原诗】死去元知万事空，但悲不见九州同。王师北定中原日，家祭无忘告乃翁。

【注释】这首诗的题目是《七绝·仿陆放翁》。

19. 曾经有一部电影叫《战争让女人走开》，可历史上有很多巾帼不让须眉，一位女诗人发出"拚将十万头颅血，须把乾坤力挽回"的誓词。请问这位誓死拯救民族危亡的诗人是谁？

　　【选项】A. 秋瑾　B. 梁红玉　C. 徐自华

　　【答案】A. 秋瑾

王国维（左）与罗振玉在日本合影（1916年）

20. 王国维的作品中有不少套用前人句式的现象，如王国维的《鹊桥仙·绣衾初展》中就写道"人间几岁似今笑，便胜却、貂蝉无数"。请问这句词会让我们联想到秦观同调名作中的哪句词？

　　【答案】金风玉露一相逢，便胜却、人间无数

　　【注释】秦观《鹊桥仙·纤云弄巧》："纤云弄巧，飞星传恨，银汉迢迢暗度。金风玉露一相逢，便胜却、人间无数。　柔情似水，佳期如梦，忍顾鹊桥归路。两情若是久长时，又岂在、朝朝暮暮。"

21. 王国维在《踏莎行·元夕》中写道"乌鹊无声，鱼龙不夜"，其中"鱼龙不夜"即从"一夜鱼龙舞"而来。请问"一夜鱼龙舞"出自哪位词人之手？

　　【选项】A. 陆游　B. 辛弃疾　C. 柳永

　　【答案】B. 辛弃疾

　　【注释】辛弃疾《青玉案·元夕》："东风夜放花千树。更吹落，星如雨。宝马雕车香满路。凤箫声动，玉壶光转，一夜鱼龙舞。　蛾儿雪柳黄金缕。笑语盈盈暗香去。众里寻他千百度。蓦然回首，那人却在，灯火阑珊处。"

诗人轶事

_____

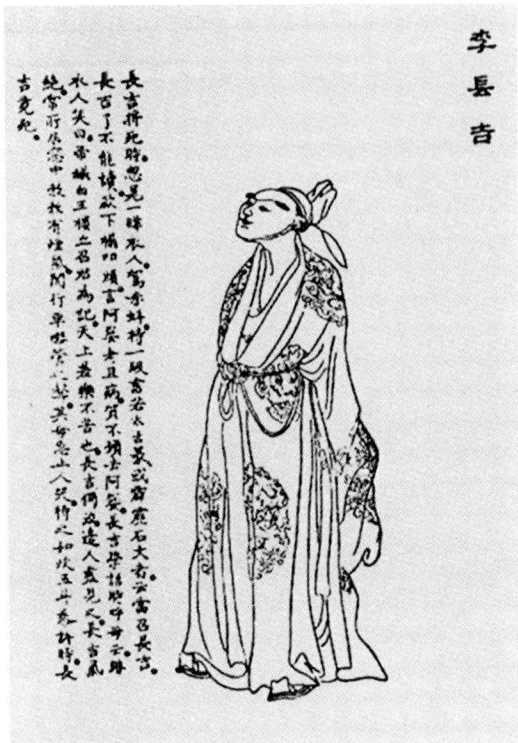

李贺题跋像

1. 他是一位天才少年①，七岁便写得一手好诗文，名动京城。他喜欢骑着毛驴背着布袋去外面采风找灵感②，想到什么诗句，就写下丢进布袋内，回家后再整理成篇。尽管他少年成名，但他的一生却是仕途困厄，二十岁时参加进士考试。因父亲名与进士同音，就以冒犯父名取消他的考试资格。后由于文学名气很高，担任了一名奉礼郎的卑微小官，英年早逝③。但据另一位诗人为他做的传记说，他去世是被天帝派绯衣使者相召到天上为白玉楼作记④。他留下的诗作深受毛泽东和鲁迅的喜爱⑤，这位被人称为"诗鬼"的唐代诗人是谁？

【答案】李贺

【注释】

①少年天才：据说李贺在七岁时便写得一手好诗文，而且当即名动京城。当时担任吏部员外郎的大文豪韩愈及侍郎皇甫湜听说有七岁的孩童能写好诗文，开始还不大相信，说："要是古人，那还罢了；而今天居然有这样的奇人，那我们怎么能失之交臂呢？"说罢，二人便联袂去探访个究竟了。见到李贺还是个小不点儿的孩子时，两位大人当即出题让他写作，以便验证李贺到底有无真才实学。这李贺却也并不惊慌，向两位大人深施一礼，然后便提笔写了一首在文学史足以流传的名作《高轩过》。

②骑驴拿布袋："锦囊诗草"典故的来历。李贺常骑着一头跛脚的驴子，背着一个破旧的锦囊，出外寻找灵感。

③仕途困厄、英年早逝：李贺父名晋肃，"晋"、"进"同音，与李贺争名的人，就说

他应避父讳不举进士，韩愈作《讳辨》鼓励李贺应试，无奈"阉扇未开逢猰犬，那知坚都相草草"，礼部官员昏庸草率，李贺虽应举赴京，却未能应试，遭谗落第。后来做了三年奉礼郎，旋即因病辞官，回归昌谷。后至潞州（今山西长治）依张彻一个时期。他一生体弱多病，二十七岁去世。

④为天帝白玉楼作记：李商隐的《李贺小传》中说："长吉将死时，忽昼见一绯衣人，驾赤虬，持一板，书若太古篆或霹雳石文者，云当召长吉。长吉了不能读，欻下榻叩头，言：'阿弥老且病，贺不愿去。'绯衣人笑曰：'帝成白玉楼，立召君为记。天上差乐，不苦也。'长吉独泣，边人尽见之。少之，长吉气绝。常所居窗中，勃勃有烟气，闻行车嘒管之声。"

⑤毛泽东、鲁迅都爱读他的诗：1965年7月21日，毛泽东致陈毅信说："李贺诗很值得一读，不知你有兴趣否？"（《毛泽东书信选集》，第608页）"很值得一读"，不是一般的评语，而是对李贺诗及其历史地位的崇高评价。

2. 他是一位诗人，两次考进士不第，虽然四十六岁曾春风得意①，却改变不了穷苦一生的命运。他早年丧父、中年丧妻、晚年丧子，经历了人生三大悲②的他苦吟一生，因为风格简啬孤峭被后人认为诗风"寒"③。他对诗的酷爱难以割舍，仿佛成为诗的囚徒，因而被人称为"诗囚"④。请问这位写下千古名篇母爱颂歌《游子吟》⑤的唐代诗人是谁？

【答案】孟郊

【注释】

①四十六岁春风得意：孟郊四十六岁始登进士第，有《登科后》诗："昔日龌龊不足夸，今朝放荡思无涯。春风得意马蹄疾，一日看尽长安花。"

②人生三悲：他的第一个妻子曾为他生过一个孩子，不幸的是大概只活到十来岁就夭亡了，有《悼幼子》一诗可证："一闭黄蒿门，不闻白日事。生气散成风。枯骸化为地，负我十年恩，欠尔千行泪。洒之北原上，不待秋风至。"

③寒：苏轼《祭柳子玉文》中说："元轻白俗，郊寒岛瘦。"指孟郊和贾岛诗风简啬孤峭。此后，这两人被后世并称为"郊寒岛瘦"。

④诗囚：是金元时期的大诗人元好问给孟郊起的，他在《论诗三十首》的第十八首

里说："东野穷愁死不休，高天厚地一诗囚。"做诗歌的囚徒，意思就是被诗歌所囚禁而不能挣脱，形容孟郊对诗的酷爱。

⑤《游子吟》：孟郊名作，诗曰："慈母手中线，游子身上衣。临行密密缝，意恐迟迟归。谁言寸草心，报得三春晖。"

3. 他是一位爱好广泛又特立独行的隐士，在崇尚阴柔之美又非常重视个人修饰的时代，他可以近一月不洗头不洗脸①。平生不爱做官爱打铁②，因为拒绝做官，甚至不惜和挚友翻脸绝交③。请问这位"竹林七贤"④之一，并曾在临死前弹奏名曲《广陵散》⑤的隐士是谁？

【答案】嵇康

【注释】

据《世说新语·容止》记载：嵇康身长七尺八寸，风姿特秀。见者叹曰："萧萧肃肃，爽朗清举。"或云："肃肃如松下风，高而徐引。"山公曰："嵇叔夜之为人也，岩岩若孤松之独立；其醉也，巍峨若玉山之将崩。"而在《晋书·嵇康传》中也谈到嵇康的外貌："身长七尺八寸，美词气，有风仪，而土木形骸，不自藻饰。人以为龙章凤姿，天

年画竹林七贤图

质自然。"

①不洗脸不洗头：嵇康旷达狂放，自由懒散，"头面常一月十五日不洗，不大闷养，不能沐也"。

②爱打铁：《文士传》里说嵇康"性绝巧，能锻铁"。嵇康爱好打铁，铁铺子在后园一棵枝叶茂密的柳树下，他引来山泉，绕着柳树筑了一个小小的游泳池，打铁累了，就跳进池子里泡一会儿。《晋书·嵇康传》写道："康居贫，尝与向秀共锻于大树之下，以自赡给。"他在以打铁来表示自己的"远迈不群"和藐视世俗，这是其精神特质的体现。

③不爱做官，与友人绝交：他赞美古代隐者达士的事迹，向往出世的生活，不愿做官。大将军司马昭欲礼聘他为幕府属官，他跑到河东郡躲避征辟。司隶校尉钟会盛礼前去拜访，遭到他的冷遇。同为"竹林七贤"的山涛曾推荐他做官，他作《与山巨源绝交书》，列出自己有"七不堪"、"二不可"，坚决拒绝为官。

④竹林七贤：嵇康、阮籍、山涛、向秀、刘伶、王戎及阮咸七人，常在当时的山阳县（今河南辉县、修武一带）竹林之下，喝酒纵歌，肆意酣畅，世谓"竹林七贤"。

⑤《广陵散》：嵇康被判死刑，在刑场上，嵇康顾视日影，从容弹奏《广陵散》，曲罢叹道"《广陵散》于今绝矣"，随后赴死，时年三十九。

4. 她出生于一个爱好文学艺术的士大夫家庭①，也是一位著名词人，她好赌也常赢②，她爱喝酒也容易醉，因为喜欢以"瘦"入词而被称为"三瘦"③。她跟她的丈夫一起收集金石书籍④，在发现第二任丈夫觊觎她的珍贵收藏后，果断离婚因而入狱⑤。请问这位千古一代才女⑥是谁呢？

【答案】李清照

【注释】

①出自书香门第：李清照出生于一个爱好文学艺术的士大夫的家庭。父亲李格非是济南历下人，进士出身，苏轼的学生，官至提点刑狱、礼部员外郎。李清照的母亲，是状元王拱辰的孙女。

②好赌的女赌神：说她好赌应该是她迷恋"打马"。她专门写过一本《打马图序》，

李清照像（清崔错）

介绍宋朝赌博法，有二三十种：长行、叶子、博塞、弹棋、打揭、大小、猪窝、族鬼、胡画、数仓、赌快、藏酒、樗蒲、双蹙融、选仙、加减、插关火、大小象戏、弈棋、采选、打马。她还收集了很多精巧的赌具。

　　③李三瘦：所谓"三瘦"，是指李清照喜以"瘦"字入词，来形容花容人貌，并创造了三个因"瘦"而名传千古的动人词句。《凤凰台上忆吹箫》："新来瘦，非干病酒，不是悲秋。"《如梦令》："知否，知否，应是绿肥红瘦。"《醉花阴》："莫道不消魂，帘卷西风，人比黄花瘦。"

　　④收集金石书籍：李清照的丈夫是著名的金石学家赵明诚，赵明诚经过多年的亲访广集，在李清照帮助下完成了《金石录》的写作。这是一部继欧阳修《集古录》之后，规模更大更有价值的研究金石之学的专著。著录所藏金石拓本，上起三代下及隋唐五代，共二千种。

　　⑤因离婚而入狱：李清照再嫁张汝舟。张汝舟早就觊觎她的珍贵收藏。当婚后发

现李清照家中并无多少财物时，便大失所望，随即不断口角，进而谩骂，甚至拳脚相加。张汝舟的野蛮行径，使李清照难以容忍。后发现张汝舟还有营私舞弊、虚报举数骗取官职的罪行。李清照便报官告发了张汝舟，并要求离婚。经查属实，张汝舟被除名编管柳州。李清照虽被获准离婚，但宋代法律规定，妻告夫要判两年徒刑，故亦身陷囹圄。

⑥千古一代才女：宋代女词人李清照，被誉为"词国皇后"，曾"词压江南，文盖塞北"。

5. 他笔耕不辍，是一位多产的诗人①。是中国现存诗歌数量最多的诗人。除了写诗外，在生活中更是一位烹饪大师②，能做出丰盛的美食。他能文能武，曾经用长矛刺死过一只猛虎③。虽然他曾经拥有过美好的爱情，却最终被拆散，被迫离婚④。这位在沈园⑤拥有诸多故事的诗人是谁？

【答案】陆游

【注释】

①多产诗人：陆游一生笔耕不辍，现存诗歌有九千多首，内容极为丰富，是存诗量最多的诗人。

陆游诗意图

②烹饪大师：陆游的烹饪技艺很高，常常亲自下厨掌勺。一次，他就地取材，用竹笋、蕨菜和野鸡等物，烹制出一桌丰盛的宴席，吃得宾客们"扪腹便便"，赞美不已。他对自己做的葱油面也很自负，认为味道可同神仙享用的"苏陀"（油酥）媲美。他还用白菜、萝卜、山芋、芋艿等家常菜蔬做甜羹，江浙一带居民争相仿效。在他的诗词中，咏叹佳肴的足足有上百首，还记述了当时吴中（今苏州）和四川等地的佳肴美馔，其中有不少是对于饮食的独到见解。

③打虎英雄：据说1172年的一天，在四川的南郑，也就是今天陕西的汉中，发生了老虎袭人事件。陆游挺身而出，用手里的长矛刺死了老虎。

④被迫离婚：陆游和唐婉的感情很深，但由于唐婉无子、与陆游过于亲密（有多重说法）等原因，陆游迫于母命，忍痛与唐婉分离。后来，陆游依母亲的心意，另娶王氏为妻。唐婉也迫于父命，嫁给同郡的赵士程。这一对年轻人的美满婚姻就这样被拆散了。

⑤沈园：在今浙江绍兴。著名的《钗头凤》就题在沈园的墙壁上。

6. 他既是一位诗人，又是一名能言善辩的美男子①，虽然外在长得好，但是有口臭②，而且人品恶劣，卖友求荣③这样的勾当他都干过，相传他曾经还杀过人④。请问这位写下"近乡情更怯"⑤的唐代诗人是哪一位？

宋之问像

【答案】宋之问

【注释】

①善辩美男子：相传宋之问"伟仪貌，雄于辩"。

②口臭：宋之问做梦都渴望像张氏兄弟那样得到武则天的宠爱，爬上女皇的龙床，于是来了个毛遂自荐，写了一首艳诗献给女皇。武则天读后赞不绝口，待宋之问离开后，却对身边人说："这个宋之问，的确是难遇之才，只是他口臭熏人，让朕无法

忍受。"

③卖友求荣：当时武则天的男宠是张易之、张宗昌兄弟，两人倚仗女皇的宠爱，飞扬跋扈，权倾一时，连武承嗣、武三思等朝廷重臣都巴结他俩。宋之问不甘落后，放下文人的自尊和清高，竭力巴结张氏兄弟，极尽谄媚之能事，据说还替张氏兄弟提过尿壶。

宋之问作为张氏兄弟的党羽发配充军，但难以忍受岭南蛮荒之地的生活，偷偷逃回了洛阳，藏匿于好友张仲之家中。当时虽然武则天已死，但武姓残余势力仍在，武三思等人依然声势显赫，包括张仲之在内的一些朝廷大臣对此愤恨不已。一天，张仲之正与人密谋杀掉武三思，宋之问听到后立即派侄子前去告发，结果张仲之全家被杀。宋之问卖友求荣，依附武三思，不但其擅自逃回洛阳一事没有被追究，反而被提拔为鸿胪主簿，后又改任考功员外郎。

④杀人：宋之问见其外甥刘希夷的一句诗"年年岁岁花相似，岁岁年年人不同"颇有妙处，便想占为己有，刘希夷不从，宋之问于是用装土的袋子将刘希夷压死，被称作"因诗杀人"。但是，宋之问杀刘希夷一直是传说，没有确凿证据，这个说法首见于《大唐新语》，作者用了"或云宋之问害之"，这是推测而已。到《刘宾客嘉话录》就成了："刘希夷诗曰：'年年岁岁花相似，岁岁年年人不同。'其舅宋之问苦爱此句，知其未示人，恳乞，许而不与，之问怒，以土袋压杀之。"刘希夷比宋之问大五岁，刘二十四岁中进士时，宋之问还没有出头呢。刘死时，宋之问才二十二岁，人品很差，但敢不敢杀人，不能确定。

⑤近乡情更怯：宋之问《渡汉江》：岭外音书断，经冬复历春。近乡情更怯，不敢问来人。

7. 他出身于书香门第，父亲和弟弟都是文学家①，在他当官期间，作诗讽刺新法，惨遭文字狱的迫害②。在外貌上他最大的特征就是"大长脸"③，民间故事中，他的妹妹还因此特征作诗嘲弄过他。生活中的他是地地道道的美食家④，发明过许多菜肴。请问这位王安石的朋友和"政敌"⑤是哪位诗人？

【答案】苏轼

三苏塑像

【注释】

①书香门第：苏轼与父亲苏洵、弟弟苏辙并称"三苏"，是唐宋八大家中三位举足轻重的人物。

②遭受文字狱迫害：指的是"乌台诗案"。苏轼到任湖州还不到三个月，就因为作诗讽刺新法、以"文字毁谤君相"的罪名入狱，史称"乌台诗案"。苏轼坐牢一百零三天，几次濒临被砍头的境地。辛亏北宋时期在太祖赵匡胤年间即定下不杀士大夫的国策，苏轼才算躲过一劫。

③大长脸：民间故事中，苏轼有个极有才的妹妹苏小妹。据说这兄妹俩曾各拿对方容貌特征吟诗斗嘴，嘲弄彼此。其中苏小妹这样写哥哥："天平地阔路三千，遥望双眉云汉间。去年一点相思泪，今年始流到唇边。"

④美食家：苏轼本人是个美食家，宋人笔记小说有许多苏轼发明美食的记载。苏轼知杭州时，元祐五年五、六月间，浙西大雨，苏轼指挥疏浚西湖，筑苏堤。杭州百姓感谢他。过年时，大家就抬猪担酒来给他拜年。苏轼指点家人将猪肉切成方块，烧得红酥，然后分送给大家吃，这就是东坡肉的由来。

也有说"东坡肉"是在徐州或者黄州成名的。不过苏轼曾在黄州写过一首《猪肉颂》必须特别说一下，这是诗中的另类：

"净洗锅，少著水，柴头罨烟焰不起。待他自熟莫催他，火候足时他自美。黄州好猪肉，价贱如泥土。贵者不肯吃，贫者不解煮。早晨起来打两碗，饱得自家君莫管"。

⑤王安石的政敌：东坡一入仕途就陷入了新旧党争，他的父亲和弟弟、他敬爱的朝中元老、他的亲朋好友，几乎无一不是站在旧党一边的。当然，更重要的是东坡本人的政治观念与新法南辕北辙，他的学术思想也与新学格格不入，忠鲠谠直的他不可能违心地对方兴未艾的新政沉默不言，他势必要成为新党的政敌，也势必要与新党党魁王安石发生冲突。

王安石像

王安石与苏东坡的矛盾仅仅是政治观念的不同，为了推行新政，王安石当然要打击、排斥、清洗反对派。但也仅仅是将其降职或外放，从不罗织罪名陷害对手，也从未企图将对方置于死地。甚至当"乌台诗案"发生时，已经辞官的王安石还挺身而出上书皇帝，营救朋友兼政敌苏东坡，直言"岂有圣世而杀才士乎"。

要知道王安石与苏东坡长期政见不和，而苏东坡却正是因为攻击新政而罹祸，王安石却能摒弃私见主持公道。更何况，当时许多亲朋好友都噤若寒蝉，无人敢为苏东坡说一句话，王安石的上书营救是很难得的。

《中华好诗词》现场模拟自测题（一）

　　河北卫视大型文化益智类节目《中华好诗词》第一季赛制简介：

　　现场竞赛环节分成三阶段。首先，在场的一百位诗词达人必须通过抢答获得参赛权。抢答成功的诗词达人，将与六位守擂明星进行"诗词PK大战"。如你能将六位"守擂明星"全部打败，便可晋级第三关的终极考验，获得我们节目"金榜提名"的最高荣誉，并为自己赢得高额的奖学金。不但如此，打通六关的达人就有资格进入到《中华好诗词》的总决赛，冲击年度诗词达人大奖。

　　下面，您可以虚拟进入"诗词PK大战"环节，每轮十四道题，你将和明星关主一决高下。每打败一位关主，将可获得两千元诗词奖学金。如将六位守擂明星全部打败，可赢得一万二千元诗词奖学金。在不借助辅助工具的情况下，六轮全部答对，就可以报名参加《中华好诗词》，与明星关主面对面了。好，模拟自测开始，每题二十秒。

　　诗词达人们，加油吧！

"诗词PK大战"第一轮题目

　　1. 李白的《夜宿山寺》表达了诗人对神仙般生活的向往，请问诗中"危楼高百尺"的下一句是什么？

　　2. "不敢高声语"，请接下一句！

　　3. 诗仙李白曾作《行路难》三首，第一句是"金樽清酒斗十千"，请接下一句！

　　4. "停杯投箸不能食"，请接下一句！

　　5. "欲渡黄河冰塞川"，请接下一句！

　　6. "闲来垂钓碧溪上"，请接下一句！

　　7. "行路难！行路难"，请接下一句！

　　8. "长风破浪会有时"，请接下一句！

　　9. 《白鹿洞二首》是唐代诗人王贞白写自己读书生活的诗，其中"读书不觉已春深"的下一句是什么？

　　10. "不是道人来引笑"，请接下一句！

11. 重男轻女一直是封建社会的传统。唐诗中有这么一句："遂令天下父母心，不重生男重生女。"这句诗描述的是古代哪位女性，魅力大到改变了当时的主流观念？

【选项】A. 上官婉儿　B. 杨玉环　C. 武则天

12. 上世纪80年代秦汉、刘雪华主演的偶像剧《庭院深深》，曾经在我国台湾创下超过50%的收视神话。请问片名《庭院深深》出自哪位词人的哪首词？

【选项】A. 朱淑真《减字花木兰》　B. 晏几道《鹧鸪天》　C. 欧阳修《蝶恋花》

13. 请问"过江千尺浪，入竹万竿斜"描写了哪种自然现象？

【选项】A. 风　B. 雨　C. 雪

14. "黄河远上，白云一片，孤城万仞山。羌笛何须怨，杨柳春风，不度玉门关"。相传这是纪晓岚为扇面题诗时丢了字，为掩饰错误，重新断句，改成一首词。这原本是什么诗？

【选项】A. 王之涣《凉州词》　B. 王翰《凉州词》　C. 王昌龄《出塞》

成功通关，您已赢得两千元现金奖励，准备进入第二轮挑战。

"诗词PK大战"第二轮题目

1. 《山居秋暝》体现了王维"诗中有画"的创作特点。请问诗中"空山新雨后"的下一句是什么？

2. "明月松间照"，请接下一句！

3. "竹喧归浣女"，请接下一句！

4. "随意春芳歇"，请接下一句！

5. 南朝梁诗人王籍《入若耶溪》"艅艎何泛泛"，请接下一句！

6. "阴霞生远岫"，请接下一句！

7. "蝉噪林逾静"，请接下一句！

8. "此地动归念"，请接下一句！

9. 苏轼《六月二十七日望湖楼醉书》其一"黑云翻墨未遮山"，请接下一句！

10. "卷地风来忽吹散"，请接下一句！

11. 下列诗句中，有错误的一项是？

【选项】A. 不知明镜里，何处得秋霜　　B. 不知细叶谁裁出，二月春风似剪刀　　C. 鸟宿池边树，僧推月下门。

12. 已故著名歌手邓丽君《独上西楼》的歌中有："剪不断，理还乱，是离愁。别是一般滋味在心头。"请问这首歌词来自哪位词人的哪首作品？

【选项】A. 李清照《声声慢》　　B. 李煜《相见欢》　　C. 纳兰性德《梦江南》

13. 请问台湾歌手周传雄所演唱的著名歌曲《寂寞沙洲冷》的歌名出自何处？

【选项】A. 苏轼《卜算子》　　B. 晏殊《浣溪沙》　　C. 辛弃疾《清平乐》

14. 畅销书一问世，就会出现"洛阳纸贵"的局面。请问"洛阳纸贵"这个成语和下面哪位诗人有关系？

【选项】A. 张衡　　B. 左思　　C. 班固

成功通关，您已赢得四千元现金奖励，准备进入第三轮挑战。

"诗词PK大战"第三轮题目

古时候由于交通不方便，通信不发达，亲朋好友一别往往就是数载不见，所以离愁别绪总是古代文人吟咏的主题，接下来这几题就和"送别"有关，请听题！

1. 王昌龄《芙蓉楼送辛渐》是一首送别诗，"寒雨连江夜入吴"，请接下一句！

2. "洛阳亲友如相问"，请接下一句！

3. 唐代诗人高适的《别董大》中"莫愁前路无知己"的下一句是什么？

4. 北宋词人柳永《雨霖铃》中"多情自古伤离别"，请接下一句！

5. 唐代诗人李白《忆秦娥·箫声咽》，"箫声咽"，请接下一句！

6. "秦楼月，年年柳色"，请接下一句！

7. "乐游原上清秋节"，请接下一句！

8. "音尘绝，西风残照"，请接下一句！

9. 唐代诗人贾至的《巴陵夜别王八员外》第一句是"柳絮飞时别洛阳"，请接下一句！

10. "世情已逐浮云散"，请接下一句！

11. 在今天安徽省泾县有一个"隔岸踏歌阁"，是为纪念诗人李白和好友送别时的情景所建。请问这位李白的好友是谁？

【选项】A. 王勃　B. 高适　C. 汪伦

12. 李白有诗"此夜曲中闻折柳，何人不起故园情"，抒发了自己对故乡的思念之情。请问引起作者思乡之情的是以下哪种乐器的演奏声？

【选项】A. 琵琶　B. 笛子　C. 古琴

13. "海内存知己，天涯若比邻"，意思是说"四海之内都有知心朋友，远在天边也好像近在眼前一样"。这句名句出自一首著名的送别诗，请问这首送别诗的名字是什么？

【选项】A.《送杜少府之任蜀川》　B.《山中送别》　C.《送灵澈上人》

14. 著名歌手田震在《未了情》中唱道："虽有灵犀一点通，却落得劳燕分飞各西东。""劳燕分飞"这个成语出自诗句"东飞伯劳西飞燕，黄姑织女时相见"。请问这句诗出自何处？

【选项】A.《诗经》　B.《乐府诗集》　C.《西厢记》

成功通关，您已赢得六千元现金奖励，准备进入第四轮挑战。

"诗词PK大战"第四轮题目

1. 唐代诗人张志和名篇《渔歌子》中，首句是"西塞山前白鹭飞"，请问下一句是什么？

2. "青箬笠，绿蓑衣"，请接下一句！

3. 南宋诗人僧志南《绝句》"古木阴中系短篷"，请接下一句！

4. "沾衣欲湿杏花雨"，请接下一句！

5. 宋代诗人晏殊《清平乐》"红笺小字"，请接下一句！

6. "鸿雁在云鱼在水"，请接下一句！

7. "斜阳独倚西楼"，请接下一句！

8. "人面不知何处去"，请接下一句！

9. 辛弃疾的《南乡子》中"天下英雄谁敌手？曹刘。生子当如孙仲谋"中"孙仲谋"是三国中哪位名人？

【选项】A. 孙权　B. 孙策　C. 孙坚

10. 请问，李白笔下"吾爱孟夫子，风流天下闻"中的"孟夫子"是指谁？

【选项】A. 孟子　B. 孟浩然　C. 孟郊

11. 唐朝有一位女诗人天赋极高，从小就显露诗才，六岁便写下一首《咏蔷薇》："经时未架却，心绪乱纵横。"请问这位女诗人是谁？

【选项】A. 薛涛　B. 李冶　C. 鱼玄机

12. 汉乐府《陌上桑》中"头上倭堕髻，耳中明月珠。缃绮为下裙，紫绮为上襦"（搁现在，这就是典型的白富美呀），写的是哪位美女的外貌？

【选项】A. 罗敷　B. 子夜　C. 莫愁

13. 毛主席有诗："天若有情天亦老，人间正道是沧桑。"请问"天若有情天亦老"一句最早出自哪首古诗？

【选项】A. 李商隐《行次西郊一百韵》　B. 李贺《金铜仙人辞汉歌》　C. 李白《行路难》

14. 很多迁客骚人不仅文采出众，更是不可多得的爱国志士。请问写下"想当年，金戈铁马，气吞万里如虎"这一不朽佳句的文学家是谁？

【选项】A. 陆游　B. 辛弃疾　C. 岳飞

成功通关，您已赢得八千元现金奖励，准备进入第五轮挑战。

"诗词PK大战"第五轮题目

1. 白居易名作《忆江南·江南好》中开篇写道"江南好"，请接下一句！

2. "日出江花红胜火"，请接下一句！

3. 《塞下曲六首》是唐代诗人李白的组诗作品，请问第一首中"五月天山雪"的下一句是什么？

4. "笛中闻折柳"，请接下一句！

5. "晓战随金鼓"，请接下一句！

6. "愿将腰下剑"，请接下一句！

7. 清代诗人纳兰性德的《采桑子》中"谁翻乐府凄凉曲？风也萧萧，雨也萧萧"，请接下一句！

8. "不知何事萦怀抱，醒也无聊，醉也无聊"，请接下一句！

9. 唐代诗人高适《除夜作》中"旅馆寒灯独不眠"的下一句是什么？

10. "故乡今夜思千里"，请接下一句！

11.《射雕英雄传》的主题歌《铁血丹心》中有一句歌词唱道："天苍苍，野茫茫，万般变幻。"请问其中"天苍苍，野茫茫"在下列哪个作品中出现过？

【选项】A.《塞下曲》 B.《陇西行》 C.《敕勒歌》

12. 台湾艺人伊能静的歌曲《念奴娇》的歌词中，大篇幅引用了宋代词作《念奴娇·赤壁怀古》中的内容。请问《念奴娇·赤壁怀古》这首词出自哪位词人之手？

【选项】A. 辛弃疾 B. 陆游 C. 苏轼

13.《诗经·小雅·斯干》云"乃生男子，载寝之床，载衣之裳，载弄之璋"。古代就用"弄璋之喜"代指生了男孩。请问生了女孩怎么说？

【选项】A. 弄珠之喜 B. 弄佩之喜 C. 弄瓦之喜

14. 武则天当皇帝后，有位诗人写下了闻名天下的《讨武檄文》，其中有名句："一抔之土未干，六尺之孤何托？""请看今日之域中，竟是谁家之天下"！请问《讨武檄文》的作者是下面哪位诗人？

【选项】A. 骆宾王 B. 虞世南 C. 卢照邻

成功通关，您已赢得一万元现金奖励，准备进入第六轮挑战。

"诗词PK大战"第六轮题目

1. 诗圣杜甫曾作《绝句二首》，第二首中"江碧鸟逾白"的下句是什么？

2."今春看又过"，请接下一句！

3. 辛弃疾的《摸鱼儿》中有"更能消、几番风雨"，请接下一句！

4."惜春长怕花开早"，请接下一句！

5."春且住。见说道、天涯芳草无归路"，请接下一句！

6."算只有殷勤，画檐蛛网"，请接下一句！

7."长门事"，请接下一句！

8."蛾眉曾有人妒，千金纵买相如赋"，请接下一句！

9."君莫舞"，请接下一句！

10."休去倚危栏，斜阳正在"，请接下一句！

11. 李清照《如梦令·常记溪亭日暮》一词，描写作者回忆起年少时游玩的情景。请问当年李清照玩到尽兴之后误返何处?

【选项】A. 荷花池　B. 牡丹园　C. 芍药亭

12. 清代诗人郑燮有一名篇写道:"咬定青山不放松,立根原在破岩中。千磨万击还坚劲,任尔东西南北风。"请问这首诗描写的是哪种植物?

【选项】A. 松树　B. 梅花　C. 竹子

13. 下列诗句中,有错误的一项是哪句?

【选项】A.飞流直下三千尺,疑是银河落九天　B. 白发三千尺,缘愁似个长　C. 烽火连三月,家书抵万金

14. 众所周知,"心有灵犀"一词出自李商隐的"心有灵犀一点通",比喻恋爱中的男女双方心心相印。请问诗中的"灵犀"指的是什么?

【选项】A. 犀鸟　B. 犀牛角　C. 百灵鸟

挑战成功,您将获得一万二千元奖金! 恭喜您,您是《中华好诗词》通关选手,将成功问鼎擂主宝座! 报名参赛吧!

第一轮对战答案

1. 手可摘星辰

2. 恐惊天上人

3. 玉盘珍羞直万钱

4. 拔剑四顾心茫然

5. 将登太行雪满山

6. 忽复乘舟梦日边

7. 多歧路,今安在?

8. 直挂云帆济沧海

9. 一寸光阴一寸金

10. 周情孔思正追寻

11. 答案:B."遂令天下父母心,不重生男重生女"出自白居易《长恨歌》,讲的是唐玄宗和杨玉环的故事

12.答案：C.《庭院深深》出自欧阳修《蝶恋花》："庭院深深深几许，杨柳堆烟，帘幕无重数。"

13.答案：A.出自唐代李峤的《风》

14.答案：A.王之涣《凉州词》："黄河远上白云间，一片孤城万仞山。羌笛何须怨杨柳，春风不度玉门关。"

第二轮对战答案

1.天气晚来秋

2.清泉石上流

3.莲动下渔舟

4.王孙自可留

5.空水共悠悠

6.阳景逐回流

7.鸟鸣山更幽

8.长年悲倦游

9.白雨跳珠乱入船

10.望湖楼下水如天

11.C.出自贾岛的《题李凝幽居》：鸟宿池边树，僧"敲"月下门

12.B.李煜《相见欢》

13.A.苏轼《卜算子》："惊起却回头，有恨无人省。拣尽寒枝不肯栖，寂寞沙洲冷。"

14.B.左思。《晋书·左思传》说，左思曾以十年时间写出《三都赋》，"豪贵之家，竞相传写，洛阳为之纸贵"

第三轮对战答案

1.平明送客楚山孤

2.一片冰心在玉壶

3.天下谁人不识君

4.更那堪、冷落清秋节

5. 秦娥梦断秦楼月

6. 灞陵伤别

7. 咸阳古道音尘绝

8. 汉家陵阙

9. 梅花发后到三湘

10. 离恨空随江水长

11. C. 汪伦。李白的《赠汪伦》一诗中写道"李白乘舟将欲行，忽闻岸上踏歌声"，"隔岸踏歌阁"由此而来

12. B. 笛子。李白这首诗的名字叫《春夜洛城闻笛》，诗中写道"谁家玉笛暗飞声"，可见是笛声

13. A. 《送杜少府之任蜀川》

14. B. 《乐府诗集·古辞·东飞伯劳歌》

第四轮对战答案

1. 桃花流水鳜鱼肥

2. 斜风细雨不须归

3. 杖藜扶我过桥东

4. 吹面不寒杨柳风

5. 说尽平生意

6. 惆怅此情难寄

7. 遥山恰对帘钩

8. 绿波依旧东流

9. A. 孙权，字仲谋

10. B. 孟浩然。"吾爱孟夫子，风流天下闻"出自李白的《赠孟浩然》

11. B. 李冶。"经时未架却"中的"架却"谐音"嫁却"。李冶父亲认为此诗不祥：小小年纪就知道待嫁女子心绪乱，长大后恐为失行妇人，但后来不幸被他父亲言中

12. A. 罗敷。《陌上桑》开篇："日出东南隅，照我秦氏楼。秦氏有好女，自名为罗

敷。"

13. B. 李贺《金铜仙人辞汉歌》："衰兰送客咸阳道,天若有情天亦老。"

14. B. 辛弃疾。出自《永遇乐·京口北固亭怀古》

第五轮对战答案

1. 风景旧曾谙

2. 春来江水绿如蓝

3. 无花只有寒

4. 春色未曾看

5. 宵眠抱玉鞍

6. 直为斩楼兰

7. 瘦尽灯花又一宵

8. 梦也何曾到谢桥

9. 客心何事转凄然

10. 霜鬓明朝又一年("愁鬓明朝又一年")

11. C.《敕勒歌》："天苍苍,野茫茫,风吹草低见牛羊。"

12. C. 苏轼。

13. C. 弄瓦之喜。《诗经·小雅·斯干》："乃生女子,载寝之地,载衣之裼,载弄之瓦。"瓦:纺轮。弄瓦:古人把纺轮给女孩玩,希望她将来能胜任女红。旧时常用以祝贺人家生女孩

14. A. 骆宾王

第六轮对战答案

1. 山青花欲燃

2. 何日是归年

3. 匆匆春又归去

4. 何况落红无数

5. 怨春不语

6. 尽日惹飞絮

7. 准拟佳期又误

8. 脉脉此情谁诉

9. 君不见、玉环飞燕皆尘土

10. 烟柳断肠处

11. A. 荷花池。《如梦令·常记溪亭日暮》："兴尽晚回舟，误入藕花深处。"

12. C. 竹子。这首诗名为《竹石》，着力表现了竹子那顽强而又执着的品质，是赞美岩竹的题画诗

13. B. 白发三千尺，缘愁似个长。李白《秋浦歌》："白发三千丈，缘愁似个长。"

14. B. 犀牛角。大学士讲解："古代传说犀牛角有白纹，感应灵敏，所以称犀牛角为'灵犀'。"

《中华好诗词》现场模拟自测题(二)

一、挑战第一位守关擂主,开始

1. 宋代陆游《卜算子·咏梅》"驿外断桥边",请接下一句!

2. "已是黄昏独自愁",请接下一句!

3. "无意苦争春",请接下一句!

4. "零落成泥碾作尘",请接下一句!

5. 毛主席根据陆游的咏梅词,反其意而用之创作的《卜算子·咏梅》与陆游所写大相径庭,力扫过去文人那种哀怨、隐逸之气,创出一种新的景观与气象。接下来我们就一起来回忆一下毛主席的这首《卜算子·咏梅》。请问"风雨送春归"的下句是什么?

6. "已是悬崖百丈冰",请接下一句!

7. "俏也不争春",请接下一句!

8. "待到山花烂漫时",请接下一句!

9. 李商隐的《赠荷花》,是一首有深刻思想内容的古诗。请问"世间花叶不相伦"的下一句是什么?

10. "惟有绿荷红菡萏",请接下一句!

11. "寒山寺"是我国著名的游览胜地,而"寒山寺"之所以会名扬天下,是因为一首诗。请问是下列哪首?

【选项】A. 高启《赋得寒山寺送别》　　B. 张继《枫桥夜泊》　　C. 文徵明《题姑苏十景·枫桥》

12. "不要人夸好颜色,只留清气满乾坤",写出了梅花的傲然独立。请问这两句诗出自下列哪一首?

【选项】A.《墨梅》　　B.《早梅》　　C.《红梅》

13. 我们经常用"逃之夭夭"形容一个人跑得无影无踪。这个词出自《诗经·周南·桃夭》:"桃之夭夭,灼灼其华。之子于归,宜其室家。"请问这首诗描绘的是什么场景?

【选项】A. 女子出嫁　B. 长辈过寿　C. 喜得贵子

14. 函谷关是我国历史上最早的雄关要塞之一，有"一夫当关，万夫莫开"之称。请问"一夫当关，万夫莫开"出自何处？

【选项】A.《蜀道难》　　B.《行路难》　　C.《长恨歌》

成功通关，您已赢得两千元现金奖励，准备进入下一轮挑战。

二、挑战第二位守关擂主，开始

徐志摩这三个字对大多数人来讲并不陌生，他是我国著名的现代诗人，可谓是在中国文坛上曾经活跃一时并有一定影响的作家，他的故事曾不止一次被搬上荧屏，这位我们熟识的才子曾经创作了不少佳作，接下来这几题就和徐志摩有关。请听题：

1. 徐志摩的代表作《再别康桥》开篇写道"轻轻的我走了"，请接下一句！

2. "我轻轻的招手"，请接下一句！

3. "那河畔的金柳"，请接下一句！

4. "波光里的艳影"，请接下一句！

5. "软泥上的青荇"，请接下一句！

6. "在康河的柔波里"，请接下一句！

7. "那榆荫下的一潭"，请接下一句！

8. "揉碎在浮藻间"，请接下一句！

9. 徐志摩的《沙扬娜拉一首》中"最是那一低头的温柔"的下一句是什么？

10. "道一声珍重，道一声珍重"，请接下一句！

11. 请问徐志摩曾经和志同道合的诗人创建了哪个诗社？

【选项】A. 语丝社　　B. 浅草社　　C. 新月社

12. 请问徐志摩为诗社起名"新月"，是用了哪个诗人的诗集名称？

【选项】A. 泰戈尔　　B. 雪莱　　C. 拜伦

13. 据说徐志摩的碑文由知己凌叔华题写，上书"冷月照诗魂"五个字，化用自诗句"冷月葬花魂"。请问"冷月葬花魂"这句诗出自哪部小说？

【选项】A.《镜花缘》　　B.《红楼梦》　　C.《醒世姻缘传》

14. 在《翡冷翠的一夜》中徐志摩写道："爱，你永远是我头顶的一颗明星：要是不幸死了，我就变一个萤火，在这园里，挨着草根，暗沉沉的飞，黄昏飞到半夜，半夜飞到天明。"请问徐志摩是在借用谁的口吻说出自己爱的誓言？

【选项】A. 一位女子　B. 一位男子　C. 诗人自己

挑战成功，您将赢得四千元现金奖励，您将进入第三轮挑战。

三、挑战第三位守关擂主，开始

1. 宋代女词人李清照的《声声慢》中有"寻寻觅觅，冷冷清清"，请接下一句！

2. "乍暖还寒时候"，请接下一句！

3. "三杯两盏淡酒"，请接下一句！

4. "雁过也，正伤心"，请接下一句！

5. "满地黄花堆积。憔悴损"，请接下一句！

6. "守着窗儿"，请接下一句！

7. "梧桐更兼细雨"，请接下一句！

8. "这次第"，请接最后一句！

9. 《终南望余雪》是唐代诗人祖咏创作的咏雪诗。"终南阴岭秀"，请接下一句！

10. "林表明霁色"，请接下一句！

11. 下列诗句中，有错误的是哪一项？

【选项】A. 正是江南好风景，坠花时节又逢君　B. 天阶夜色凉如水，坐看牵牛织女星　C. 千门万户曈曈日，总把新桃换旧符

12. 梁启超评价我国一位著名的田园诗人时曾说道："自然界是他爱恋的伴侣，常常对着他笑。"请问梁启超评价的这位诗人是谁？

【选项】A. 王维　B. 陶渊明　C. 孟浩然

13. 成语"飞扬跋扈"出自《北史·齐高祖纪》。请问杜甫诗句"痛饮狂歌空度日，飞扬跋扈为谁雄"中"飞扬跋扈"形容的又是谁？

【选项】A. 曹操　B. 李白　C. 王翰

14. 诗句"草如茵，松如盖。风为裳，水为佩"，是诗鬼李贺听说某位名妓的坟墓前常有歌声，便以此为题作诗，刻画出了若隐若现的鬼魂形象。请问这位名妓是谁？

【选项】A. 陈圆圆　B. 苏小小　C. 李师师

挑战成功，您已赢得六千元现金奖励，您将进入第四轮挑战。

四、挑战第四位守关擂主，开始

1. 唐代诗人白居易《观刈麦》中有"田家少闲月"，请接下一句！

2. "夜来南风起"，请接下一句！

3. "妇姑荷箪食"，请接下一句！

4. "相随饷田去"的下一句是什么？

5. "足蒸暑土气"，请接下一句！

6. "力尽不知热"，请接下一句！

7. "家田输税尽"，请接下一句！

8. "今我何功德"，请接下一句！

9. "吏禄三百石"，请接下一句！

10. "念此私自愧"，请接下一句！

11. 清代诗人高鼎《村居》中最后一句是"忙趁东风放纸鸢"，纸鸢是指一种用纸做的形状像"鸢"的风筝。请问"鸢"指的是什么动物？

【选项】A. 大雁　B. 白鸽　C. 老鹰

12. 杜甫的抒情名诗《天末怀李白》中最后一句写道："应共冤魂语，投诗赠汨罗。"请问诗中的"冤魂"是指谁？

【选项】A. 屈原　B. 曹植　C. 骆宾王

13. 古代诗人很喜欢咏物，据统计，仅《全唐诗》已存的咏物诗就有6021首之多，明代诗人于谦也作过不少咏物诗。请问下列哪首咏物诗不是出自于谦之手？

【选项】A.《石灰吟》　B.《咏煤炭》　C.《石竹咏》

14. "红杏出墙"一词在现代几乎变成了婚外恋的代名词（甚至有人网名就叫"趴在墙头等红杏"，这个我们坚决不能提倡）。请问"红杏出墙"这一成语出自哪首诗？

【选项】A. 叶绍翁《游园不值》　B. 龚自珍《己亥杂诗》　C. 戴叔伦《苏溪亭》

挑战成功，您已赢得八千元现金奖励，您将进入第五轮挑战。

五、挑战第五位守关擂主，开始

1. 宋代杨万里《晓出净慈寺送林子方》中有"毕竟西湖六月中"，请接下一句!

2. "接天莲叶无穷碧"，请接下一句!

3. 唐代诗人王维的《田园乐》中"桃红复含宿雨"的下句是什么?

4. "花落家童未扫"，请接下一句!

5. 北宋秦观《浣溪沙·漠漠轻寒上小楼》"漠漠轻寒上小楼，晓阴无赖似穷秋"，请接下句!

6. "自在飞花轻似梦，无边丝雨细如愁"，请接下句!

7. 请问唐代诗人林杰《乞巧》一诗中，"七夕今宵看碧霄"的下一句是什么?

8. "家家乞巧望秋月"，请接下一句!

9. 唐代诗人白居易《王昭君》中"汉使却回凭寄语"的下一句是什么?

10. "君王若问妾颜色"，请接下一句!

11. 相传，唐文宗曾向全国发出了一道罕见的诏书，御封"张旭草书"、"裴旻剑舞"和一位诗人的诗歌为"大唐三绝"。请问御封的是哪位诗人的诗歌?

【选项】A. 王维　　B. 杜甫　　C. 李白

12. 因词中有"云破月来花弄影"、"帘压卷花影"、"柳径无人，堕风絮无影"而被称为"张三影"的词人是谁?

【选项】A. 张先　　B. 张耒（lěi）　　C. 张孝祥

13. 国学大师季羡林在《阅世新语》一书中，提及自己毕生的座右铭是"纵浪大化中，不喜亦不惧。应尽便须尽，无复独多虑"。请问这四句诗出自哪位诗人之手?

【选项】A. 曹操　　B. 陶渊明　　C. 刘禹锡

14. 折柳相赠是古人送别时的习惯，"柳"谐音"留"，有挽留之意。请问下面哪句诗中的"柳"与送别无关?

【选项】A. 渭城朝雨浥轻尘，客舍青青柳色新。　　B. 昔我往矣，杨柳依依。今我来思，雨雪霏霏。　　C. 最是一年春好处，绝胜烟柳满皇都。

挑战成功，您将赢得一万元现金奖励，您将进入最后一轮挑战。

六、挑战第六位守关擂主，开始

1. 陈毅不仅是无产阶级革命家、军事家，更是一位诗人，他的《青松》一诗流传非常广。"大雪压青松"，请接下一句！

2. "要知松高洁"，请接下句！

3. 李白《长干行二首》其中"妾发初覆额"的下一句是什么？

4. "郎骑竹马来"，请接下一句！

5. "同居长干里"，请接下一句！

6. "十四为君妇"，请接下一句！

7. 杜甫的《阁夜》一诗中"岁暮阴阳催短景"的下一句是什么？

8. "五更鼓角声悲壮"，请接下一句！

9. "野哭千家闻战伐"，请接下一句！（亦有"野哭几家闻战伐"）

10. "卧龙跃马终黄土"，请接下一句！

11. 在现实生活中，我们常常引用李商隐《无题》中的哪一句诗，来赞颂老师无私奉献的精神？

【选项】A. 落红不是无情物，化作春泥更护花　　B. 随风潜入夜，润物细无声　　C. 春蚕到死丝方尽，蜡炬成灰泪始干

12. "倾国倾城"出自《北方有佳人》一诗，通常用来形容女人容貌极美。请问这个成语最早是用来形容哪位历史人物的？

【选项】A. 西施　　B. 李夫人　　C. 班婕好

13. 北宋年间，发生了一场有名的文字狱——乌台诗案。请问这个事件中哪位诗人因言获罪？

【选项】A. 苏轼　　B. 黄庭坚　　C. 王安石

14. 苏轼一曲《水调歌头》，让"明月几时有，把酒问青天"广为人熟知。其实在唐朝，早有另一位诗人把酒问月，写出"青天有月来几时？我今停杯一问之"的诗句。请问这位诗人是谁？

【选项】A. 李白　　B. 李贺　　C. 白居易

挑战成功,您将获得一万二千元奖金!恭喜您,您是《中华好诗词》通关选手,将成功问鼎擂主宝座!报名参加《中华好诗词》吧!

挑战第一位守关擂主答案

1. 寂寞开无主

2. 更著风和雨

3. 一任群芳妒

4. 只有香如故

5. 飞雪迎春到

6. 犹有花枝俏

7. 只把春来报

8. 她在丛中笑

9. 花入金盆叶作尘

10. 卷舒开合任天真

【注释】《赠荷花》是一首有深刻思想内容的古诗。我国民间长期流传着这样的谚语:"荷花虽好,也要绿叶扶持。"这首诗,形象地表现了和这谚语相似的可贵思想。作者说,一般人总是重视花,不重视叶。花栽在金盆里,叶子却让它落地成为尘土。但荷花的红花绿叶,却配合得很好,它们长期互相照映,一直到绿叶减少,红花谢落,使人觉得很愁怅的时候。这样就写出了荷花荷叶的共同命运,而且写得很有感情。

11. B. 张继《枫桥夜泊》

【注释】张继的《枫桥夜泊》中有一名句"姑苏城外寒山寺,夜半钟声到客船",千古流传。

12. A.《墨梅》

【注释】出自元朝诗人王冕《墨梅》:"吾家洗砚池边树,个个花开淡墨痕。"

13. A. 女子出嫁

14. A.《蜀道难》

【注释】唐代李白《蜀道难》:"剑阁峥嵘而崔嵬(wéi),一夫当关,万夫莫开。"

挑战第二位守关擂主答案

1. 正如我轻轻的来

2. 作别西天的云彩

3. 是夕阳中的新娘

4. 在我的心头荡漾

5. 油油的在水底招摇

6. 我甘心做一条水草

7. 不是清泉,是天上虹

8. 沉淀着彩虹似的梦

9. 那一声珍重里有蜜甜的忧愁——沙扬娜拉

10. 像一朵水莲花不胜凉风的娇羞

11. C. 新月社

12. A. 泰戈尔

13. B.《红楼梦》

14. A. 一位女子

挑战第三位守关擂主答案

1. 凄凄惨惨戚戚

2. 最难将息

3. 怎敌他、晚来风急

4. 却是旧时相识

5. 如今有谁堪摘

6. 独自怎生得黑

7. 到黄昏、点点滴滴

8. 怎一个愁字了得

9. 积雪浮云端

10. 城中增暮寒

11. A. 正是江南好风景,坠花时节又逢君

【注释】A. 出自杜甫《江南逢李龟年》:"正是江南好风景,落花时节又逢君。"

12. B. 陶渊明

【注释】陶渊明是我国第一位杰出的山水田园诗人,对后世影响深刻。

13. B. 李白

【注释】"痛饮狂歌空度日,飞扬跋扈为谁雄",出自杜甫《赠李白》。

14. B. 苏小小

【注释】"草如茵,松如盖。风为裳,水为佩",出自李贺《苏小小墓》。

挑战第四位守关擂主答案

1. 五月人倍忙

2. 小麦覆陇黄

3. 童稚携壶浆

4. 丁壮在南冈

5. 背灼炎天光

6. 但惜夏日长

7. 拾此充饥肠

8. 曾不事农桑

9. 岁晏(yàn)有余粮

10. 尽日不能忘

11. C. 老鹰

12. A. 屈原

13. C.《石竹咏》

【注释】《石竹咏》,是唐代诗人王绩的作品。

14. A. 叶绍翁《游园不值》

【注释】叶绍翁《游园不值》:"春色满园关不住,一枝红杏出墙来。"

挑战第五位守关擂主答案

1. 风光不与四时同

2. 映日荷花别样红

3. 柳绿更带朝烟（"柳绿更带春烟"也对）

4. 莺啼山客犹眠

5. 淡烟流水画屏幽

6. 宝帘闲挂小银钩

7. 牵牛织女渡河桥

8. 穿尽红丝几万条

9. 黄金何日赎蛾眉

10. 莫道不如宫里时（"莫道不知宫里时"也对）

【注释】据统计，古往今来，反映王昭君的诗歌有七百多首，与之有关的小说、民间故事有近四十种，写过昭君事迹的作者有五百多人。古代有石崇、李白、杜甫、白居易、李商隐、张仲素、蔡邕、王安石、耶律楚材等，近现代的有郭沫若、曹禺、田汉、翦伯赞、费孝通、老舍等。

11. C. 李白

12. A. 张先

13. B. 陶渊明

【注释】出自陶渊明《神释》诗的最后四句。

14. C. 最是一年春好处，绝胜烟柳满皇都

【注释】A. 王维的《送元二使安西》。B.《诗经·小雅·采薇》，据说是柳与送别相关的最早的出处。

挑战第六位守关擂主答案

1. 青松挺且直

2. 待到雪化时

3. 折花门前剧

4. 绕床弄青梅

5. 两小无嫌猜

6. 羞颜未尝开

7. 天涯霜雪霁寒宵

8. 三峡星河影动摇

9. 夷歌数处起渔樵

10. 人事音书漫寂寥（"人事依依漫寂寥"也对）

【注释】这首诗是766年（大历元年）冬杜甫寓居夔州西阁时所作。当时西川军阀混战，连年不息；吐蕃也不断侵袭蜀地。而杜甫的好友李白、严武、高适等都先后死去。感时忆旧，他写了这首诗，表现出异常沉重的心情。

11. C. 春蚕到死丝方尽，蜡炬成灰泪始干

【注释】A. 出自（清）龚自珍《己亥杂诗》。

12. B. 李夫人

【注释】出自唐杜甫《春夜喜雨》。

13. A. 苏轼

【注释】乌台诗案：是北宋年间御史中丞李定、舒亶、何正臣等人摘取苏轼《湖州谢上表》中语句和此前所作诗句，以谤讪新政的罪名逮捕了苏轼。这案件先由监察御史告发，后在御史台狱受审。所谓"乌台"，即御史台。

14. A. 李白

【注释】"青天有月来几时？我今停杯一问之"，出自李白《把酒问月》。

第二辑　结缘好诗词

李白像（范曾）

明星嘉宾

真的没用?

【主持人王凯】北京人,2001年中国传媒大学播音主持艺术学院播音系毕业。原中央电视台财经频道《财富故事会》、《商道》、《第一时间》栏目主持人,2013年3月从央视辞职转型自媒体,后加盟河北卫视《中华好诗词》。节目中的王凯风趣睿智,对嘉宾以严厉为主,对选手以鼓励为主,多次替选手跳坑。

"胸藏文墨怀若谷,腹有诗书气自华"。这是我每一期《中华好诗词》开篇都要说的开场诗,这篇短文也就以此开篇吧。

下联出自苏轼的七律《和董传留别》:"粗缯大布裹生涯,腹有诗书气自华。"诗不出名,但一句千古。当年东坡落下诗笔,想来不会知道从此多少落魄文人以此自慰自宽。

在今天这个其实我并不讨厌甚至有些喜欢的大时代,还有多少读书人可以凭着这句诗而气定神闲?刚刚参与这个节目的时候,有朋友善言相劝:"熙熙攘攘利来利往,没钱的得奔命,有钱的还拼命。每个中国人都精确地明白第二天自己在哪里、做什么,睁眼就忙,不忙就慌。在这样一个目的性明确的时代,你做的任何事情都要对别人'有用'。这年头读诗背诗还有什么用?没用的话人家凭什么看?没人看的话你不是白忙活?"

朋友貌似说得都对,但又都不对。我现在正运营一个微信公众账号,叫"凯叔讲故事"。看起来用户应该是孩子们,但大多讲给孩子的故事,大人却很受用。屈指算来讲了一百多个故事,而我最爱的是《田鼠阿佛》。故事讲的是五只田鼠正在为过冬做准备。其中四只都在忙着采集食物,只有阿佛在那里无所事事东溜西逛。别的田鼠有意见,阿佛却说他在采集过冬的阳光、颜色和词语。在漫长的冬夜,粮食吃光了,精神颓唐了,四只田鼠都蔫儿了。这时候阿佛站出来，开始用语言描述它们向往的一切——阳光雨露，四季寒暑，在它的口中重现、生辉。就在这种精神的滋养中，他们熬到了春天。

故事的最后——他们说："阿佛，你是个诗人啊！"

阿佛脸红了，它鞠了个躬，害羞地说："我知道……"

通脱、华丽、浪漫、自由……读起阿佛诗一般的语言，"光头"不禁微微一笑——一只老鼠，居然有些魏晋之风。

跑题了？不能够！我不过想说一句话——诗不是不能当"饭"吃。它让你没粮的时候不会太饿，吃饱了不会太撑……嗯，是这意思。

但这并不意味着《中华好诗词》是阳春白雪拒人于千里之外的东西。在这个舞台上充满了嬉笑怒骂，"不正经、没正行"大有人在。果不其然，播出后一些"老先生"在媒体上提出质疑："娱乐化太重，文化味儿太淡……嘻嘻哈哈，对国粹太不尊重……让读书人掉坑简直是斯文扫地……"

听到这些批评之词，"光头"反而感动得涕泪横流。万万没想到，在人家心中，对我们一个电视节目的期待居然如此之高，心中顿生传承中华文明舍我其谁的使命感。感动归感动，活儿还得按原来的路子走。诗词怎么就不可以娱乐？国粹为什么就不可以把玩？用赵忠祥老师的话："难不成还得供着？""老先生"们难道不知道曲水流觞也是游戏？长短句就是当时的流行歌曲？照这么说，王昌龄、高适和王之涣"旗亭画壁"的赌局，那就是自甘堕落啊？只许皱眉苦吟不许笑而品读，还有几人愿意捧起诗书一亲芳泽？不让人笑着读诗，不让人玩词弄令，这就是在千年国粹和大众之间竖起一堵高墙，这就是自绝于人民哪！如果说现在爱诗之人越来越少，"老先生"们有不可推卸的责任！欧耶！

如果说看了《中华好诗词》，有人又重新拿起《唐诗三百首》翻上几页，有人又重拾孩童时读书的记忆，有人能一家人聚在一起边看电视边抢着接句，有人能觉得诗词好美，有人能觉得读诗词的人好美……我等当泪流满面，手之舞之，足之蹈之！

梦·桃花源

【守关明星喻恩泰】江西南昌人,演员,中央戏剧学院表演、导演艺术研究博士。代表作品有《都市男女》、《做次有钱人》、《武林外传》、《大秦帝国之纵横》等。博士泰是最受选手喜爱的关主,同时也是选手最畏惧的关主,还是节目中唯一一个每期都出现的关主。

题记:对于我来说,诗词是一个梦境,是且行且歌且思考的远足,是一朵云来,漫步街市,便若身处天宫的桃花源。

一、梦

作为嘉宾参加一档电视栏目,保持全勤记录,这是第一回。寻找原因,我觉得是因为观众们爱看我掉坑。这是个体力活,也很悲壮,但其实,真正的收获者是我!回回掉进坑里,每一掉记住一首诗词,随着刹那间失重感的到来,古人词句如同一颗颗小果实,被我摘入囊中。这里面有诀窍,要想加深文化积淀,得靠以量取胜,要反复地掉,不断地掉,义无反顾地掉。古今中外,通过一次次失重的过程,记住那么多诗人、词人、文学作品,咱们这个节目是首创。

有一次,夜有所梦,梦里再次下坠,嘴里脱口而出:"更上一层楼!"白天醒来,回味无穷,有意思。这一上一下之间,《中华好诗词》进入了我的下意识、潜意识、无意识。

诺贝尔文学奖得主,爱尔兰诗人叶芝曾经说过:"我一直以为,韵律的目的在于延续沉思的时刻,即我们似睡似醒的时刻,那是创造的时刻,它用迷人的单调使我们安睡,同时又用变化使我们保持清醒,使我们处于也许是真正入迷的状态之中。"毫无疑问,《中华好诗词》迷人的韵律,给了我们作用于下意识的享受和启发。对我来说,甚至直接作用于我的梦。那么对于观众们如何?我们的节目在夜间播出,会不会因为如此,或多或少改变了人们的梦?真想建议各大收视数据统计机构做一个调查,看看哪一档电视栏目对观众朋友们的睡眠帮助最大。按叶芝的说法,我们的节目在韵律上极占优势。还想建议节目组，在互动平台上接收观众来信，看看他们看完节目后做了什么样的梦，并定期集中讨论，主题为"中华好睡眠"。

二、桃花源

一个文化节目的魅力在哪儿？在于说故事。故事的背后是什么？是人性。诗词便是对于人性的注解。中国的诗词传统，伴随着几千年的文明发展，记录了人们的悲欢离合，也记录了不同时代诗人们的终极理想和人文关怀。

在录制节目的过程中，经常会有各种讨论。小到平仄押韵，大到历史文化的知识点。印象很深的，是那一次关于桃花源在何处，舞台上产生了分歧，很有趣。王刚老师来自东北，他开玩笑说桃花源在他们家。按戏说的路子，台湾的朋友一定认为桃花源在台湾，因为那儿有个桃园机场。杨雨老师和我分别来自湖南和江西，这两个省份是关于桃花源地理位置争论的核心，于是我们俩的发言更加针锋相对。

从2006年起，我演出话剧《暗恋桃花源》，扮演渔夫老陶。剧中人欲往上游打大鱼，却遇见风浪，误入另一处世界。我每演出一场，便要和巨浪搏斗一次，腾挪跳跃，不亦乐乎，还要朗诵《桃花源记》中的经典名句。每一次在舞台上，我的视觉意象对应的就是庐山。

湖南朋友常举例，话说武陵人捕鱼为业，说的武陵就在湖南，陶公本身也是湖南人，所以桃花源就在湖南。我试想，陶先生其实常年生活在江西，会不会当年听到的传说涉及江西武宁？中华大地，方言庞杂，湖南、江西有些地方"了"、"呢"不分，路人说话，没写在纸上，老陶听了，或许因此勾起了思乡之情，把主人公的籍贯改成了位于湖南的武陵。

当然，捕鱼人来自武陵也好武宁也罢，都不足以证实桃花源的真实出处。赵忠祥老师在节目里说，一个地方成为旅游景点，麻烦就来了。这话极是，陶渊明高瞻远瞩，故意不说出具体地址，甚至故意传讹，目的是怕世人过多骚扰仙境。"结庐在人境，而无车马喧"，他不希望这个地方太红火。这几年，我常在庐山住，很感谢庐山人民的收留，也希望他们的生活更加富裕。但悄悄地说，心底里真不希望庐山游人如织，太过火爆，真希望她还是属于小众，不被过度开发，人们得以珍惜她美好的人文传统，保护好环境资源。

面对桃花源在何处的争论，如果务实一些，从《桃花源记》创作者的居住地、生活经历来看，桃花源意象的地理原型在江西境内这很自然。关于具体位置，可参照《桃花源记》里的讲述，人们躲避暴秦，不知有汉，无论魏晋，我们应该去了解那一个族群的迁徙。公元前223年，秦灭楚，王翦攻破楚都寿春——今安徽寿县，俘虏了楚国末代国君负刍。其时，一个楚王子携家室南逃，隐入庐山深谷中，幸免于难。改楚国王族熊姓为康姓，沿袭楚风，后裔谥为康王。因此那一处深谷，今名为"康王谷"。庐山峡谷最多，康王谷最大，长十二公里，向东北深入庐山内腹，至汉阳峰、晒谷石下。谷中一水中流，古称"庐江"。康王谷距离陶渊明故居极近，陶先生去东林寺会见慧远禅师，常于此过往。今天那里的景色，依然是小桥流水，村舍俨然，青山合抱，田园阡陌，悠然见山。陶公徒步走过无数次，中得心源，得以化成《桃花源记》中的文字，流传千古。

而我自己的理解更带有浓厚的主观色彩，但或许更接近真相：山脚下的康王谷对于陶渊明而言，只是桃花源概念诞生的媒介，真正心里的另外一个世界，是庐山。当年那个老陶写文章的时候，和我这个"老陶"在舞台上翻跟头的时候一样，心里念着的就是庐山。

陶公的居住地就在庐山脚下，那时被称"上京"，陶公爱山，也没少上山。在庐山附近的鄱阳湖，至今有很多渔民一辈子仍生活在船上，还无法完全适应现代社会。陶渊明一定也有很多渔民朋友，给了他灵感。凭我自己的旅行经验，在古代，好地方的发现者，不是渔民便是樵夫，陶渊明自己一定也会砍柴。古人登庐山不是今天的路，当年的旧路至今湮没在深山中，鲜有人至，却依然还可以找得到。仅仅说从星子方向上庐山，也是别有一番风味。今天再走上一遭，于登山途中还能发觉所历心境和陶公文中所描述的那种发现过程非常吻合，让人心跳、兴奋，新陈代谢加速。

庐山脱离人间给人造成那种世外之感，古已有之。"人间四月芳菲尽，山寺桃花始盛开"。气候上如此，地理位置、风土人情皆是。庐山上产的茶叫"云雾茶"，一朵云飘来，漫步街市，便若身处天宫。当然，陶渊明写的"桃花源"，本来就是虚拟的文本，更多是象征和隐喻，那种遗世独立的情怀击中了中国文人传统当中敏感的领域，也融入到全世界乌托邦的理想主义河流当中去。但我依然坚信，陶渊明对这种情感的宣泄，摆脱不了庐山对他的影响。桃花源在文学作品中的诞生，很大程度上来自诗人在庐山的生活体验。

嘘！这事别说，只有咱们自己人知道。

从诗词忆起

【守关明星左岩】黑龙江人，主持人。毕业于上海戏剧学院，获得MFA硕士学位。2004年，参加央视的《挑战主持人》并获得冠军。节目中的"钉子户"关主，多次被大学士赵忠祥老师感叹"刮目相看"，彻底改变"花瓶"形象，被誉为"背诗小女王"，通常与喻恩泰一起被选手留到最后两个进行挑战。

说起和诗词的缘分，要从刚会说话讲起。三岁的时候，我有很多带图画的书，有各种小动物的，有童话故事的，也有古诗词的。事实上，我完全分不清楚鸡和鸭，也并不知道尖嘴和扁嘴的区别，但是对声音和语言有着极度敏感的那个小女孩，竟然可以复述大人念的古诗词。对于那时的我来说，诗词并没有任何意义，那只是一种记忆式的发音。

不知道是不是文学启蒙教育过早的缘故，总之，从小学到大学，我的语文成绩永远是全班甚至全校的最高分。这当中也有妈妈的功劳，比如，她会一边系鞋带，一边纠正我的拼音发音；每天检查作业的时候，如果有一个字写错了，这一整页的作业会被撕掉，然后要求重写等等。我一边埋怨，一边一点点完成着对文字的热爱和积累。甚至拿到研究生的录取通知书，我都倔强地认为和我那一手不错的字以及漂亮的论文关系重大。

一直以来被冠以"美女主持人"，每每看到新闻稿里出现或如此被人称呼心里总是不爽的，"美女"已经不是真的夸你美的一个称呼了，只是个性别区分，说明你不是男的。就算是说你美，也说明你除了漂亮之外没有别的特色。顶着这个一百个女主持人里有九十八个都有的称呼晃荡多年，摘吧，摘不掉，戴着吧，又不爱戴，直到遇到了这个叫《中华好诗词》的节目，终于让大家认识了个另一面的我。

这节目录得特别爽，像高考一样刺激，我仿佛回到了学生时代，和一群同学在一起复习。临近录制的日子，总是起得很早，完全沉浸在诗词的古韵里，享受着我和诗、和诗人们独处的时间，暂时把我的世界和喧嚣、和尘世、和人情隔离开来，只有我、书香、古语、平仄……偶尔多加半盏茶，而已。

"诗词女神"、"舞台上的剩女"、"钉子户"，都是这个节目赋予我的名字。开始的时候，我很享受这些称呼，比"美女"好听得不是一点半点。直到有一天，有一个女选手把我剩到最后，纠结于要不要挑战我的时候，她被我吓哭了，我才知道，我在享受诗词给我带来的成功快感的同时，给了别人太大的压力。于是我在节目中开始变得柔软，这种柔软恰恰给了我更多的快乐和幸福感。

当肯定的声音越来越多，事实上就给了我更大的压力。手上很多节目需要录制，公司需要打理，我能背诗的时间也实在不够用，到后来常常都是明天要录，今天背个通宵。有段时间我很想放弃，反正该表现的也表现到了，直到有一天，一个八岁的叫"杜伊祺"的小女孩来到节目里，说她喜欢我，我影响到了她的生活，激励她对诗词更加热爱，并亲手缝制了一个钱包送给我。我当时热泪盈眶，觉得自己做的事是有意义的，我得继续在那儿站着。

去年年末领了一个奖，叫"年度跨界慈善明星大奖"。慈善不需多言，都是应该做的。关于跨界，组委会大片当中自然讲到主持、电影、话剧、电视剧、做翡翠珠宝品牌等等，最后竟然提到《中华好诗词》的"诗词女神"，我当时就笑了，原来诗词也是一界，并且姐在诗词界是有一定地位的。

总之，感谢《中华好诗词》节目，感谢诗词的力量，感谢给我这样的机会可以在节目中影响到一些朋友。希望有一天，我们，可以用诗词的力量，影响更多有影响力的人。

为荣誉而战

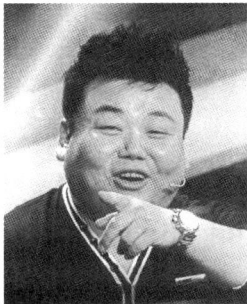

【守关明星刘刚】安徽人，主持人。节目中被戏称为"坑爹"，因为基本上只要被挑战就会被掉坑。不过，刘刚是所有关主中进步最快的，从起初的只能回答一两道题，到后来的基本能扛到七八道题，是最上进、最努力、最具成长潜力的关主。

那是一个秋天，风儿那么缠绵，我走进了星光，一个无声的房间，有很多小伙伴，独自在一边，默背着诗词，没有人聊天。化妆间没有了过去的热火朝天，谈笑风生的场面也不再现，我忽然觉得有一点凶险。我找到《中华好诗词》的导演，笑称所见有一点新鲜，他看着我笑道：因为他们，怕丢脸！

以上根据韩红的《天亮了》所改编的歌词，就是我初到《中华好诗词》的经历。当时我还嘲笑他们太认真了，淡定地吃了一份儿丰盛的盒饭，悠闲地喝了一杯香浓的咖啡，漫不经心地化了个小妆，就这样，我开始了奇幻漂流般的好诗词之旅。

说到现在，你们还不知道我是谁吧？我真不想告诉你们我是谁，因为接下来我所经历的，是我人生中最丢脸的一天。

我的原名叫刘刚，《中华好诗词》里的关主之一。但在节目里，我有一个让人哭笑不得的名字——坑爹。为什么会有一个这么"接地气儿"的名字呢？因为在第一期的时候，我总是第一个被选中，也总是第一个掉到坑里，用一句杜甫的诗来形容，就是"出师未捷身先死，长使英雄泪满襟"！在一期节目中连续四次掉到坑里，我真的感觉到"狠"丢脸。好容易熬完了第一期，录完之后，虽然没有泪满襟，但也难过了好一阵子。从此，我下定决心，要化悲痛为力量，要化压力为动力，要知耻而后进，要转变大家把我当软柿子捏的印象！

于是，在后面的每一天，我都夜以继日很努力地背诗词，说到这里，这是一个多么励志、多么充满正能量的故事呀！但是，临时抱佛脚的努力，好像并没有起到预想的效果，我还是无法改变我身为"坑爹"的命运，依然不停地掉坑。甚至选手之间都用我来鼓励对方，说："哎呀！你真幸运呀！今天刘刚做关主。"这……真是悲催呀！但是又能怎样呢？哎！真是"少小不努力，老掉徒伤悲"呀！

虽然"坑爹"的形象未改，但是，我的努力还是被赵忠祥老师和杨雨老师看在眼里，他们总是在节目中给我鼓励，在我屡屡受挫的时候，给我信心和勇气。赵忠祥老师总是说："哎呀！我得对刘刚刮目相看呀！""哎呀！我又要为刘刚刮次目呀"等等。这些小小的鼓励，让我可以继续坚持下来。为什么我要用坚持这两个字呢？因为，我当时真的觉得背诗词是一个特别痛苦的差事，我甚至多次产生了不想再去录节目的念头。但是，喻恩泰的一句话让我觉得很有道理，他说："我们都已经背了那么多诗词了，刚要入门儿就放弃，太可惜了！"赵忠祥老师也说："虽然这个年龄背诗词有一些困难，但是还不晚，只要找对方法，依然可以达到一定的成就。"就这样，我坚持下来了，直到我在网上，看到这么一首诗：

> 红帘映月昏黄近，冉冉浓香引绿鞠。空院小栏疏对影，悄妆残粉薄凝肤。珑玲凤髻围环玉，索络虫钗补露珠。风冷通窗梧雨细，隔灯寒梦倚楼孤。

这是一首巧妙回文诗，从后往前读也是一首诗。

> 孤楼倚梦寒灯隔，细雨梧窗通冷风。珠露补钗虫络索，玉环围髻凤玲珑。肤凝薄粉残妆悄，影对疏栏小院空。鞠绿引香浓冉冉，近黄昏月映帘红。

除了是一首回文诗，如果断句读来，此诗又是一阕《虞美人》。

> 红帘映月昏黄近，冉冉浓香引。绿鞠空院小栏疏，对影悄妆残粉薄凝肤。　珑玲凤髻围环玉，索络虫钗补。露珠风冷通窗梧，雨细隔灯寒梦倚楼孤。

如果你把这首词依然从后往前读，依然是一阕《虞美人》。

> 孤楼倚梦寒灯隔，细雨梧窗通。冷风珠露补钗虫，络索玉环围髻凤珑玲。　肤凝薄粉残妆悄，影对疏栏小。院空鞠绿引香浓，冉冉近黄昏月映帘红。

当我读完这首诗的时候，浑身像是被电击了一样，从头到脚都是麻的。就在那一刻，以前不太喜欢诗词的我，好像爱上了诗词，有了想要深入其中一探究竟的冲动。于是，我在后来再背诗词的时候，不再像以前一样，痛苦地死记硬背，而是在网上搜索这首诗,先了解这首诗的创作背景以及作者所要表达的意境,突然,我发现背诗词没有那么痛苦了,当我闭上眼睛默背诗词的时候,眼前会出现一幅幅生动的画面,一首诗就像是一部电影,我终于可以感受到诗词给我带来的快乐了。

现在,我恋上了诗中有画、画中有诗的山水田园派诗人、画家,外号"诗佛"的王维;迷上了诗句如行云流水、宛若天成的浪漫主义诗人,有"诗仙"、"诗侠"、"酒仙"、"谪仙人"等称呼的李白;爱上了现实主义诗人,被后人称为"诗圣"的杜甫;钟情于既有巾帼之贤淑,更兼须眉之刚毅,既有常人愤世之感慨,又具崇高的爱国情怀的女词人李清照……我慢慢地开始领略到中华五千年里文人墨客的精神世界是如此的丰富多彩。诗词的世界让我远离了喧嚣的闹市,拂去了自己在闹市里沾染的尘埃。每每读一首诗的时候,我都仿如置身其中,就算事过境迁,也能让我感受不同年代、不同诗人体会到的不同风景。当然,在诗词的世界里,不光有如画的风景,也有文人的傲骨和令人折服的品质蕴含其中。如陶渊明的不为五斗米折腰,文天祥的宁死不屈,岳飞的精忠报国,刘禹锡的坚定乐观等等,这可能也就是诗词的魅力所在吧。

时光飞逝,一转眼大半年过去了,在《中华好诗词》的舞台上我学到了很多,感谢《中华好诗词》给了我一个腹有诗书气自华的机会,给了我让自己蜕变的动力,给了我很多热爱诗词的朋友。我将把诗词当成我生活的一部分,虽然,我没有钉子户喻恩泰、左岩"一夫当关,万夫莫开"的霸气,但是,我有李白在《行路难》中所写的"长风破浪会有时,直挂云帆济沧海"的决心,有谭嗣同在《狱中题壁》中所说的"我自横刀向天笑,去留肝胆两昆仑"的气魄。我也可能在短时间内还无法摆脱"坑爹"的名号,但是,我会继续站在《中华好诗词》的舞台上,为荣誉而战!

我与《中华好诗词》

【守关明星张杨果而】重庆人，美女主持。实力关主，是继左岩之后的"准钉子户"。果而的发挥很不稳定，有时能把选手打败，有时一道题也回答不出来，总体实力较强，人又很善良。

在接触《中华好诗词》之前，我一直觉得自己的诗词储备量还是不错的。毕竟上学期间，一直当着传说中的学霸。

没想到，第一次参加节目，我就欲哭无泪。

我突然发现，以前上学时候背诵的那些诗词，和中华诗词库相比，实乃沧海一粟。由于要在短时间内背大量的诗词，竟然让我患上了文字强迫症。比如说，去餐厅点菜，看到每行菜名写的字数不一样，字尾不押韵，就让我分外难受。

参加第一季《中华好诗词》，把诗词背下来不被闯关者打败，是我们的首要任务。因为谁也不想在高空突然失重掉进坑里。即便天不怕地不怕的我，也心怀恐惧。于是平日里多背背，凭借不错的记忆力，我也常常能撑到后半场。

古人说"书读百遍，其义自见"。参加第二季《中华好诗词》，就是这样的感觉。当第一季背过的诗词再一次浮现于眼前，我觉得好似许久不见的老朋友重逢。原始的好奇心，驱使我渴望了解它多一点，再多一点。我对诗词的好奇，开始慢慢突破字面，就像埋于土里的种子，在春天来临时，总要破土而出，发出新芽。

于是我读诗的方法有了改变。查阅它，倾听它，感受它，不疾不徐地与它邂逅。

一花一世界，一诗一故事。

我想和诗人成为朋友。

慢慢地，诗人在走近我，诗词在融化我，一条穿越漫漫历史长河的通道，正通过一个个字一声声平仄搭建起来。

诗人是感性的，也是性感的，他们是勇敢的，也是脆弱的。他们爱国、爱家、爱山、爱水，他们用所有情感去爱，甚至用生命去爱！

他们有"探虎穴兮入蛟宫，仰天呼气兮成白虹"的大豪情，也有"赌书消得泼茶香，当时只道是寻常"的小情趣；他们有对爱人"天长地久有时尽，此恨绵绵无绝期"的长情，也有对朋友"劝君更尽一杯酒，西出阳关无故人"的深情；他们有"流光容易把人抛，红了樱桃，绿了芭蕉"的苦情，也有"死去何所道，托体同山阿"的超脱之情。或气吞山河挥斥方遒，或遣词造句细腻缱绻。人类共通的情感，在穿越千古的诗词里流淌，鸣响千年，知己万千。

古诗词是好东西。这种传统的东西接触越多，我就越发觉得当今人们的词汇太过贫乏。

现在咱们爱看宫斗剧，而古人，也写过这个题材。其中有一个人，给我留下很深印象。这个人一点儿也不红，以至于哪年生，哪年卒，现今人们都不知道，他叫朱庆馀。他的《宫中词》写道：含情欲说宫中事，鹦鹉前头不敢言。读了这句诗，真是令人拍案叫绝，画面感十分强烈。这写的哪里是皇宫中的事情啊，分明就是办公室政治嘛！你让现在人写这句诗，写着写着，就写出了一部八十多集的《甄嬛传》。你们说，古诗是不是简单明了、干净利索？

好了，不说了，我要赶紧去背诗了，免得：含情纠结心中诗，观众前头不敢言。

参赛选手

我只是和诗词对上了眼

【诗词达人王悦笛】1991年生，四川成都人。现为武汉大学弘毅学堂国学班大四学生，春英诗社资深骨干社员，社团活动积极。学习成绩优异，已被保送至武汉大学文学院攻读硕士研究生。王悦笛实力雄厚，被大家称之为"大才子"，节目中朗诵的原创词作《梅花引》，得到节目中大学士赵忠祥、杨雨两位老师的称赞。作为直通半决赛的种子选手，王悦笛作风沉稳，发挥稳定，最终在决赛中惜败好兄弟李思维，获得《中华好诗词》年度亚军。

一、缘起《中华好诗词》

我和《中华好诗词》的缘分源于我的一篇论文。

我因为这篇论文参加了一场国学学术论坛，会上认识了几个复旦大学的同学，从他们那里知道了有《中华好诗词》这个节目。得知有这么一个可爱的节目，而且还有"奖金"，你们懂的，我就欣然地拉着小伙伴们来玩啦。

比赛本身非常有趣。最值得一提的是最后的总决赛，简直像是按照脚本演出来的一样，特别有戏剧性。

一开始的定场诗仿佛就注定了那天比赛的结局，我出来的时候说了句杜甫写老鹰的"何当击凡鸟，毛血洒平芜"，四维出来的时候说的是李白写大鹏的诗。这下好了，老鹰能干掉的只是"凡鸟"，像大鹏这样的神鸟一出现就只有跪了。哎，早知道说个别的。后来范曾先生给我们热热身练练抢答的时候，他出的谜语也就我和四维一人答上来一个，这又似乎注定了我们俩最后将从六名选手里面脱颖而出。最后巅峰对决前的感言，我又说了句激情满满的"醉眠秋共被，携手日同行"，这本是杜甫写给李白的，似乎又是先前定场诗的呼应。所以顺理成章地，说老鹰的"杜甫"败给了说大鹏的"李白"。虽说七分靠打拼，可那剩下三分，还真是天注定的啊。

二、好诗词让我们结下了缘

在北京参加录制前前后后的很多事情都是我美好的回忆。整个过程很不错，来回车票当地食宿都电视台包，干掉一个明星就能拿两千，顺带还可以在北京玩一圈，想不高兴都难。通过节目我也确实收获了很多，物质上的斩获我就不好意思多提了哈，我觉得最重要的收获是见了些世面，交了些朋友。节目录完了之后，我和四维还在北京待了四五天，和北京的其他选手一起愉快地玩耍。有萌萌的晋焱，可爱的陈更，好玩的刘鸣，温润如玉的人杰，同样温润的彭敏哥，还有女神范儿满满的王莹姐。我们一起聚餐、唱歌、看芭蕾舞剧，各种High，各种Happy，其乐融融，结下了深厚的友谊。当时我就在想，要是《中华好诗词》节目组的编导们，把选手场外的这些欢乐拍成片花播出来多好，这样第一季和第二季之间的空隙里，就可以在单纯地重播之外，多一些新鲜的内容，好让《中华好诗词》不断档，会很有意思。

参加节目也的确给我之后的生活带来了一些改变，关注我的人一下子多了好多，校内外很多媒体纷纷采访我和四维，什么校报啊，校广播台啊，青年传媒啊，武汉电视台啊，简直应接不暇。现在生活的常态就是，回到宿舍，坐下，打开电脑连上网，然后QQ上一堆不认识的人请求加我好友。嗯，就是这样，都算是好诗词让我们结下的缘分吧！

三、我只是和诗词对上了眼

我觉得自己最终能取得榜眼的佳绩，原因就是两个字：实力。虽然说这种节目有很大的运气成分，但实力强点总归不会吃亏吧，关键时刻还是实力撑着你前进。而且你实力强了，在台下会给其他选手一种威慑力和恐惧感，让他们在和你竞争时总觉得自己矮一头，气场被压制。到了台上真正相遇的时候，对方会方寸大乱，你晋级就变得很容易了。我之所以目前在诗词方面有一定的基础，在选手间实力不俗，这要归功于长期的积累。我大概从小学低年级就开始背诗词，开始是家长要求的，慢慢自己就有了一定的积累，也就渐渐产生了兴趣。进大学之后，加入了春英诗社，遇到了李四维——这个我诗词上的领路人，从最基础的格律到高级的诗学理论，还有一些玄之又玄、只可神会的见识上的东西，都让我学到很多，有了很大提升。再加上自己没事也写一些诗词习作，对诗词的体悟也就更真切、更深刻了。虽然我在诗词上的见识还都谈不上有多高，只是希望真正进入古人的语境里去理解诗词，创作一些诗词，在传统诗学的正路上扎扎实实地走下去，不要像一般的诗词爱好者和文艺青年们那样肤浅浮躁却又爱装深沉。

说到学习诗词的经验，还真有心得与大家分享。首先，要有大量的阅读，各种风格的都要，范围越广越好，名家名作尽量遍览，不要把自己限制在一个狭小的区域里。这样才能培养健康而路数宽广的审美，打下扎实的底子。再有，就是要打好理论和知识背景方面的基础，格律这个门槛一定要迈过，文学史和文论史要涉猎，旨在真正进入古人的话语世界，不说一些隔靴搔痒、很外行的话。另外，自己亲自动手写一些诗词习作也是必要的。古人说过，"绝知此事要躬行"，如果不亲自尝尝个中甘苦，你对诗词的理解和见识终究隔了一层，并不能获得鲜活而真切的认识。

我把诗词当作一门学问，严肃认真地对待，并没有什么奇闻异事可以拿来作为噱头供人娱乐。当然，不要因此以为我把诗词作为一种学习或者研究的客体从生活中单独抽离出来，枯燥地做着外在的工作。相反地，我把诗意铺开、分散、冲淡到生活的许多角落，和朋友一起喝酒的时候，身边走过美丽姑娘的时候，独自在湖边散步的时候，都是诗在身上活泛起来的时候。传统的诗词让我把温柔敦厚作为美学乃至做人的一个很高的标准去接近和追求，它使我成为一个正常的人，领悟到一些比较神的东西。诗词这东西，寒不能当衣穿，饥不能当饭吃，本就不是用来解决实际问题的，它对于我，只是一种借以提升审美力、艺术感悟力再进而提高人格的东西。对诗词中微妙处的把玩和体悟，真的可以贯通很多东西，包括艺术上的、生活中的、生活外的，使自己成为一个有趣味和格调的人。话比较大，却很实在。达到这种比较高的层次有各种途径，学习和创作诗词只是其中之一，唱歌、画画、玩乐器、下棋、影视表演、体育竞技等等都可以，我只是恰好和诗词对上了眼而已。

差不多就这么多吧，再说下去越来越专业，越说越"高大上"，不好玩，没人看的，趁此打住。呃，还是再说最后一句吧，感谢《中华好诗词》带给我美好的回忆和丰厚的收益，让我的生活更加精彩。

诗意人生

【诗词达人王莹】1986年生，黑龙江哈尔滨人。现为清华大学社会学系在读博士。最大的爱好是读书，尤爱古典诗词。最喜欢的诗人是李商隐，最喜欢的词人是李煜。王莹在节目中被称为"冷面杀手"，答题时气场十足、暗藏杀机。在半决赛和决赛的抢答环节，只要是王莹抢答，无一失手，被网友戏称为"抢答女王"。最喜欢的诗句为：落花无言，人淡如菊。书之岁华，其曰可读。

一、缘起

开始接触诗词，大概是咿呀学语的时候爸妈教的《唐诗三百首》。那时的我，哪里知道兴观群怨，懵懂之间只觉得字句读来那么入耳入心，让人欲罢不能。

渐渐长大，偶然对境，儿时记诵的诗词突然流淌出来，那种难以言说的美妙深深地打动了我。从此，诗词如一泓清泉，二十年来一直在滋养着我的生命。我最喜欢背诗的时候是高中。那时候我住校，我的一个舍友和我一样喜欢背诗词。我们经常玩诗词接龙游戏，也会打赌。记得有一次，我们赌的是我从教室到食堂的时间她是不是能背完《葬花吟》，但是忘了约定只能走不能跑。我边笑边跑只差没飞起来，她背得上气不接下气，追着我跑得岔了气儿，洒落了一地的欢声笑语。

二、习诗

国学大师钱穆先生在谈诗的时候说道："若讲中国文化，讲思想与哲学，有些处不如讲文学更好些。在中国文学中也已包括了儒、道、佛诸派思想，而且连作家的全人格都在里边了……他的一生，一幕幕地表现在诗里。"此说甚有见地。诗教是润物无声的，诗背后的那个人，不是严肃的理学家，而是亲切的伙伴，与你一起玩耍，他从来没有告诉过你应该如何，可是潜移默化地，你不能不受到他的影响。因其亲切，也因其优美，古典诗词特别适合启蒙教育。小孩子记忆力强，若能多记诵古典诗词，必能终身获益。古人写诗，因为胸中有积累，并不困难。现代社会工具太多，计算机帮我们省了好多记忆工夫，也让我们的背诵能力差了很多。计算机里的东西始终不是你的，只有背下来才是你的，所谓书到用时方恨少。

三、参赛

我初在电视上偶然看到《中华好诗词》节目，心里很欢喜，也正是因为这个节目很强调诗词记诵。记诵看似简单，却是基础，只有打好基础，才谈得到如何进一步提高诗词修养。来到节目之后，我认识了很多诗词记忆量惊人的朋友，印象最深的当属有"背诗机"之称、胸藏三千首诗的第一季总冠军李四维。他的经历带点儿戏剧色彩："卧"听松风寒的一字之差，使他错失了横扫六合、金榜题名的良机；在加时赛中险胜，获得最后一张半决赛入场券；两两PK，遭遇八岁小妹妹杜伊祺，不得已对之"痛下杀手"……几次死里逃生，连赵老师都替他着急得不行，喊着："让他胆儿大点儿，声儿大点儿！"在这个属于强者的舞台，他终于在决赛绽放出了自己的光彩。后来他和悦笛来清华吃饭，聊起诗词理论，他见识不凡，被杨晋焱戏称"四维大讲堂"。结识了一群同样热爱古典诗词的朋友，这是《中华好诗词》带给我最弥足珍贵的人生财富。

四、明诗

古典诗词，我爱了这么多年，最深刻的体会只有一点：学习诗词，最重要的是传承古代士大夫高贵的人文精神。所谓士先器识，而后文艺。杜甫因何伟大？正是他的胸襟和使命感使然——"安得广厦千万间，大庇天下寒士俱欢颜，风雨不动安如山！呜呼！何时眼前突兀见此屋，吾庐独破受冻死亦足！"他心怀天下，至死不渝，这种无私的情怀，让我等为了鼻子下面那一点点利益而终日蝇营狗苟之辈汗颜。李白因何伟大？"欲渡黄河冰塞川，将登太行雪满山"，他也像我们一样，在人生的路上会遇到坎坷和打击，可是低沉之处，他总是能飞扬，于是有"长风破浪会有时，直挂云帆济沧海"。这就是李白——"酒入豪肠，三分啸成剑气，七分酿成了月光，绣口一吐，就是半个盛唐。"王维何以为名家？我喜欢他一首小诗："飒飒秋雨中，浅浅石榴泻。跳波自相溅，白鹭惊复下。"我们的心中有太多的烦恼障碍，只有身心清净之人，才能如此以自然之眼观物，才不会错失如许的美好。严沧浪以禅喻诗，禅道唯在妙悟，此诗深得其理。

《红楼梦》中香菱学诗时说："我只爱陆放翁的诗'重帘不卷留香久,古砚微凹聚墨多',说得真有趣!"黛玉道："断不可学这样的诗。你们因不知诗,所以见了这浅近的就爱,一入了这个格局,再学不出来的。你只听我说,你若真心要学,我这里有《王摩诘全集》,你且把他的五言律读一百首,细心揣摩透熟了,然后再读一二百首老杜的七言律,次再李青莲的七言绝句读一二百首。肚子里先有了这三个人作了底子……"黛玉推荐杜甫、李白、王维,正是诗中儒、道、释三家的代表。儒家尚正气,道家尚清气,佛家尚和气,正是这三家之气,让古典诗词有了永恒的魅力和生命。因此,学习诗词,首先要在每一个当下时时策励自己,应该具有高贵的人格。

王国维曰："三代以下之诗人,无过于屈子、渊明、子美、子瞻者。此四子者若无文学之天才,其人格亦自足千古。"我们学习诗词,不能不知人论世。对照作者的生平处境,体会其诗作,才能更深刻地了解诗人,愈是逆境,愈能在诗词艺术上更上一层楼。如果读诗词只着意于清词丽句,而不能领会古人的胸襟气度,则未免有买椟还珠之憾。

感悟崇高,是诗词带给我们的心灵洗礼。心有多大,世界就有多大,境由心生,于诗道亦然。陶诗云："纵浪大化中,不喜亦不惧。应尽便须尽,无复独多虑。"陶渊明的心中没有世俗的染污,他懂得随缘,懂得放下,看自己的人生如同一个局外人。所以他能够保持真性情,既有"采菊东篱下"的悠然,也有"刑天舞干戚"的壮怀。而读到"人生归有道,衣食固其端。孰是都不营,而以求自安",他在我心中不再是一个不食人间烟火的隐士,而是一个亲切的长者。追求衣食是很自然的事情,只是一个人如果为过重的家庭负担所累,无法在精神领域前行,着实是很令人惋惜的。我们有闲暇在这里讨论诗词,实在应当珍惜。

放下万缘,安住当下,让我们一同返回经典进行一次美的巡礼,每个人都可以收获诗意人生。

我读书的那些事儿

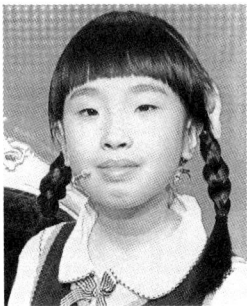

【诗词达人杜伊祺】2005年生，河北保定人。参加《中华好诗词》时只有八岁，是《中华好诗词》舞台上年纪最小的选手。小精灵杜伊祺是个不折不扣的"小书虫"，从小在妈妈的培养下养成独立阅读的习惯，并对文化古籍有特别的爱好。记忆力惊人的她还有着巨大的诗词量，常规赛打通六关，获得了国学大师范曾的青睐。虽然止步半决赛，但依然是人们心中的天才小选手。

我是一个有很多爱好的人，我爱说话，喜欢各种各样的石头，还喜欢听京剧、昆曲、黄梅戏，喜欢给芭比娃娃做裙子，但最喜欢做的事还是看书。

书里有各种各样的人，有很多有意思的事，而且我还能从他们身上学到很多东西。比如这次参加《中华好诗词》节目，本来我是想来看看怎么拍电视的，可真到我上场，心里还是有点儿慌。忽然我就想起了卡门，她是我和妈妈从书店架子最高层好不容易取下的一本书里的人物，书中的她敢爱敢恨、勇敢又乐观，于是我就暗暗在心里哼着卡门的"斗牛士之歌"走上了舞台。好吧，那我就来说几件和读书有关系的乐事、苦事、纠结事吧。

读书的乐事之一：卫生间轶事

记得小时候妈妈给我看《三国演义》，一会儿是借东风，一会儿是草船借箭，一会儿是火烧赤壁，精彩的故事一个连一个，看得我都顾不上去卫生间。后来实在忍不住了，就问妈妈：主公，末将能否以三千精兵攻打卫生间？！妈妈说：何以三千精兵？一兵足矣。我拱手道：诺！说罢奔向卫生间。

读书的乐事之二：吃饱了没

有一次老师给我们讲鸿门宴。说到谋士范增对项羽使眼色，还用玉玦暗示项羽快杀刘邦；说到项庄舞剑，剑锋都指着刘邦鼻子了。几次机会都让项羽犹豫错过，刘邦赶紧借口要方便一下，从后帐惊慌逃走了。我看同学们听得汗都下来了，就问了一句：刘邦逃走的时候吃饱了吗？同学们哄堂大笑。

读书的乐事之三：老卖年糕

有一次我给同学们讲赵子龙的故事：话说赵子龙已是老迈年高，有个同学就说：哦，原来赵子龙老是卖年糕啊！呵呵，这个"老迈年高"不是那个"老卖年糕"啊！

读书的苦事：被画乱的书

一般来说，每次背文章或古诗词都要读三十遍以上，读着读着我觉得麻烦了，就开始在书空白的地方乱画，画得最过瘾的一次是在《醉翁亭记》中"然而禽鸟知山林之乐而不知人之乐，人知从太守游而乐而不知太守之乐其乐也"的旁边，居然一口气画了大大小小四十一个笑脸，我可怜的书啊！

读书的纠结事：书友会的反悔

看着家里越来越多、越来越乱的书，妈妈想了一个办法：搞一个"以书识友"活动，把我那些不看的幼稚书拿出去交换，或者每本一元卖掉。于是忙活了半天，终于把书运到了公园的草坪上。可真到了那个时候，眼看着从小陪着我的书们被带走，一下子又后悔了起来，还真的是很纠结啊！

这就是我和书之间的故事。

我和女儿的那些事儿

□祁雯（杜伊祺妈妈）

去年冬天的一个晚上，妈妈从遥远的新疆打来电话说河北卫视有个节目很适合女儿，于是赶紧打开电视，女儿喜欢的诗词之风扑面而来，抱着去北京玩一趟的想法我们也出发了。至于后来女儿一路通关至参加半决赛并得到范曾老师、赵忠祥老师、杨雨老师的称赞都是之前没有想到的，运气的成分也让我们对大家送上的"小才女"称号惴惴不安。细细想来，这几年的读书经历可能帮了女儿不少的忙，那我就把和女儿一起读书的那些事儿和大家一起分享吧。

从童话到历史再到经典

记得女儿一岁多的时候，自己做了一些汉字卡片，诸如"奶"、"水"、"菜"，她吃奶、喝水的时候就拿出来在她眼前晃一晃，慢慢地，她居然认识了。当时的想法很简单，她认字了可以自己看书了，我就可以做我的事了。一如我的想法，女儿真的看起书来。开始的时候，女儿的书多是些卡通、画册之类，后来她喜欢上了书中人物：白雪公主、豌豆公主、森林公主、美人鱼、雅典娜、花木兰、白娘子……趁这个机会，我找来古今中外的各类童话、神话、民间故事让她看个够。后来，我又悄悄地放进《西游记》、《三国演义》、《水浒传》的故事版，她依旧看个不停。因为脑子里有个印象"少不看《红楼》"，所以《红楼梦》始终不敢放，这也导致后来在节目里她"埋怨"我错过了她最好的读书时间。到了四岁多的时候，记得一次照菜谱给女儿做菊花鲤鱼汤，晚上我看女儿的日记，她写道：一朵两朵三四朵，五朵六朵七八朵。九朵十朵千万朵，朵朵都来做鱼汤。不知道是女儿自己早已看过郑板桥的《咏雪》，还是真的是看到我的菊花汤有感而发，无论怎样我都立刻很坚定地告诉自己，该给女儿引入诗词经典了。

读诗词经典的那些日子

从四岁多开始，我和女儿陆陆续续读了《三字经》、《弟子规》、《大学》、《中庸》，还有《琵琶行》、《长恨歌》、《蜀道难》等诗词名篇。这期间我受到了来自家人、朋友的很多质疑。大家都说孩子太小，还不懂，会给她很多压力的。甚至一段时间，我也怀疑自己是不是真的给她负担，让她不快乐？可是当我每天和女儿坐在一起读书的时候，我能感觉出来她懵懵懂懂的理解和领会，她自自然然的快乐。

记得看《三国演义》，读到刘备三顾茅庐，女儿便问我：诸葛亮藏在深山中刘备怎么会知道，是刘备求贤心切四处打听得来，还是诸葛亮欲擒故纵放出风儿来让刘备循声找去？"三顾茅庐"诸葛亮是真不在，还是假不在？女儿还问：诸葛亮是不是恨铁不成钢啊，因为他说过"每与臣论此事，未尝不叹息痛恨于桓、灵也"（《前出师表》），那就说明诸葛亮其实是说刘禅像桓帝、灵帝啊。

在读《卖炭翁》时，女儿又问：上面是"可怜身上衣正单"，下面是"心忧炭贱愿天寒"，这不是矛盾吗？我告诉女儿老爷爷是想让天再冷一些，好把木炭卖个好价钱来买米，买衣服，说不定还要给家里的小孩买书读呢。女儿听了急急地说：妈妈，我要快点长大，长大后成立一个慈善基金会，帮助像老爷爷这样的人。

在读《桃花源记》时，我满以为女儿会陶醉于桃花源的美，女儿却感慨地说：妈妈，桃花源的人环保意识一定很强，良田美池桑竹怎么都保护得那么好，咱们要向他们学习才对。另外，那个渔人真不讲信用，答应"不足为外人道也"，却还领着太守又回去找。

而在读《中庸》时，因反反复复的诵读女儿觉得很枯燥，我却主张一遍一遍读的过程正是用心体会的过程，于是我和女儿争吵起来。后来女儿还是跟着我这个"家长"继续读，读到"宽柔以教，不报无道，南方之强也，君子居之……"女儿立刻停下来说：天可灭，地可灭，"中庸"实在不好做。"中庸"就像咱们俩吵架，虽然我心里不服你，但为了尊重你，我必须先忍着听你说完，这个过程不就是"中庸"的过程吗？我合上书，欢喜地亲了亲女儿。

于是，陪女儿读书成了我每天必做的功课。另外，每周我还会带女儿上私塾课，也因为对传统文化的热爱和坚持，使我和私塾老师成了很好的朋友。这期间老师又把她带进了更有趣的石头、瓷器、玉器、书画世界。虽然都只是简单地涉猎，却给女儿又打开了一扇门。

行万里路的日子

陪女儿读书是一个快乐的过程，这之中她经常会提一些问题，比如"山色空濛雨亦奇"中的"空濛"到底是什么样子？"闵损芦衣"的芦花有花瓣吗？于是我和孩子的爸爸都认识到仅仅读书是远远不够的，还要让她亲自去看，去经历，去感受。于是一次次的游历开始了。北京、新疆、山东、湖北、浙江、上海、香港、澳门……只要是外出，这个小尾巴是一定要带上的。于是诗词中的"沈园"、"面朝大海，春暖花开"的秦皇岛、曾侯乙墓的编钟、秭归的红橘、北京的胡同、上海的弄堂都让她一一触摸。不仅如此，还带她去福利院，去大学校园，去博物馆，听京剧看昆曲，搞"家庭钢琴演奏会"，组织"书友会"，参加报纸义卖，甚至坐火车让她来找座位，乘飞机让她自己办登机手续……就这样，从陪伴到放手，从书到大自然到社会再到生活，再回到书。她的知识活了，她的眼界宽了，她的能力强了，她的世界更大了。

诗词相伴　温暖入画

无论白天有多少忙不完的事，到了晚上我都会和女儿一起读会儿书。后来我发现女儿洗漱完毕躺在床上还有一小段时间才能睡着，我抓住这点儿时间再念一段书给她听。记得第一本书就是《给孩子讲点美丽诗词》，一本念完了女儿觉得不过瘾，于是继续念《唐诗中的帝国》、《重温最美古诗词》、《泰戈儿诗集》、《中国名画世界名画全知道》……几年下来，床头的书越摆越高。在我和女儿读书的这些日子，爱人也被慢慢带进来了。每每我们读书的时候，他就在旁边用小楷抄我们俩读过的诗词……

夜的灯光下，温暖入画。

诗外山川

【诗词达人李冰洁】1992年生。2011年入读复旦大学中文系，现休学在京，实习于《三联生活周刊》，同时在某琴馆担任策划。自幼以诗词为引子，颇多涉猎传统艺文，实践传统生活美学。节目中的冰洁一颦一笑，神似林黛玉的气质，连答题都是弱柳扶风之态。冰洁的服饰从来都是改良式汉服，仿佛她是从古代穿越而来的写诗女子。

昨天在琴馆接待新朋友，聊天时说："传统的东西入味在后，似乎很少有先前喜欢，后来不喜欢了的情况，比如古琴、京戏，还有……嗯……诗词。"

讲到诗词顿了顿，意识到自己好久不读诗。穷而且忙，无暇开卷，书本尘生三尺，然而只要一处情景一字点醒，一念及诗词，仍旧是沁进骨头入了味的心头好。今冬旅居京华，居所外有腊梅探过短墙，晚归路上淡香和月，总想起"人间别离易多时，见梅枝，忽相思"，忽然觉得安宁幽远。其实树不过是野树，路不过是土路，路口正施工，铲倒的墙头处处残灰与颓垣。

看真点，生活多半是不美的，俗的，而诗无一字从空中来，所以谈诗也莫妄自论俗夸雅。

我从小不知诗是雅的，只觉乏味难懂。幸而我家人也并未如今日父母，火急火燎地买整套幼儿国学启蒙读本，急于把我填成八宝鸭。我外婆北师大毕业，教小丫头识字倒是乐在其中，偶尔也教点"青青河畔草"之类，不过读书是终身事，不是饲鸭，所以她不急。八九岁时逢冬落小雪，长日无事，她遂带我和表妹去楼下院子里看梅花，之后指示，每人"写点文章"来看看。

我信服外婆，凡她说的话我都当作极郑重的。怕写不好，瞪着眼想了好久，忽然想到《红楼梦》我最熟，姐妹们不是也像我今天这样落雪天赏红梅，写了文章吗？喜得马上把书翻出来作弊。从前根本没正眼看过那几首红梅花诗，今天一读忽然有点儿目瞪口呆，原来一句句诗都不仅仅是堆叠难懂的漂亮字眼而已，磕磕绊绊地念下去，念到"闲庭曲栏无余雪，流水空山有落霞"，我忽然觉得对于一株在白茫茫里美艳不可方物的梅花来说，我们的院子小了，连大观园都小了。

"写点文章"的成果早没人记得，但我从此对诗抱有好感。这好感无关于诗高雅，诗经典，诗是国学重器，而在于它能使我从熟悉的一枝梅花中见新意，更使我与未曾谋面的流水空山相知。读诗不可先认定其好，再知其好，否则那好里不知有多少是前人哺育你的。

黛玉讲诗，先提出王维、杜甫、李白三个人来，我以为必定好，就找选集来看。王维让人有静气，李白使我飞扬，读杜甫比前两者加起来都多，却总不能切身领会，我以为必定是我不好，一直难以释怀。直到念大学修"李杜精读"课，看到杜甫醉时歌"得钱即相觅，沽酒不复疑。忘形到尔汝，痛饮真吾师"，忽然扑哧一笑，当下放手，不再和杜诗较劲了。他自去做诗圣，我自不喜欢。与李白随口一句"舒州杓，力士铛，李白与尔同死生"相比，杜甫简直放肆到无片刻解脱。

你能读诗，如同晨起空腹饮水，沁入五脏六腑吗？不为增学力，长见识，而只是生命的相照映吗？若能，你将不再苛责自己。我想，当我也到了那个放肆到无法片刻解脱的年纪时，也许会懂得杜甫。但我不必提前十年二十年过日子，最终它都会来。

我很少和人正正经经谈诗词，并不希望它落于技法的传授，或阅读量上的相互较劲，这两者都无益于生命体验。毋宁是游春寻芳，或烹茶闲话中，信口一句半句遣兴，还比较不失风情。但如有必要，我也并不讳言谈论和展示它，如同不回避保持一些传统的生活方式——穿旧式衣裙、学茶道、弹琴。我不需要躲起来做这些事，也不需要高调顶戴复兴者冠冕，它们可以自然而然地随我进入日常生活领域，一如它们之前几千年存在的样子。在这几千年里，这些生活方式不代表主义，不自命不凡，更不附庸风雅，所以它们得以长久生长。在今日，有些事也不如这样存而不论，才不至于夸张。

人有权利选择一种更有美感的生活方式，并感到理所当然。逐渐你会对它坚定不移，然后你逐渐会对你喜爱和认定的事物坚定不移。诗词、茶、古琴，都可以是其中的一个组成部分，当然现在的更多情况是，美和郑重被定义为造作，它们的坚守者遭人侧目。老时代毕竟过去了，它们还活着，一半成了历史的余晖。这无可厚非，但悲哀。

所以《中华好诗词》这个节目，至少让更多人直视那一片余晖。第一季播出之后，有朋友看电视发现了我去做选手，问我说，你觉得在电视上比谁背的诗多，有意义吗？我说，你问我这本身已经是意义，你关心一个文化话题，而不是刷微信看看哪个明星又离婚或爆绯闻。对我来说，电视节目是一个游戏，不必强求意义。兰亭雅集、曲水流觞也是游戏，当时与会群贤所作的诗文亦不见得字字珠玑多有意义，但有这文字游戏与兰亭的山川风日一起，便做成了一件足以流传千年的雅事。以至于今时今日，亦有回响。不同的是我们在做这游戏，可社会环境不像当年兰亭山水与人相悦的好风景。但总有人闻风相悦，而且会越来越多，我们不至于寂寞。

参加完节目仍然没什么时间弄诗弄词，仍是忙，一身风尘在城里奔命。有天晚上偷闲在琴馆住，拿笔墨出来练字，不知不觉抄下半首多年前填的《阮郎归》："旧家台榭雨霏微，沉香作雪飞。木兰花下掩柴扉，故人应不归。……"

那时真小，句句都稚嫩。词是外婆去世后，我回去看从前的家和院子时写的。老梅已谢去无踪迹，小门前一大树玉兰花开到将落，花片如雪晃人眼。转眼间，我也长到一回首能二十年的岁数，而外婆葬于泉下多年矣，她教孩子读的诗依旧年年岁岁在梅梢月上飘摇。"青青河畔草，绵绵思远道"，诗也许是外婆做孩子时就读过的，而我念着它们，研墨抄字句，想到我的孩子将来也会读。心中极其安静，而且愉悦。

岁月是洪波，我们终将随水成尘，没有怨恚。因为我们相信这一去不返的流逝当中，仍有像诗词这样美丽的东西恒久、稳定，借人类蜉蝣般的生命不断传承，终成它的永生。而在这永生里，逝者纵渺小，也得以不朽，如同春叶生时树下的新泥，如同今时今日外婆在我心中。

也许在几千年后的某个春日，我们遥远的后人——她也是个十几岁的小姑娘，声音明亮，手指柔软，她坐在窗下念书念到"青青河畔草"，看窗外山川风日如痴如醉，会心一笑时，我们也会同时在苍穹中宁静地微笑。那一刻，如同从未有过间隔，如同从未有过时空。

喜欢好诗词　传递正能量

【诗词达人张家亮】1988年生，河北井陉人。2013年12月14日，以河北省灵寿县陈庄镇初级中学特岗教师身份登上《中华好诗词》舞台。节目中的张家亮，羞涩腼腆中带有对诗词知识的自信，虽然没有通关，节目组和明星"关主"为了山里的孩子们，给予他特殊待遇并奖励全额奖学金。主持人王凯的"爱心衣橱"计划，当场为孩子们捐助冬衣，节目组也赶赴他所支教的山村小学奉献爱心。他被誉为《中华好诗词》舞台上最有温度的选手。

　　1988年2月，我出生在河北省井陉县南王庄乡塔寺坪村，一个偏远落后的山村。我小时候家里没啥条件，过得很清贫，更没有多余的钱给我买书，但我知道爷爷那里藏有很多古书，总跑到爷爷家里求他给我一章一章讲书里的内容，大部分是些诗词。不知从几岁起，爷爷开始教我背第一首诗《悯农》，我还不识字，不可能知道自己所背的诗句到底是什么意思，靠着对新鲜事物的好奇心，爷爷教一首我背一首。

　　有的同事觉得既然小时候不知道诗句的意思，背的诗又很容易忘了，以后还得重新学，与其上学前背了忘还不如省下精力等大点再学。我认为不然，虽然当时年幼不明白诗句的意思，但是通过背诗给我正在发育的大脑创建了一个诗词的环境，使我在无意中熟悉了诗词的韵律，受到了文化的熏陶，这正是意义所在。

　　除了教我背诗之外，爷爷还教我学古文，后来还带我辨认天上的星星等等，当然还有一些迷信的东西是不值得提倡的。印象中爷爷种了满院子的花草，常常以隐士自居，可惜爷爷早早地去世了，我想他肯定还有等我长大再打算教给我的东西。

　　初中、高中、大学一晃而过，遇到了好多恩师，再加上自己的热爱，肚子里积累了不少诗词。高一时我不知为什么稀里糊涂地选择了学理科，等高考报志愿的时候没办法报我喜欢的汉语言文学，就随便选了生物科学。在大学里想转专业到文学院也没有成功。大学毕业后，怀着满腔热血报考特岗教师，2012年9月，顺利通过考试后来到了河北省灵寿县陈庄镇初级中学，成为全校唯一的一名物理教师。

陈庄镇是太行山深处的一个小镇，距离灵寿县城有近三个小时的车程。记得一下车，就被这里旖旎的风光所吸引，大口地呼吸着新鲜的空气，拿着手机不停地拍来拍去。站在高处还能望到横山湖，很美，也是后来的日子里我灵感的源泉。

后来，校长看我整天舞文弄墨的，就让我同时带了一个班的语文。第一次去上语文课，心情特别激动，因为一路辗转，我终于可以接触上我酷爱的文学，我酷爱的诗词。

有一次上语文课，我教孩子们学《蜀相》，当我深情地读到"出师未捷身先死，长使英雄泪满襟"时，由于入境太深，眼泪夺眶而出，最后只能骗孩子们说老师感冒得很严重。我是一个多愁善感的人，触景生情的时候比较多，写了一些文言体裁的散文，不知道是不是因为这个，大家在我的QQ好友印象里好多都评的是"古代人"。

对于如何学习诗词，我个人不赞成现在有的学校把诗词全部翻译成现代汉语的做法，这会让诗词的语言魅力尽失，况且任何人的翻译都只是一种对原诗意思的猜想，翻译出来只会强迫所有的学生都去认同同一个主旨，同一种感受。我们应该放开束缚，体会每个人读到的意境。

很长一段时间里，我心里一直响着一个旋律，走路的步子有时候都踏着那个节奏。一次学校放假，在回家的车上，我挑了个窗口位置坐下，三个小时的车程，又不困，于是就想写点东西了。车窗仿佛就是个心灵之窗，我望着匆匆而过的风景，想起自己目前的处境，想起来灵寿这一年的点点滴滴，莫名的感觉涌上心头。这样旋律和情感都有了，于是我打开手机上的记事本，完成了填词过程。还有，我发现一气呵成的诗词文章，事后再想做修改真的很难，半天改不动一个字，看来古人说"文者气之所形"是有道理的。

再说在灵寿山中教书的日子，天蓝，水净，山绿，人美，"山气日夕佳，飞鸟相与还"，很适合修身养性，过得很陶醉。去年11月，偶然听到电视上赵忠祥老师为《中华好诗词》宣传读到的"江畔何人初见月，江月何年初照人"一句，我心血来潮，网上报名，初试，复试，面试，顺利来到了北京。

当天的天气预报说北方降温十度以上，一出北京西站，凛冽的寒风吹打在脸上，我突然想到冬天马上来了，眼前浮现出去年冬天的情景。当时第一年特岗支教，没想到山里积雪一冬天不化，气温经常零下十几度，由于衣服没带够，我们一起来的青年老师们哈着手在教室做板书，再看看孩子们，不少人手上脸上都有了冻疮。我的课代表拳头一攥，手背和指头关节处的肉就裂开一道深深的缝。想到这些，我突然改变了只是为爱好而来北京的初衷，打算为孩子们多赢些奖金，让我的孩子们能够吃饱一点，穿暖一点。从我决定留在山区的那一刻，我瞬间失去了好多，除了城市的繁华之外，还包括曾经相恋了三年多的大学女友，正如节目里所说，这次站在《中华好诗词》的舞台上，是我有生以来最在乎物质、最在乎奖金的一回。

站在《中华好诗词》的舞台上，想到自己面对的将是全国的观众，紧张又兴奋。自我介绍后，主持人王凯现场答应他的爱心衣橱将给我教的孩子们每人一套冲锋衣，我替我的孩子们连声道谢。想到就算自己第一关就败北，也起码没有空着手回去，不由得放松了好多。我挑的第一个明星擂主是刘刚，由于我平时很少看电视，很少认识明星们，当时在场上没能叫出他的名字。刘刚其实很强，我们俩对诗好久才分出胜负。由于田源前几场就一直起哄，被大家给劝说得做了陪掉，不过田源满身都是发自本心的幽默，选手们都很喜欢他。第三个掉坑的是大左，最后败在"老了英雄"一句上。这首诗我也没背过，用了求助机会才险胜的。第四个对手我选的左岩，我们选手都知道她很强，能打败她我也很有成就感。最后我败给了小颖子，因为喜欢，《虞美人·听雨》这首词我记得初中时候就背过了，可惜卡住，怎么也想不起来。在我连闯四关行将失败的时候，喻恩泰和小颖子两位关主主动放弃，将属于他们的奖金捐给了孩子们，现场响起热烈的掌声。大家陪着我一起走过了一个这么有意义的旅程，主持人王凯哥也被打动了，跟我们一起站在了坑里。掉下去之前，我突然想跟电视机前的孩子们说几句鼓励他们好好学习的话，可是刚说了两句就哽咽了。现场所迸发出的爱心感染着在场的每一个人，随着一声重重的响声，四个人同时掉到了坑里，只剩下虫儿飞的歌声还在演播大厅里回荡。离开了舞台，我才看到包括我在内的好多人流下了感动的泪水。

一出演播大厅，我被刚刚在现场的好心人团团围住，他们有选手，有明星，有工作人员……大家留下我的联系方式，准备也为孩子们做一些力所能及的事。晚上九点多,我怀揣着全额奖金和满满的感动直接赶往北京西站,只想早日回到孩子们身边,告诉他们这个冬天不会挨冻了。我悄悄退掉了栏目组给我买的高铁票,换乘了开往石家庄的普通列车,站了四个多小时后回到了石家庄,挨到天亮又倒了四次汽车回到了山里。

一个星期后,河北卫视新闻部、《中华好诗词》栏目组等一行二十多人,经过近四个小时的颠簸,来到了我任教的陈庄初中,除了带来王凯哥捐赠的衣服和我用奖金购买的背包、手套、棉被,还带来了大批图书等慰问品,学校沸腾了,孩子们沸腾了!

赵忠祥老师在我的节目最后点评说,我们学了诗书,不仅是要"气自华",更要"心向善",河北卫视等台的新闻节目,报道和关注了这一爱心义举。

我的那期节目总共播了五遍,希望能让更多的人喜欢诗词,传播爱心,弘扬文化。同时也让更多的人了解特岗教师,为此灵寿县教育局还给我颁发了"灵寿教育突出贡献奖"。

如今两个月过去了,一切回复了平静,我一如既往地重复着备课、上课、批改作业……不同的是我的孩子们更爱学习了,而且非常刻苦,我想外界对他们心灵的捐助,更甚于物质帮助吧。

怀念那个舞台,怀念那个星光灿烂的夜晚,愿更多的人喜欢好诗词,传递正能量!

好诗词：伴我人生不寂寞

【诗词达人田雷】教书匠"一枚"，从事高中语文教学，常自诩为比"大师"大，因为是老师。老家河北衡水，现居京华，聊以糊口而已。教不甚精但喜钻研，貌不甚帅但有活力，坚信用进废退，坚信行胜于言，坚信上得最好的课是下一节。爱小酌，但要有佳肴；爱吟诗，但须有高朋。节目中的田雷被称之为"先生"，大气、风格沉着、冷静，是直通半决赛的通关选手。

大文豪托尔斯泰曾言幸福的家庭总是相似的，不幸的家庭各有各的不幸。我姑且仿一下托翁的格式，来表达我对诗词的感觉：不喜欢诗词的人或许有很多缘由，喜欢诗词的人理由总是相同的，那就是读诗使我们聪慧，使我们的人生不寂寞。君以为然否？且听我徐徐道来。

我读诗是从孩提时开始的，得益于母亲的督促。记得那时既不知诗词的韵律，又不懂个中的内涵，只是觉得好听、好玩而已，在懵懂中颇背了一些，还有些颠三倒四，现在回想起来，的确有"小时不识月，呼作白玉盘"的意趣、温馨。

等到了小学高段（五、六年级）和初中的时候，已经是有意识地读诗词了。初中时的我喜欢在课上看《三国演义》、《水浒传》之类的大部头，应该属于鲁迅先生说的那种在国文课上看《红楼梦》的那类人，一言以蔽之，不是好学生。但就是这种境况下，我深深地爱上了诗词，喜欢它的精练洒脱，喜欢它的曲折回环，更喜欢它的言有尽而意无穷。我清楚地记得，我把《水浒传》的开篇词"试看书林隐处，几多俊逸儒流"连抄了五遍，在从学校回家的路上高声朗诵"明月几时有，把酒问青天"。那时的我，应是"少年不识愁滋味"却"为赋新词强说愁"的年纪，这种感觉大家可能都有吧？

真正窥得文学殿堂的辉煌，是在高中、大学之时。那时也越发清楚地了解了"诗者，志之所之也，在心为志，发言为诗"的精髓，越发坚定了我对诗词的钟爱，不寂寞的人生，从读诗开始。经典的诗词是作者真挚感情的抒发，我那时已经可以从杜甫的《梦李白》中读出两个人形离神合、肝胆相照、互劝互勉的友情；已经可以从苏轼的

"与君世世为兄弟，更结来生未了因"中读出了他与苏辙拳拳的手足亲情；已经可以从纳兰容若的"赌书消得泼茶香，当时只道是寻常"中读出他与妻子死生契阔、终生不渝的爱情。这些我们人类亘古不变的、最美好的情感，正是在诗词的映衬下，才历久弥新，让我们慨叹之，向往之。也正是这时，我试着写诗、填词，和同学们一起品读着那些略显稚嫩的篇章，当真有"少年心事当拏云"的气势，现在想想，虽则年少轻狂，却也是不枉少年时啊。这种感觉，钟爱诗词的诸君，可曾有过？

大学时最重要的是收获了爱情，找到了与我偕老的另一半，这其中诗词也是功不可没的。妻大学时主修外语，也算是文学青年（妻自称），当初在自习室认识时，就是因为妻在和她的闺蜜对诗，她闺蜜答不上时我信口对出，然后就多对了几句，然后就诗而论事，然后就徘徊而谈心。我还清晰地记得，三五之夜妻给我背诵英文诗《三重影》时的情景，然后就……回首往昔，怎一个"浪漫"了得。当然我们走到一起并非一路坦途，其间有过颇多的误会、隔阂，各种磕磕绊绊，也正是于这种磕绊中，我才真真地体会到什么是"似此星辰非昨夜，为谁风露立中宵"，才切切地知晓了什么是"情到深处无怨尤"，所以我们两口子一直彼此珍惜，相携相守，现在如此，今后依然。这种情愫，钟爱诗词的诸君，可能体察？

大学时光纵然美好得让人流连，让人驻足，可是我总要离开校园，总要就业，要面对人生，弹指间我执教鞭已十又一年矣，其中甘苦可谓"如人饮水，冷暖自知"。今年高三百日誓师的时候，恰逢我从教十一年，学生们蓬勃的气势，豪迈的口号，感染得我也豪气干云，在大会上口占对联一副来激励学子："黑板七尺，讲台三尺，心田定有十分爱；诗书五卷，学目六科，眼际长明一盏灯。"此联的上联，就是我从教多年对自己的一个写照，不敢说多么贴切，却也是真性情的抒发。这么多年我一直坚持用好的诗词来感染我的学生，让他们求真、笃志、明德、向善，让他们知道什么是独立人格、自由精神，让同学们的人生也精彩不寂寞。我和孩子们一起读张孝祥，"明日风回更好，今宵露宿何妨？水晶宫里奏霓裳，准拟岳阳楼上"，培养他们的乐观；我和孩子们一起读李太白，"天生我材必有用，千金散尽还复来"，培养他们的自信；我和孩子们一起读陆放翁，"纸上得来终觉浅，绝知此事要躬行"，培养他们知行合一的精神。这么多年来,学生们一直很受用于我的课堂,他们说是有"语文味"的课堂;我自己定位是"一明二简"的课堂——目标明确,过程简单,方法简便,就是既教学生听说读写思,又教他们热爱生活的课堂。而诗词,是我的力量源泉之一。爱诗词的诸君,可曾知晓?

特别值得一提的是我结缘河北卫视的《中华好诗词》,这个节目让我有幸结识了很多的同道中人,让我越发坚信"独学而无友,则孤陋而寡闻";也给我的教学带来了很大的帮助,因为我的学生看到了我的"力行"和"坚守","好学近乎知,力行近乎仁",这就是榜样的力量吧。

听我流水账似的聊了许久,应知我心了吧?我很欣慰,已过而立之年的我,还是那么热爱生活,就像没有被伤害过一样,还是相信努力就有收获,相信"唯命不于常,道善则得之,不善则失之矣"。集张孝祥、杜子美二位大家成句以自述——"表里俱澄澈,心迹喜双清"。同爱诗词的诸君,这就是一个爱诗词的教书匠的心路历程,好诗词,让我永远不寂寞!

永远共勉!为了我们的热爱!

我与诗词有个约会

【诗词达人张卫阳】1969年生，河北邯郸人。邯郸市丛台区四季青街道办事处蔚庄社区居民委员会主任，是一名不折不扣的基层文化传播者。自幼对诗词有浓厚兴趣的他，不仅自己读诗词，更想通过参加节目，号召全体社区居民展开对传统文化的学习与传播。节目中轻松连闯五关后选择理智止步，被赵忠祥老师戏称为有"古赵之地的狩猎"之风，展现出与众不同的人格魅力。

说起诗词，其实我很惭愧。因为我没有现在孩子们这样的优越条件，从小就能在父母或者爷爷、奶奶的教导下，从咿呀学语时就开始接触中华诗词文化。我的童年时代，家里条件很苦，父母为了生计每日疲惫于奔波之中，早晨披星走，晚上戴月归，一天都跟我们说不上几句话，哪来的精力教你读诗背词呢？但是，当时一个机会让我读到了第一首诗，中华诗词便在我心底生了根、发了芽。

诗词与我初相识

我们家在当时也算是书香门第，因为我的爷爷是邯郸师范专科学校的校长，可是由于没在一起生活，爷爷的工作也很忙，所以很少能受到他的熏陶。只是有一次父亲让我去学校给爷爷送东西时，恰巧爷爷独自在办公室。爷爷问我："快该上学了吧？现在学了点什么？"我看着爷爷严肃的目光，不知道该怎么回答。爷爷也从我的脸上看出了我的茫然，轻轻叹了口气说："唉，小孩子不学东西怎么行呢？我现在就教你背首诗吧。锄禾日当午，汗滴禾下土。谁知盘中餐，粒粒皆辛苦。"看我逐字逐句都背会了，爷爷又告诉我，这是唐朝诗人李绅的《悯农》，是告诉人们农民种粮食很辛苦，要付出许多汗水才能有所收获，所以我们要珍惜每一粒粮食。虽然当时我不懂什么是诗，但当我背会它时，我立即被这朗朗上口的感觉吸引住了，回来时我一遍一遍不停地背，背给每一个小伙伴听，晚上又背给父母听，兴奋得我几乎一夜没睡。从此，我隔几天就要跑到爷爷的办公室去，只要看到他有点儿时间，就缠着他教我背诗。这可能就是我和中华诗词最早的缘分！

等到上学时，我每每看到语文课本中的诗词就感觉特别亲切，总觉得它在看着我，我不能把它丢下，我一定要背会它！就这样，从小学到高中，不管老师怎么要求，我总是要背会课本上所有的诗词。我最初的诗词积累，其实就是我们课本上的诗词。

诗词伴我走人生

诗词，不仅丰富了我的知识，也教会我做人，让我选择了正确的人生道路。1987年高中毕业后，我选择走进军营。部队紧张有序的军事生活磨练了我的意志，坚定了我的信念，也使我更加热爱诗词文化。我深信一句话"腹有诗书气自华"，我把自己每个月仅有的十几块钱津贴都买成了诗词书籍，我把训练之余的所有业余时间都用来学习诗词，战友们经常能听到我们连队的营房里传来诗词的诵读声。从最初对诗词的懵懂，到对诗词背后每一个故事的了解，我感觉三年的军旅生活，使我对诗词的理解有了一个质的升华。为了更系统地学习诗词文化，也为了弥补我没能上大学的遗憾，这期间我报名参加了汉语言文学专业的全国成人教育自学考试，经过几年的不懈努力，我终于拿到了河北师范大学的大专毕业证书。考试成绩单上，分数最高的就是古汉语。

从部队复员回来等待分配的时候，我开始阅读四大名著。读《红楼梦》时，我被书中大量的诗词深深地吸引住了，边读书边做记录，我把《红楼梦》中所有的诗词都抄在笔记本上，然后开始一首一首地背，仅读书笔记和诗词抄写，我就记满了整整五个笔记本。虽然二十多年过去了，但《红楼梦》中的很多诗词我到现在依然可以倒背如流。

在这期间，我其实也有过对诗词学习的迷茫。因为生活中能用到诗词的地方并不是很多，更多的时候只是自己的一个爱好，只能自己欣赏、自己陶醉，身边很少有人能理解你学习诗词是为了什么。这种想法，也曾经让我一度放下了诗词的学习。

直到2005年，当我担任社区居委会主任之后，在工作当中我逐渐发现，其实社区文化真的很需要中华诗词、历史典故这样具有正能量的、民族的精粹文化来融入、来引导。而我们邯郸又是"成语典故之乡"，有着深厚的文化底蕴和浓厚的历史氛围。据统计，有二千多条成语典故都与邯郸的历史故事或历史人物有关。于是，我便有了一个想法，就是一定要把中华诗词连同成语典故，一并融入到我们的社区文化之中，引领社区文化走上正确、健康的发展道路，并把诗词文化打造成我们社区文化的一个亮点。我给我的这个想法取了一个美丽的名字叫作"我与诗词有个约会"！

我与诗词来约会

有了"我与诗词有个约会"的想法之后，我又将自己埋首于诗词的书海当中，迫不及待地想从诗词的海洋中汲取营养。因为我知道要想让诗词文化走进社区，首先就要充实自己的诗词知识，让居民群众从自己身上看到诗词的魅力，才能让他们更好地接受诗词文化。但是，在自己投身诗词学习的同时，一个问题一直困扰着我，那就是以什么样的方式将诗词引进社区文化呢？如果只是传统的吟诵，那就太单调了，不利于诗词的传播；如果采取其他的形式，是否妥当，是否能完全诠释诗词的含义？正当我百思不得其解的时候，2013年10月，我在电视上看到了河北卫视创办的《中华好诗词》栏目。节目以对答的方式、幽默的格调，将一首又一首的中华诗词展现给电视观众，加上两位大学士对诗词中疑难问题的解答，一期节目俨然就是一场诗词盛宴。看到这个节目之后，我立即深深地爱上了它。它也为我将诗词融入社区文化，实现我和诗词的约会提供了很好的参考模式。从此，每周六晚上十点，我总会准时守候在电视机前，聚精会神地观看《中华好诗词》节目，而且在电视机前时刻和节目搞着互动，主持人问的每一句诗词、每一个问题，我总是抢先回答，然后对照节目答案，看自己是否答对了。

妻子明白我的心事，也知道我对诗词的热爱，一直鼓励我说："你不比场上的选手差，你也报名去参加节目吧！"真是"一语点醒梦中人"，对呀，我去参加节目，一来可以和专家、选手交流，找到共同爱好诗词的朋友，促进自己的诗词学习；二来也可以通过我参加节目，引起社区居民对诗词文化的关注，为诗词文化走进社区打下一个好的基础。下定决心后，我立即拨打了《中华好诗词》节目的报名电话，经过初选和努力，在2013年的最后一个月，我终于登上了《中华好诗词》的舞台。

2013年12月7日，河北卫视第8期《中华好诗词》播出后，反响出乎我的意料，走在马路上，不断有陌生人向我投来友好的微笑，也有人主动跟我聊上几句，说很羡慕我的诗词量，在台上发挥很好等等。也有很多社区居民跑到办公室向我祝贺，说真没想到我们社区还有这样的人才，真没想到你还会背这么多诗词呢！更有许多爱好诗词的居民，跑来和我交流诗词学习心得。我也正好借机向大家讲解中华诗词在中华传统文化中的地位以及学习中华诗词的作用和意义。趁热打铁，我随即在社区内开辟了一块诗词园地，园地里有《每周一诗》、《每周一词》，向大家介绍诗词的内容、注解及作者简介，方便社区居民随时学习诗词知识。我趁着大家的热乎劲和新鲜感，又恰巧快到春节假期了，就提议在社区内搞一场模拟《中华好诗词》诗词比赛，让更多人参与到诗词文化中来，我这一提议受到了大家的热烈拥护。于是，我组织人员开始积极筹备。

2014年2月5日，正月初六的早晨，在蔚庄社区文化活动中心内，一场别开生面的诗词比赛在热闹、祥和的气氛中拉开了帷幕。台上主持人不断地提出诗词问题，台下选手们争先恐后地举手回答，答对的有小礼品，答错的要给大家表演节目。几个小时很快就过去了，大家都意犹未尽，要求定期举办这样的活动，都说这是蔚庄社区从来未曾有过的一场文化盛宴！

通过参加《中华好诗词》节目和节目播出后我生活的一些细微变化，我感觉到了中华诗词的巨大力量，同时也感觉到传播和传承中华诗词文化的责任。中华诗词文化需要传播，只有广为传播才能让更多的人了解中华诗词，喜欢中华诗词。中华诗词文化也需要传承。中华民族五千年的文明历史，就是从古至今，一代人一代人传承下来的。如果没有了传承，那后代人怎么会知道过去的事情，又哪里来的古典文化呢？没有传承就没有一个民族的历史，一个民族如果没有了历史，也就没有了民族的灵魂和精神。过去我喜欢诗词，一直认为这是我自己的事情，与别人无关。参加完河北卫视《中华好诗词》节目后，我突然感觉到，过去的想法是错误的。传播中华文化，是我们每一个中国人的义务；传承中华文化，是我们每一个中国人的责任！

我和诗词的约会才刚刚开始，在今后的日子里，我会坚守这个约会，把诗词文化一步一步融入到社区文化，在社区内建立诗词长廊，定期举办诗词兴趣培训班，开展诗词知识比赛、诗词吟诵比赛等等。以居民喜闻乐见的形式，宣讲诗词，传播诗词。

"衣带渐宽终不悔，为伊消得人憔悴"，我相信我和诗词的约会一定能长长久久地进行下去……

一棹碧涛春水路

——我与诗词的不解之缘

【诗词达人陈更】工科文艺女陈更，1992年生，陕西咸阳人。现为北京大学工学院2013级直博生，北大耕读社社员。从小酷爱文学，记忆力惊人，生活中常常触景生情吟诗作对。节目中最单纯最感性的选手，常规赛时言笑晏晏，对答如流，从复活赛杀进半决赛，止步十二强。

我去寻你/在古老的大漠上/我仰望天空/银河像一条幼时走过的村路/月亮从莲花丛中升起/洁净的天空透出我四季不停的企盼/雨季里深深植下的根/一如对你的思念/浅浅地萌出了嫩嫩的芽

——题记

题记里的诗，是我小学五年级时在《中学语文园地》的扉页读到的，乍看来像一首情诗，而它当时的批注，告诉我作者是在描述一条文学之路，诗名是《真水无香》。小时候似懂非懂，只是一笔一画地将它抄在了自己的读书笔记上。事隔多年后，再回头看这首诗，便突然觉得如获知音。每一个热爱文学的人，不都走在这样一条路上吗？它艰辛、漫长，让人偶尔茫然而又似有着无比坚定的信念，似有苦涩但心中总有满满的幸福感。

喜欢诗词，似乎缘于从小对读书的痴迷。书中那一个个温润如玉、娴静婉和的女子，可以随口吟出"寂寞空庭春欲晚，梨花满地不开门"，将一生的凄婉美丽化作满地梨花，读来眼底恍见梨花花瓣飘过，又似有淡淡女儿香透纸而来。于是觉得，做一个女子，应该会吟诗。开始时因为喜欢《红楼梦》，默默记下了黛玉的诗，"半卷湘帘半掩门，碾冰为土玉为盆"，是潇湘妃子冰雪落凡尘的写照；"眼空蓄泪泪空垂，暗洒闲抛却为谁"，是绛珠仙草对神瑛侍者缠绵无尽之情。后来又开始读《漱玉词》，"蹴罢秋千，起来慵整纤纤手”，是天真安逸的豆蔻年华；“红酥肯放琼苞碎，探著南枝开遍未”，是风雅多愁的青年时光；“今年海角天涯，萧萧两鬓生华”，是孤苦无依颠沛流离的晚景。易安居士传世之作大约只七八十篇，但后人却能从中看到她曲折的一生，领略“千古第一才女”的气韵风骨。

后来，大了些，经历的事情多了，开始有了心事。读诗，便除了领略他人悲欢离合外，又多了一层意味——在诗中寻找知音，回味自己生活的一点一滴。那些飞珠溅玉般的回忆，怀着在别人看来无关痛痒在自己看来却排山倒海的琐碎，想起时往往让人不能自已，想诉说时却又不知从何说起。这些丝绸一样起伏无边的感怀，剪不断，理还乱，却能被一行行诗梳理得熨帖暖心——啊，原来诗人也有过这样的心情，原来这就是当时的月亮。这些情感的濡湿常让我感动得热泪盈眶，流转的时光因此而美丽温暖。

再后来，才知道诗词绝不仅仅只是儿女情长，绝不仅仅只诉说个人的人生阅历。她从《诗经》中一路走来，历经数千年的千锤百炼，到现在每一个中国人思乡时都会想起“床前明月光，疑是地上霜”，台湾土著居民里没有读过书的老婆婆，也会说“新绣衣裳两面红，一面狮子一面龙”。所以林语堂先生说，诗词是中国人的宗教。在诗中，我看到母语语言的变迁，我看到先民智慧的结晶，我看到华夏民族的精魂。夜深如浸，虫吟如泣。当我又在灯下打开一册诗集，那些或平淡隽永或慷慨惊艳的语言，时而让一场在历史长河中微不足道的依依惜别成为千古不朽的事，时而又似轻描淡写地将国破家亡的血海深仇一笔带过。于是你怎能不开始确信历史的存在，于是你看到了那些远比你的生命久远得多也壮丽得多的事物，于是你明白了自己的生命是从怎样的一条抵抗着风雪与粗砾并荡漾出绚丽浪花的河流里延伸而来的。

“今年到时夏云白，去年来时秋树红。两度见山心有愧，皆因王事到山中”。这是白居易对山的心情。山的忠厚相守，让诗人于俗世奔波中得到心灵的栖息，“有愧于山”，平淡中却有不凡绝尘而出，是香山居士对诗词“绝假纯真”的写照。

“赵客缦胡缨，吴钩霜雪明。银鞍照白马，飒沓如流星”。这是李白心中的侠客，如此栩栩如生，读来酣畅淋漓，诗句从唇边流出，正似侠客爽朗而断金切玉的笑声，盛唐的风貌气势，由此可见一斑。

　　"相思一夜梅花发，忽到窗前疑是君"。心里惦记着一个人，就仿佛处处都是他。卢仝只这浅浅一句，着一支梅花之力，却道出了从古至今、相爱相思之人心里的秘密。

　　"试问岭南应不好，却道，此心安处是吾乡"。这一刻，千古文豪苏轼，却只得屈居一旁，光芒不及词中的女子。在宇文柔奴心中，岭南不是故乡，京城也无所谓故乡，真正的故乡只有一个，就是王巩。自作清歌传皓齿，很美；笑时犹带岭梅香，亦是绝美，却不及她心中的旷达忠贞、生死相随令人动容。这样一个秀外慧中的女子，幸得东坡填词相赠，否则也不会让千年之后的读词人，悟出该如何对待自己的爱情。

　　"松生数寸时，遂为草所没。未见笼云心，谁知负霜骨"。这是吴均贫寒之中的雄心傲骨。不得志之人常有，却又有多少，能像杂草中的青松，不甘被草淹没，不忘笼云之志。我常以这首诗来提醒自己——不忘初心，不甘平庸。

　　"君子防未然，不处嫌疑间。瓜田不纳履，李下不整冠"。生活中常有杂事纷扰，误会、摩擦总是难免。有一天才发现，瓜田李下，君子自当主动避嫌。古乐府《君子行》，让人会心一笑之余，体悟到生活细节之处的智慧。

　　"素月分辉，银河共影，表里俱澄澈。怡然心会，妙处难与君说"。张孝祥的心灵与山水相通，他心中的委屈、不平，被这山间明月、满湖清波荡涤一空，方现"肝胆皆冰雪"。

　　"欲为圣明除弊事，肯将衰朽惜残年"，是韩愈铮铮的骨气。

　　"苟利国家生死以，岂因祸福避趋之"，是林则徐在国将不国之际不肯放弃的民族气节。

　　"只要想到一生中后悔的事，梅花便落满了南山"。诗人笔下生花，将人在后悔时那说不清道不明的情愫，化了满山梅花。是啊，悟以往之不谏的那些心思，不正如满山飘落的梅花，美成了绝唱，美得让人心醉而无可奈何。

　　"有如在火一般可爱的阳光里，偃卧在长梗的，杂乱的丛草里，听初夏第一声的鹂鸪，从天边直响入云中，从云中又回响到天边"。徐志摩听到了天宁寺的礼忏声，他默默地回味着"这鼓一声，钟一声，磬一声，木鱼一声，佛号一声……"然后写出了我们在听到梵音佛唱时心里无法言说的宁静与震撼。于是每每念起，都会惊喜地如获知音。

是啊，如获知音。

这些平平仄仄的诗行，让平平淡淡的日子也仿佛开出花来。一棹碧涛春水路，过尽晓莺啼处，我的青春，我的生命，都被这些诗行点缀成了一路风景。而遇见《中华好诗词》，更如春天被一朵花唤醒，虽只有几天的缘分，但对我学习诗词具有里程碑般的意义，让我更加清楚自己需要在哪里用功，自己最想成为什么样的人。一个字的读音，一首诗背后的故事，一段故事所处的时代，一个时代的语言，一种语言所折射出的价值观，处处都是学问，处处都让我看到，原来弱水三千，我所饮不过一瓢。

比赛间隙曾经和王悦笛聊过，说起"拟金伐鼓下榆关，旌旗逶迤碣石间"，他说这是他小学时背的诗。这句不经意间说出的话，却给我留下了很深的印象。相形见绌之下，我有些遗憾自己没有这样从小持之以恒的积累。但惭愧之余，又安慰自己，总算一切都还来得及，总算还有读诗的心境。

是的，就像在遇见合适的爱的对象之前，一定要先有爱的能力一般，要读诗，我认为最重要的，是要有读诗的心境。爱诗的人，一定是可以安静下来的人，他不会被社交网络所迷惑，不会在"朋友圈"中纠缠，一打开书，他就可以超然于世。他可以在"绝对孤独"中和自己相处愉快，可以通过读诗，静下来，审视自己的内心，通过旁观千百年前诗人的爱恨情仇而读懂自己，了解世界。《中华好诗词》播出后，我听说许多家长、老师看节目之后便开始让孩子们抄诗背诗，这当然是让人欣慰的事。《中华好诗词》是一个由内至外都很用心的节目，它背后有庞大的专家团的支持，每一道题都是从浩瀚诗海中精挑细选，再经过层层审核，确保毫无差错。从编导到主持人，从制作人到参赛选手，大家都真诚地爱诗，因此愿意倾其所有，给观众一场文化盛宴。所以，《中华好诗词》能获得这样好的口碑，甚至在社会上引起了背诗热潮，我一点都不惊讶，这是实至名归。但我想，让孩子学诗，如果能首先培养他的内心力量，让他可以自己安静地独处，再让他懵懵懂懂地隐约得知诗有多美好，让他对这样的美好充满好奇，然后给予恰到好处的引导，由浅入深，循序渐进，让他自己慢慢走入诗的世界，恐怕这样才能让他领略到最美的风景。

就像我身边有时有人会好奇，作为一个工科的女生，每天和数理化打交道，为何会这样热爱诗词。我想，一个人热爱的事物，并不一定要和他从事的行业相关。每一个人都有自己的精神家园，决定灵魂栖息地之模样的，是我们自己。有人喜欢在舞蹈中体悟生命的转瞬即逝，有人更愿意在书法中感悟人生，有人则通过绘画来描摹自己的内心，而我，只是因为一些或偶然或必然的"巧合"，爱上诗，爱上读诗时内心的平静释然，并在读诗中，一天天成为更美好的自己。我绝不会期盼着学诗能像获得工学学位一样为我带来物质上的收获甚至是名利。诗让我的生命如此丰满，在时光流转中，总有熨帖到心的东西，永不磨灭。

诗给了我这么多，夫复何求？

我们生来就站在悬崖边上

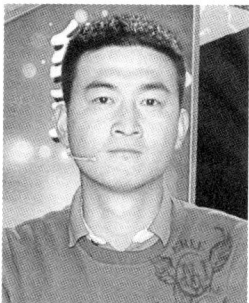

【诗词达人邵松松】1988年生，河北石家庄人。某运动品牌渠道销售。业余写小说，酷爱读书，目前已藏书三千多本。为女友创作了两本诗集，终抱得美人归。在《中华好诗词》常规赛时发挥失常，却在复活赛中把握住机会，一路过关斩将杀进决赛，获得第四名的好成绩，成为《中华好诗词》第一季最大的黑马。

高中毕业那年，差不多休息三个月，父亲建议我去考个驾照，我当时鬼迷心窍，心比天高，觉得自己以后一定飞黄腾达，开什么车呢，雇个私人定制的司机就好了，说什么也不去。父亲知道我长大了，做事已经开始拿主意，也不过分坚持。大一那年暑假，两个月假期，父亲旧事重提，语气仍是商量，我便说没得商量，就是不去。这时的不去，已经不像前一年那么幼稚，而是叛逆得有一种固执在里面作祟。父亲没能说服我，只好作罢。一晃大学毕业，参加工作也有三年，新交规早已出台，各个驾校报名费水涨船高，原先不到两千，现在翻了一番。由原先的掏个钱不用走后门也能过，到找人给钱都不知道给谁。我才幡然醒悟，应该早点考个驾照。早点考下来也许并派不上用场，但用的时候可以随时上路。

说这个事，是想引申到背诗。背诗就好像考驾照，宜早不宜迟。早早趁着年龄和记忆力的优势，囫囵吞枣地背下来，也许一时半会儿没处吟咏，也许只能沉淀在岁月的河流里，可是一旦哪天我们登高远眺、胸襟旷然的时候，可以随意说一句"会当凌绝顶，一览众山小"，而不是只能干巴巴地感慨"啊，我终于爬上来了。咦，远处的山好小哦"。当你有感而发，在特定的时刻特定的地点，你会发现，不管几千年，那时候跟你八竿子打不着的一个人写下的诗，也会不折不扣、淋漓尽致地表达你的心情。那种感觉非常美妙，千金不可易也。

说完考驾照这个故事，还想说明一个事，张爱玲说成名要趁早，要我说除了变老，什么都要趁早。杜伊祺的出现，更让我深信背诗要趁早。我父亲引导过我考驾照，被我无情地拒绝了，庆幸的是，上小学时候我姥爷引导过我背诗，我很给他面子。那时候流行练钢笔字，学校规定，每天都要写一张，姥爷说既然要写，干什么非要抄课文呢，不如抄写古诗。那是我第一次比较大量地接触诗词，看着那些或登高望远、或官场失意、或四海云游的诗句，经由我劣质的钢笔流淌在方格纸上的时候，竟然毫无违和感。我迷恋笔尖和纸摩擦的美妙声音，那些在当时"不明觉厉"的诗词作品，也如洪水般淹没了我。

但遗憾的是，姥爷并没有再多带我往诗词里走一走，就好像带我到一条大河面前，指着荡着涟漪的水面说：看，对岸的风情多么美啊。但是他却并没有教会我游泳，而我也不曾等到摆渡的人。

或者说，没有人能摆渡我们，就像法力再高强的大师也无法超度自己，那个可以带领我们过河的人只能是自己。不过，有的人幸运，有人指点过河技巧；有的人不幸，还在河边抓泥鳅玩呢。

我属于后者。真正跟诗词来个亲密接触，已经是大学毕业参加工作之后。高中的时候，我情窦初开搞对象之余还抽空无师自通地搞了一把文学。虽然一直没什么可以当成资本炫耀的成就，但高中的女朋友分手都忘记长什么样之后，依然跟文学藕断丝连，甚至一度如胶似漆，即使参加工作也没能放下，反而把挣来的钱都理直气壮地买了书。我搞文学主要是写小说，喜欢刘震云、贾平凹等作家。可是，看他们的书越多，发现自己知道得越少，尤其是古典文学和历史常识，差得一塌糊涂，但是单纯地去看古典著作和史书我又静不下心，这时候我便拾起了儿时乐趣，开始抄诗，既能充实自己的文化底蕴，又可以从诗词中了解到一些历史故事，一举两得。从此，我每天上班打开电脑第一件事就是抄诗，往往抄到兴起，部门主管站在身后怒发冲冠都毫无感觉。

一次，我又在工作时间抄写李白的《秋浦歌》，我以前只知道有那个著名的"白发三千丈"，没想到整首组诗这么多。当我一首首抄写的时候，我们主管又一次默不作声地站在了我身后，他咳嗽一声我没听见，又咳嗽一声我还没听见。做一件事入迷的话，对于外界真的可以完全抛弃。一直到他实在咳不出声来，说了句："松松，你说李白认识白发魔女不？"我这才走出遐想，晃进现实。

我是个平凡的人，平凡到随时可以融入进人群，平凡的相貌，平凡的声音，平凡的身高，平凡的性格，平凡的生活，然而我却不平凡地认为，我很幸福，即使没有面对央视的镜头，我仍然会这么说。我虽然没有专门系统地学习诗词，可这一点儿也不妨碍我热爱诗词，一点儿也不妨碍我徜徉在诗词的海洋。积年累月地抄诗，是否气自华不敢妄言，但是感觉精神却有了深厚的寄托。有精神寄托的人，是幸福的。

所以，当听说河北卫视举办《中华好诗词》的时候，我和朋友一起报名参加，这是我第一次参加电视台节目录制，在此之前，我是一个在班级晚会上表演节目都会怯场的人，但这次我鼓励自己一定要站上那个诗词炫动的舞台。可偏偏事与愿违，我参与了第一次节目录制，一共三场，百家争鸣的时候我这声叫没能啼响。好吧，再接再厉，第二次录制，一共四场，我仍然铩羽而归，坐在观众席上看着其他选手"乱石穿空，惊涛拍岸，卷起千堆雪"，自己只"场场苦逼"压金线，为他人作嫁衣裳。第三次录制，编导说最后一次录制，不过场次增加到五场，还好，赶上了末班车，但刚起步，就追尾了。好吧，我承认，其实我驾照还没考下来，跟其他从小背诗，甚至天天研习诗词的超长"诗龄"选手相比，我就是无照驾驶。我终于登上了那个梦寐以求的舞台，心跳加速到前所未有的极限，结婚的时候也没有紧张成那样。我这才发现，如果你仅仅是背过这首诗，而非倒背如流，滚瓜烂熟，那么到了舞台上就等于没有背过。经过几次跟组录制，我自信准备得足够充分，却折戟得如此迅速，我甚至来不及踩一脚刹车，让自己输得好看一点。这时候，我意识到自己跟其他一些真正搞诗词的选手，差得天涯海角去了。

当我得知可以参加复活赛的时候，我只有一个念头，我要重新回到那个舞台。这是一个契机，一次千载难逢的机遇。那些天，我利用一切可以利用的时间来背诗，昏天黑地，无边无际。这直接导致的结果是我眼角膜发炎，痛了整整两个月，而间接造成了我的晋级。

我在节目中一直强调自己幸运，原因有二：第一，我跟组参加了三次录制，准备的时间和强度远远超过所有选手，所以在答题的时候也比他人多一分把握；第二，通过这次参加《中华好诗词》节目录制，让我切身明白了一个道理——孩子，你要听话。

你要听话，首先要听爸妈的话，要你考驾照的时候千万不能拒绝，其次是要听古人的话。通过背诗，很多做人做事的道理古人在几千年前就通过自身经历和教训明明白白地给了你借鉴，我们但凡能听进去一两句，前途不可限量。我把自己印象最深的一首诗拿出来与大家共勉：

三更灯火五更鸡，正是男儿读书时。

黑发不知勤学早，白首方悔读书迟。

这是颜真卿的《劝学诗》，简单明了，如果履行，受益终身。

有些人可能对节目有一些误会，尤其是听我说背得昏天黑地、无边无际的时候，他们会轻蔑地说："哼，不就是背吗，谁不会啊。"更有甚者，以为我们背的是题。我在这里要澄清一下：第一，我们背的是诗，没有题，只有一个前后加起来超过一千首的题库；第二，谁都会背诗，但不是谁都能静下心来到诗里去。这里有个因果关系，是喜欢诗词在前，所以背诗。不能颠倒黑白。

其实想想，我们生来就像是站在悬崖边上，一步步往前走向人生未来。这一过程必定充满了艰辛坎坷，但我们不能放弃，也无法退后，因为我们身后是悬崖万丈。在半决赛和决赛现场，得知范曾先生年过七旬仍坚持每天早上五点起床读书两个小时，我顿觉惭愧。范曾先生无疑已经走出了一条康庄大道，却并没有自喜成绩原地踏步，平凡如我辈，又有什么理由晃荡在悬崖边上，而不是向前奔跑呢？不管什么时候，我们是走在路上，没有左顾右盼，没有瞻前顾后，坚定不移地努力着。这是我参加节目最大的收获。

节目结束了，我还在抄诗，而且特意买了一支新的钢笔，我想，这也算是一个收获吧。

腹有诗书气自华

【诗词达人陈文艺】青年画家，河北省青年艺术研究会会长。幼承家学，研习《诗经》、唐诗、宋词，专攻书法、国画山水。长期研读古典名著《红楼梦》，对鲁迅先生作品亦有深度研究，《河北画报》曾刊文《陈文艺的游艺之境》。2013年9月，成为《中华好诗词》首位通关选手。

随着《中华好诗词》节目在河北卫视的热播，"腹有诗书气自华"这一出自大诗人苏轼《和董传留别》诗中的佳句，也受到了许多人的喜爱。原诗首句为"粗缯大布裹生涯，腹有诗书气自华"。意为赞美董传虽然素食布衣，生活简朴，却勤读诗书，满腹才华，自有一股常人难见的高洁之气！大学士杨雨老师点评我在节目中的表现时引用了这句诗，令我有些意外之喜！

其实，对于一个与书结缘而又喜爱诗词的人来说，书是有香气的，诗是有灵性的！天长日久，自然会改变人的精神气质。

一、与书结缘

我小时候喜爱书完全是出于兴趣，见了什么书都很喜欢，那时候，书很少见，书店都在离家很远的地方。好在家里有几本小册子，如《名贤集》、《三字经》、《千字文》等。记得《名贤集》第一句就是"但行好事，莫问前程"，到现在还记忆犹新。实在没书看时，只好兜里揣着两本小人书，频繁地去找小朋友们交换着看。有时见到谁又有了一本新书，即使追到别人家里也要换着看看！用这种方法陆续看了一些书，如《西游记》、《封神演义》、《镜花缘》、《红楼梦》等。最难忘的是我的发小送了我一本《唐诗三百首》，我本来恳求他让我抄录一些，没想到发小见我那么喜欢这本书，索性送给了我。在当时的乡下，我竟然有缘得到这样一本诗书，不能不说是奇迹和缘分！因为，这样的书在乡下不要说买，就是连见都见不到。这本书我喜欢得了不得，一直珍藏在身边！我很早就喜欢唐诗，也是受了这本书的影响。后来，我自己也逐渐买了许多文学艺术方面的书。

二、家有书香

因为我喜欢读书藏书，所以家里的客厅也就变成了"天艺图书馆"，女儿天天五岁时写的这幅横匾，还受到了行家们的好评呢！我也写了一张"风过书飘香"的条幅，女儿问我，为什么不写"风过花飘香"呢？我告诉她说："世界上最香的花，也没有书香，不信你闻闻，曹雪芹的《红楼梦》有多香？鲁迅先生的《呐喊》、《彷徨》有多香？丰子恺先生画的《护生画集》有多香？《诗经》、《全唐诗》有多香？如果你闻到了这些书的香味时，你身上也会熏染上这些书的香气了。"

天天八岁时，受我的影响，逐渐对《红楼梦》产生了兴趣。一天晚上，我见她看着《红楼梦》笑个不停，过去一看，原来她正看到了《红楼梦》第九回，"训劣子李贵承申饬"，说的是贾政正训斥贾宝玉的随从李贵，而李贵因为不懂《诗经》，把《鹿鸣》里的"呦呦鹿鸣，食野之苹"，说成了"攸攸鹿鸣，荷叶浮萍"，并说"哥儿已经念到第三本《诗经》"了，说得满座哄然大笑，闹出了笑话。正因为天天会背《诗经》里的《鹿鸣》，她才能读懂这个笑话。她还在一篇"读《红楼梦》有感"的读书笔记中写道："我很喜欢林黛玉的才华横溢，薛宝钗的心胸宽广，史湘云的豪爽大量，我最喜欢平儿，因为她公平、大方、体贴下人。"她以儿童的眼光去看《红楼梦》中的世界，我觉得她已经闻到了一点《红楼梦》的书香了！更可贵的是，她暑假里还创作了一幅《曹雪芹先生造像》，受到了杨雨老师的夸奖和好评！

因为我在美院上学时，非常喜欢范曾老师画的一本《鲁迅小说插图集》，所以受其影响，我也喜欢上了鲁迅先生和他的作品。家里和画室里，到处都摆放着鲁迅先生的作品单行本。小天天也喜欢看《呐喊》、《彷徨》、《朝花夕拾》、《故事新编》等书。有一天中午，她让我看《呐喊》里的《社戏》中一段很有趣的话："这时候，小朋友们便不再原谅我会读'秩秩斯干'，却全都嘲笑起来了。"这句诗是《诗经》中《小雅·斯干》里的首句，鲁迅先生小时候因为光会读"秩秩斯干，幽幽南山"，而不会钓鱼放牛，所以遭到小朋友们的嘲笑。她觉得这段话很有意思，说明鲁迅小时候也是读过《诗经》的。有时在画室午休时，她会举着一本《呐喊》，让我给她读《阿Q正传》。从前往后，我也数不清到底给她读多少遍了。后来，我看了她的读书笔记"读《阿Q正传》有感"，上面写着："阿

Q没有家，只给人家做短工，割麦便割麦，舂米便舂米，撑船便撑船。很骄傲自大，爱瞪着眼睛说：'我们先前——比你阔得多啦！你算是什么东西！' 他把赵太爷、假洋鬼子、小D、王胡和闲人们都当作了自己的'儿子'……后来，阿Q被抓去革了命了。" 她写得虽然有些幼稚，但至少她喜欢读这些经典的书，而且她还创作了一幅《鲁迅先生造像》，并且得到了范曾老师的好评。范曾老师还为她题写了"童心可珍"四个字以示鼓励！

三、诗有灵性

我曾经买过一本被评为世界上最美的书的精装本《诗经》，这本书版本比较好。我选了上面的一百首诗，全都背了下来。我比较喜欢《关雎》、《桃夭》、《风雨》、《蒹葭》、《静女》、《鹿鸣》等篇章。其实，像《关雎》里的"关关雎鸠，在河之洲"这样的风景，在我家乡经常能见到，因为我们那里是"鱼米之乡"，只是没见过让"君子好逑"的"窈窕淑女"。又如《蒹葭》里的"蒹葭苍苍，白露为霜"就更常见了，春天来时，到处都是初生的芦苇，只可惜，也没有遇到过"在水一方"的"所谓伊人"。所以，看到这些诗觉得很亲切。在《中华好诗词》节目中，有一道考题就是出自《诗经》里的《郑风·子衿》："青青子衿，悠悠我心。纵我不往，子宁不嗣音？"翻译过来就是："青青颜色你的衣领，悠悠绵长我的心。即使我不把你见，难道你就不肯来个音信？"表达了女子等候情人时的焦急心情。

记得李商隐的《无题》里有一句诗，"身无彩凤双飞翼，心有灵犀一点通"，不知道为什么，我从小就很喜欢这句诗。也许这就叫"缘分"吧！有一天中午，在画室午休时，我模仿主持人王凯问天天："请听题：李商隐有一首《竹枝词》，里面含有大学士杨雨老师的姓名，请问是哪一首？"天天很快就答出了是"杨柳青青江水平，闻郎江上唱歌声。东边日出西边雨，道是无情却有情"。我又问："《红楼梦》里贾宝玉一见林黛玉就送了一个妙字'颦颦'，如果让你在这首《竹枝词》中选一个字送给杨老师，请问你选哪一个字？"天天经过考虑，选了个"青"字，我觉得还算不错，我自己也选了一个字是"晴"字。后来，我见到杨雨老师，聊起了这件趣事，没想到杨雨老师喜欢天天选的"青"字。

实际上，每天晚上，我和天天都一起在小区健身广场运动，而且是边运动，边背诗，这叫作寓教于乐！一开始，教她背《三字经》、《弟子规》。后来，又背诵了小学课本里的全部诗词。慢慢地，又背熟了《离骚》节选、《陌上桑》、《木兰辞》、《长恨歌》、《琵琶行》、《蜀道难》、《梦游天姥吟留别》、《茅屋为秋风所破歌》。我比较喜欢张若虚的《春江花月夜》，闻一多先生把这首诗称为"诗中的诗，顶峰上的顶峰"。张若虚也因为这首诗，"孤篇横绝，竟为大家"。真不愧是"一首压全唐"！我尤其喜欢那句千古追问——"江畔何人初见月？江月何年初照人？"

四、诗意生活

记得在《中华好诗词》节目现场，主持人王凯问我，参加了《中华好诗词》节目后，生活上有什么变化？我回答说："我们全家几乎都生活在'诗情画意'之中了。"无论在家里，还是在画室里，我们全家每人亲手制作了一本厚厚的诗集，由天天题写了《中华好诗词》的书名，这个手写书名还曾被杨宝昆导演发到了网上，我们三个人互相提问，互相配合，共同学习，共同进步，营造了一种温馨健康、文明向上的家庭文化氛围。女儿天天进步最快，她背诵的诗词量也在千首以上，还在"河北省首届惠民阅读周暨2014新年惠民书市"上当上了诗词小播主。当时，主持人考了她一首辛弃疾的《青玉案·元夕》，她一口气答了出来："东风夜放花千树。更吹落，星如雨。宝马雕车香满路。凤箫声动，玉壶光转，一夜鱼龙舞。　蛾儿雪柳黄金缕。笑语盈盈暗香去。众里寻他千百度，蓦然回首，那人却在，灯火阑珊处。"我看台下的观众对天天还是认可的。她们学校也很支持她，她与范曾和杨雨老师的合影，也被她们学校收藏在展览室了，上学期末她还被评为区里的"三好学生"！

我觉得通过参加《中华好诗词》节目，得遇三位大学士，的确非常幸运！我还把和范曾老师的合影照片以及天天与范曾、杨雨老师的合影照片制作成了明信片，送给了亲朋好友。天天还把"腹有诗书气自华"这句诗写成了条幅，挂在了画室里，这下还真有点儿诗情画意的感觉了。

其实，"胸藏文墨怀若谷"也好，"腹有诗书气自华"也好，目的都是为了升华人的精神境界，在阅读诗书的过程中，不断地完善自己，陶冶自己，追求真、善、美！

第三辑　创作手记及花絮

杜甫像（范曾）

有缘"千年"来相会

——我和《中华好诗词》的缘

《中华好诗词》栏目
总制片人杨宝昆

缘？

冥冥之中，我总觉得，不是我鼓捣出了《中华好诗词》，而是《中华好诗词》选中了我。

一开始，我们重新组建起来的项目组呕心沥血了三个月，筹划了一档唱歌选秀类节目，跟诗词根本八竿子打不着。节目方案做完了，舞美图画出来了，录制时间敲定了，一切都就绪了……然后……然后"限娱令"、"限歌令"就出台、颁布了。真是天将降大任于"别"人也！虐心呀！三个月的辛苦白费事小，今后发展的方向，瞬间迷茫起来……

接下来，对于我，对于《中华好诗词》"身无彩凤双飞翼，心有灵犀一点通"的历史性一幕上演了。

2013年8月19日中午，以河北电视台发展研究部主任朱新先生为首，剧组的主创人员聚在一个小饭馆，多少有点散伙饭的意味。席间为了缓和有些尴尬的气氛，我们就和台湾电视制作人赵玮先生随便聊聊两岸文化异同。聊着聊着就发现，台湾地区对中国传统诗词的普及度很高，普及面很广。一些音乐人把很多意境优雅的古诗词重新谱曲，广为传唱。当时文化类节目"小荷才露尖尖角"，"要不……要不咱也弄个诗词文化节目"？刹那间，醍醐灌顶般的，大家都变得兴奋起来，于是乎……头脑风暴……小宇宙……散伙饭瞬间变成了创意策划会。

2013年8月19日下午，《谁是状元郎》节目企划案一气呵成，新鲜出炉，随即出现在朱新主任的办公桌上。

2013年8月19日晚上，河北电视台台长马来顺先生亲自把《谁是状元郎》改名《中华好诗词》。《中华好诗词》当晚原则立项。

"山穷水复疑无路，柳暗花明又一村"。当时恍若梦中。

2013年9月19日，第一期《中华好诗词》开始录制。

2013年10月19日22：00，第一期《中华好诗词》抢滩登陆河北卫视。

回过头来看，8月19日，9月19日，10月19日，三个"19日"造就了《中华好诗词》。

这，是谁的安排？

从节目创意到节目开播，只用了短短两个月的时间。作为一个原创类的大型电视节目，《中华好诗词》创造了一个不大不小的奇迹。

后来，跟很多朋友聊起这段往事，都觉得不可思议。甚至有人说，这或许是那些不朽的伟大诗人的魂在推波助澜，促使《中华好诗词》的诞生。

还有些"神奇"的事，我和节目"大学士"之一杨雨女士熟稔之后，她告诉我当初为什么毫不犹豫地接受了我的邀约。她说，仿佛不是我主动打来的电话，而是她在等这个电话似的。那段时间以来，她隐隐地预感到会有这样的一个节目出现。而在我打电话之前，她似乎已经做好了决定。

而我在修改第一次录影的节目脚本时，那一句主持人开场诗——"胸藏文墨怀若谷，腹有诗书气自华"，仿佛是筹画已久，急不可耐，一下子从我脑子里蹦出来，落在电脑上……

或许，这就是缘吧？

又或许，这一切，都是受了两千年诗词的召唤？

是啊，两千多年的沧海桑田……在当下物质极大丰富的快节奏时代，那些或豪放，或婉约，或高歌，或浅唱的传统诗词似乎渐行渐远。但是，从先秦开始，从《诗经》开始，经过了两千五百多年的文脉传承，诗词从未离开过我们。而对于精神贫瘠的现代人来说，恐怕更需要这些优美的诗词来滋养和熨帖心灵。我主观地以为，我们大多数人对诗歌的感情，可能就像苏芮的歌里唱的那样，"从来不需要想起，永远也不会忘记"。而《中华好诗词》要做的，就是把隐藏在国人血液里的诗词基因唤醒、激活。

正如大家看到的，我们的《中华好诗词》让诗词变得有温度，变得"好玩儿"了起来。而我更希望能让诗词时尚起来，甚至像九把刀的《那些年，我们一起追的女孩》里说的那样，让诵读诗词在年轻人的眼里变成"一件热血的事"。于是，我们创造性地让明星偶像和平民选手完全对等起来，让这两者之间直接对战PK，谁输谁就接受"掉坑"惩罚。新一届快男贾盛强和宁桓宇的加盟，无疑带动了相当一部分年轻人开始接触并喜欢上古典诗词。

正在我自我感觉做了"一件热血的事"的时候，以新浪河北为代表的一片质疑讨伐声一夜之间潮水般涌来。"糟蹋诗词"、"诗词怎能被娱乐"、"拿文化作秀"等等"罪状"，一度让《中华好诗词》和我陷入困惑和彷徨。经过审慎的调查，广大电视观众却给了不一样的回馈：很多学校的老师把节目视频下载下来，作为教学课件在课堂上为学生们播放；保定的一个村庄家家户户每周必看《中华好诗词》；很多观众边看节目，边把题目速记下来，自发整理成册……这两种截然相反的态度，让我有了冰火两重天的体验，也更加坚定了我要让诗词走出象牙塔的决心，就是要把《中华好诗词》做成一档好玩好看、贴近百姓、寓教于乐的文化普及类节目。

不妨试想一下，如果把《中华好诗词》定位成一个高高在上、孤芳自赏的诗词鉴赏类节目，其实做起来比现在容易得多。可是，电视本身就是一个通俗的大众传播媒体，首先，这个节目要让广大受众看到，并且是喜闻乐见，才能达到传播传统文化的目的。如果一味追求高雅、高端，或许就难以起到普及诗词的初衷。还是杨雨教授一语道破天机："诗词在古代的时候，它的主要功能之一就是娱乐消遣，《中华好诗词》在很大程度上还原了诗词的本来面目。"

"把酒祝东风，且共从容"。随着第一季节目的火爆，引起文化界乃至社会各界的强烈反响和好评，质疑之声日渐式微。中宣部、国家新闻出版广电总局、河北省委宣传部等上级部门发文对《中华好诗词》进行表彰；省委、省政府主要领导均对该节目作出重要批示；央视《新闻联播》、《人民日报》、《光明日报》等国家级媒体，也将该节目作为文化类节目标杆进行大力推介。《人民日报》将节目定义为中国第一档诗词文化类节目。大家一致认为：《中华好诗词》彰显媒体责任，"以文化为核，以娱乐为壳"，以人们喜闻乐见的方式传播厚重神韵的诗词文化，为弘扬我国优秀传统文化做出了积极贡献。

时至今日，《中华好诗词》第二季正在如火如荼地热播中。第二季的《中华好诗词》更加自信，更加开放。关乎诗人、诗词、典故的不同的文化观点在节目中互相碰撞，这个节目已经成为求同存异、畅抒己见的文化交流平台。

一些捷报，也纷至沓来。

许多学校仿照节目赛制和题型，决出了自己学校的"中华好诗词"总冠军。

《中华好诗词》在台湾爆红，《人民日报》海外版评价，去年在台湾地区最火的内地节目是《我是歌手》，今年是河北台的《中华好诗词》。

省委、省政府主要领导指示："要把《中华好诗词》继续办好，办成品牌。"

我和《中华好诗词》的缘，仍在继续。

我与《中华好诗词》（代后记）

《中华好诗词》大学士杨雨

我始终相信，生命中一定有一种神秘的力量，在冥冥中安排着一切的缘分，就像我和诗词，就像我和《中华好诗词》。

先说说我和诗词的缘分。

曾有很多人对我的求学、治学经历表示过惊讶与不理解：你本科学法语，博士却改行研究古代文学唐诗宋词？你是怎么想的啊？

其实，在别人看来或许有点"异类"的选择，在我的经历中只不过是一次自然而然的缘分。我始终清晰地记得，我第一次对诗词产生刻骨铭心的印象，是有一次去我母亲所在的工厂玩，工厂的职工文化课堂的黑板上，老师抄写了一首词，下课后还没来得及擦掉："帘外雨潺潺。春意阑珊。罗衾不耐五更寒。梦里不知身是客，一晌贪欢。　独自莫凭栏。无限江山。别时容易见时难。流水落花春去也，天上人间。"那时，我还只是一个八九岁的小学生。我不知道这首词为什么打动我，而且是那种令我内心一震，仿佛有根心弦被轻轻拨动的感觉——我相信，每个人一生中可能都有过至少一次这种心弦不经意被拨动的经历，有时是一首诗，有时是一首歌，有时是一幅画，有时仅仅是一句话……而我是被南唐后主李煜的这首《浪淘沙》吸引。年少的我，还不知道李煜其人，更不知其背后跌宕起伏的经历，然而这首词中的文字，就那样不期然深深植入我的脑海，并且成了不是被老师和父母强制而主动背诵下来的第一首词。

我与诗词的结缘，便是始于这次与李煜的邂逅。

读大学的时候，命运安排我去学了法语，可是我常常溜到中文系的课堂去蹭课。有一次正好碰到一位儒雅的中文系教授讲唐代文学，讲到著名的旗亭赌唱的故事：说是唐玄宗开元年间，三位著名的诗人王昌龄、高适和王之涣到旗亭喝酒，三人各擅诗名，向来谁也不服气谁。此时恰逢一群梨园乐工携数名歌女亦至旗亭饮酒作乐，三位诗人遂打赌：

253

酒席之上，梨园乐工与歌女必会唱歌以助酒兴，谁作的诗被演唱得频率最高，谁就是当之无愧的天下第一诗人。

不一会儿，邻桌的乐工歌女果然开始唱歌，并且次第唱出两首王昌龄的诗和一首高适的诗。在高适和王昌龄得意的嘲笑下，王之涣不慌不忙地指着一位最美貌的歌女说："你们都别得意得太早，这些都是小儿科，等会儿那位最漂亮最有气质的女子唱的是谁的诗，谁才是当仁不让的天下第一。否则我终身不敢与二位老兄抗衡。"

顷刻间，那位最美貌的歌女抱起琵琶，转轴拨弦之间，轻启朱唇，唱的果然是"黄河远上白云间，一片孤城万仞山。羌笛何须怨杨柳，春风不度玉门关"。王之涣扭头对高、王二人说："如何？你们这回服气了吧？！"三人遂开怀大笑……

中文系教授绘声绘色讲完这个故事后，课堂里也是一片会心的笑声。坐在角落里的我，似乎从这个故事开始才明白，原来诗词中不仅仅有李煜式的悲怆凄婉，也有旗亭赌唱（又称旗亭画壁）式的风雅与快乐；原来诗词不仅仅是诗人在案头呕心沥血的创作成果，也是茶余饭后消遣游戏的精神来源。

也许正是从大学时代开始，我对诗词有了更深入的理解。诗词中蕴含的力量，如同一眼望不到边际的海洋，你能确切感受到它或是排山倒海的气势，或是平静中蕴含的无穷力量，但你永远不可能触及到它深不可测的海底。正因为如此，诗词才对我具有如此不可抗拒的魅力，让我义无反顾地在古典诗词中寻找到我的精神家园。我渐渐明确地知道，我的一生如果一定要有一种事业，那一定与诗词紧密相关。

这大概是我接受河北卫视的邀请，在《中华好诗词》节目中充任"大学士"的内在原因。尽管我的学识与古代的"大学士"不可相提并论，但我愿意为诗词尽最大的努力。这也是我第一次走出学院派诗词研究的领域，走上诗词大众化的平台。此前我虽然有多次在百家讲坛主讲诗词的经历，但在百家讲坛的节目形式中，主讲老师可以说是唯一的主角。《中华好诗词》的主角，却是"民间"海选出来的"诗词达人"和六位守关的明星艺人"关主"，"大学士"只承担简要提点和评述的职能。就"出镜率"而言，"大学士"在《中华好诗词》的舞台上仅为"配角"。然而，我并不在意谁是主角谁是配角，我在意的只是：在这个舞台上，诗词一定要自始至终处于核心的位置。

这一点，《中华好诗词》毫无疑问是做到了！在当前电视娱乐节目铺天盖地的大环境下，古典诗词的强势介入，无疑如"风乍起，吹皱一池春水"，大家在感到耳目一新的同时，仿佛才恍然大悟：原来似乎已被尘封已久的经典诗词，也可以在电视屏幕上演绎出这么多快乐和感人的故事。谁说那些经典的文字只能停留在遥远的过去，而不能在当下绽放出美丽的光彩呢？

尽管节目在播出的初期，因为综艺化的节目形式颇引来一些争议甚至是质疑和批评，有人说：诗词是中华民族非常严肃和宝贵的文化遗产，怎么能拿来当作娱乐的调料呢？我记得，争议最为激烈的时候，节目制片人杨宝昆先生还颇为苦恼地向我提出疑问："诗词"难道和娱乐真的是水火不相容的两极吗？那段时间是杨宝昆和我电话、短信、微博联系最为频繁的时候，我不得不"引经据典"地安慰他说："我们做这个节目真正的动力是传播弘扬那些能代表传统文化精髓的经典诗词，节目的形式是围绕这个核心来确立的。如果综艺化或者说带有娱乐化元素的节目形式，能让更多的人感受到经典原来不仅仅是'高处不胜寒'、不食人间烟火的'女神'，原来也可以是可亲可爱的'邻家女孩'，这恰恰说明我们这个节目的成功之处。事实上，大量的经典诗词都是产生于娱乐的土壤的。例如被誉为'一代之文学'的宋词，其繁荣的背景就是高度娱乐化的城市生活。有多少脍炙人口的唐诗、宋词都是文人们在酒筵歌席上即兴创作以资娱乐的。旗亭赌唱的故事虽然未必真实，却反映了古人对待诗词传播的一种态度。国学大师王国维甚至直截了当地声称他同意这样的观点：文学是'游戏的事业'。当代诗词大家叶嘉莹先生也说过，当年那些大文学家如欧阳修们，其实在游戏娱乐的时候，才能摘下他们经常戴着的道貌岸然的'面具'；在作小歌词的时候，才更能挥洒他们的真性情……"面对杨宝昆先生的苦恼，我似乎成了一个喋喋不休的老太太，反复说明着诗词与娱乐生活从来都是形影不离的好伙伴。

当然，我也知道王国维说文学是游戏的事业，此"游戏"并不能简单等同于"娱乐"，而更侧重于强调文学创作应该摆脱功利的束缚。我更知道，那些超一流的诗人们，往往是在经历过深重的人生苦难之后，才能把他们对于人生、对于生命、对于社会的深刻反思寄托在文字中，使他们的作品呈现出超越时代的永恒魅力。而相当多文人的游戏之作，其实背后隐含着他们对于苦难人生的豁达与超脱,化苦难与沉重为轻松与幽默是如苏轼一般的文人才能达到的境界。但这并不意味着诗词就绝对排斥娱乐。我无意于过分拔高一档综艺电视节目所能承载的文化传播功效,但我很希望《中华好诗词》至少作为"第一个吃螃蟹的人",将经典诗词请下神坛,用或诙谐或严肃的形式,去部分地再现文字的情感力量和美学风格。

而在伴随着节目一起成长的全过程中,我欣喜地发现,我私心底的这一点希望一直在不断地得到满足:

首先,是诗词篇目的选择经得起推敲。题目的来源自然是《唐诗三百首》、《宋词三百首》等经过了历史检验的一些经典选本。因此,"中华好诗词"的遴选并不是栏目组成员的率意为之,而是必然拥有一定的公认度,能够成为中华诗词经典的代表。有些特别好的作品,甚至会在节目中反复再现,以加深观众对作品的认知程度。例如像《长恨歌》、《琵琶行》这样的长篇诗歌,在不同场次的节目中,会以不同形式来呈现它们:有时是经典名句的记诵,有时是对背后历史故事或诗人经历及个性特征的再现与诠释,有时还借助吟诵、演唱、绘画、影视等多种艺术形式来展现作品不同侧面的美,有些甚至还有不同时期对该作品争议的介绍等等,节目力求从多方位展示同一首作品的魅力。

其次,不仅是经典诗词本身,诗词中蕴含的典故、成语及诗人艺术个性的鉴赏等,都能得到不同程度的呈现。例如李商隐的《锦瑟》被称为千古诗谜,《中华好诗词》就不满足于仅仅让选手背诵出作品本身,而是由其中的经典名句,再引申出千余年来不同接受者对它不同诠释、评论的经典。如有人说《锦瑟》是爱情诗,有人说它包含着政治寄托,而以苏轼为代表的一部分接受者则认为,是描述"锦瑟"琴音所传递出来的情感韵味……场上的选手、明星关主、大学士甚至主持人都会参与讨论,有时甚至几种意见针锋相对,谁也不能说服谁,而主持人在进行这一环节的收束时,会特意留下一个"尾巴":电视机前的观众朋友们,面对这几种不同意见,您的个人看法是什么呢?

再如"桃源"作为一个重要的诗词典故,其来源之一是陶渊明的《桃花源记》。我作为湖南籍的"大学士",且湖南常德早就开发了一处著名景点桃花源,《桃花源记》中出现的地名"武陵",也是湖南自古以来就有的一个地方,因此在解释这个典故的时候我顺便介绍了一下："一般认为桃花源的原型在湖南常德的桃源。"我这个意见一抛出来，江西籍的明星关主喻恩泰立即表示反对，因陶渊明是江西人，且庐山附近也有一处地方与作品中描写的风景极为相似，因此喻恩泰力主桃花源的原型应在江西。在我们相持不下的时候，特邀大学士王刚幽默地插了一句："也有人说桃花源在东北的。"话音一出，举座皆惊，不过在一秒钟的寂静之后，场上爆发出了会心的笑声，大家瞬间都明白了王刚的言外之意：其实每个人都可以有自己心中的桃花源。于是我微笑着补充了一句："对，陶渊明笔下的桃花源未必是现实的地名，它完全可能是诗人虚拟的一个理想世界。"类似这样的热烈讨论在节目录制现场屡见不鲜，大家总是在开心的笑声过后获得宁静的反思。

《中华好诗词》是一个充满欢笑的快乐舞台，可是欢笑和快乐不是通过庸俗的搞笑，而是通过这种豁然开朗后的领悟，带给我们发自内心的精神愉悦。节目摆脱了枯燥的说教，不会居高临下地"告诉"观众这首诗是什么意思，而是试图平等地调动观众主动思维的活跃性，启发观众在众说纷纭中去寻找属于自己的个性化诠释，从而在思想上形成节目与观众的互动。

再次，《中华好诗词》节目遵循以诗词记诵为基础，诗词理解为互动内容，最终通过诗词的诠释，传递出积极正面的价值观。一首首经典作品，承载的不仅是艺术技巧的进步历程，更折射出历代诗人的人生体验和价值追求：屈原的悲怆和浪漫，陶渊明的淡泊和自然，李白的豪放和飘逸，苏轼的豁达和洒脱，李清照的坚韧和执着，杜甫的心忧天下，秦观的深情绵邈，陆游的家国情怀，纳兰性德的一往情深……这个节目的舞台，不仅仅是诗词的长廊，更是诗人生命的长廊。尽管斯人已逝，但诗词中所呈现的深厚情感与意象、音韵之美，诗人面对个人、民族顺境与逆境时的人生态度，无一不给现代人的生活带来"润物细无声"的启迪。如果说现代中国人的生活，就好像一辆在高速公路上长途奔驰的汽车，那么诗词堪比高速公路上的服务区，它让奔驰的节奏舒缓下来。正因为有了这样相对舒缓的一刻，接下来的继续奔驰，才能更加充满力量，才能行进得更远更长久。

经典好诗词本来是凝定在遥远的过去，而在《中华好诗词》的舞台上，这些过去的诗词好像都"活"了过来。唤醒沉睡的诗词,其中最关键的因素是人!观众看到的是屏幕上一个个才思敏捷的诗词达人,幽默机智的明星关主,貌似万能的"大学士","腹有诗书气自华"的主持人,用音乐诠释出诗词之美的特邀歌手等等,当然还有观众看不到的节目组工作人员。这是一个庞大却又拥有高效和极强凝聚力的团队。每个人都心怀对中华好诗词的敬畏,心怀传播中华好诗词的使命感,每个人都在尽心尽力。我们不敢犯错,虽然我们难免犯错。我还记得温厚的赵忠祥老师在化妆室"大发雷霆",只因为有些明星关主的出场诗格律不够严谨;我还记得为了确定诗词中某个字的发音,主持人、大学士紧张地查阅文献,或打电话向诗词界和语言学界的专家咨询请教;我还记得很多明星关主第一次来守关的时候,答不出几道题目,便破罐子破摔地主动请求掉坑,可是一旦来过之后,每个人都会为自己在诗词领域的"无知"而感到惭愧,都会利用一切工作之余的时间补课。当他们第二次、第三次、第N次再来录制节目之时,你会发现他们并不是舞台上的"花瓶",而是逐渐洋溢着动人的知性美……这是一个极具感染力的舞台,感染人的并不是舞美的华彩,而是诗词由内而外散发的力量。

在第一季的决赛舞台上,同样来自武汉大学国学班的状元李四维、榜眼王悦笛在最后的竞技中以"酒"为主题对诗,貌不惊人的李四维光芒四射、"咄咄逼人",书卷气十足的王悦笛轻松应战,如闲庭信步,坐在一旁的我被那一幕深深感动,在他们"刀光剑影"的角逐中,我的眼前仿佛浮现出魏晋士人的秉烛夜谈、曲水流觞……那真是一种无法用语言来形容的至美!

如李四维、王悦笛这样留给我深刻印象的选手还有很多,清华博士刘人杰的从容,青年画家陈文艺的稳重,高中语文老师田雷的激情,山村特岗教师张家亮的执着……在他们身上,我看到了经典诗词在当代复活的潜力,它们不再是没有生命的、凝固在过去的语言文字,而是散发出强大生命张力的积极元素。在场上,所有的选手与明星关主之间都是竞争对手的关系,可在场下,大家都是惺惺相惜的朋友。因为,诗词是联结大家共同的纽带。

作为古典诗词的研究人员,我很感谢河北卫视《中华好诗词》,让"凡有井水饮处即能歌柳词"的那种全民诗词的盛况,凭借电视无可比拟的传播优势,部分地在当下重现，让分散在世界各个角落的诗词爱好者，终于有了一个寻觅知音的平台。

  《中华好诗词》第一季播出，经历了被质疑、认可到大受欢迎的历程，在观众们的强烈要求下，第二季又呼之欲出。我相信，随着节目组越来越成熟，我们会坚守以往的优势，会坚守对诗词的敬畏，也会不断努力，让节目的形式蕴含更丰富、更快乐的新鲜元素。

  在诗词求索的道路上，我们也许无法到达完美，但我们一定会坚定地行走在通向完美的路上。

中南大学文学院杨雨

2014年3月22日